Al otro lado de la niebla

Juan Luis Arsuaga

Al otro lado de la niebla

Juan Luis Arsuaga

Ediciones Destino
Colección Áncora y Delfín
Volumen 1642

Ediciones Destino, un sello editorial de Editorial Planeta, S. A.
Avda. Diagonal, 662-664, 08034 Barcelona (España)
www.planetadelibros.com
www.edestino.es

Primera edición: abril de 2024
ISBN: 978-84-233-6497-8
Depósito legal: B. 3.928-2024
Composición: Realización Planeta
Impresión y encuadernación: CPI Black Print
Printed in Spain - Impreso en España

Para mis hijos: Carlos, Lourdes y Rocío

Prólogo

Cuando éramos príncipes

Este relato es una leyenda, y sin embargo casi todo en él es verdad. Son ciertos los paisajes, los animales y las plantas, como lo son las montañas y los páramos. Con pocos cambios ahí siguen para quien los quiera ver la Peña Milana, el Venteadero, la Pradera Arrugada, Despeñaelagua, la Piedra Señera, la Roca, Valhondo... Y los lobos, los osos, los ciervos, los búhos y las avutardas que tenemos tan cerca nos podrían contar muchas cosas que conocieron sus antepasados si quisiéramos escucharlos.

Son ciertas, literalmente, muchas de las historias que se cuentan aquí, porque han llegado hasta nosotros en los labios de sabios de todas las partes del mundo, incluyendo nuestra propia tierra. Estos hombres y mujeres, verdaderos libros vivientes y mucho más que eso, han conservado como un tesoro, el único que tenían, las historias que se cuentan a sí mismas desde el alba de los tiempos.

No sé, en cambio, si algunas de las cosas que aparecen en el libro eran así, pero las considero de importancia mucho menor. No tengo por garantizado que los antiguos fermentaran el líquido azucarado de los frutos para producir licor, pero sí he visto que puede uno emborracharse en su propia amargura. Tal vez no hubiera muchos hombres que se *ganasen* la vida vagando de una tribu a otra tatuando y pintando, pero estoy seguro de que entonces ya había artistas, verdaderos genios en realidad, y que su talento sería muy admirado.

En cambio, y porque me lo han contado ancianos que me merecen todo respeto, finos observadores de la naturaleza, no hallo razones para dudar de que en un instante de la noche más corta del año florezcan los helechos, aunque digan lo contrario los libros de botánica, y debe de ser verdad que quien se come sus misteriosas y desconocidas flores se vuelve invisible por un tiempo.

No todo el mundo estará de acuerdo, pero yo tengo el convencimiento de que los grandes creadores son personas radical y notoriamente distintas del común de los mortales, porque ven la vida y el mundo de una forma diferente. Su don, que tiene algo de sobrenatural, está en la cabeza, no en las manos, y creo que eso se percibe en su mirada, en su gesto, en sus palabras. Como pienso así, me he imaginado al protagonista como un ser excepcional en casi todo, y no solo en su faceta artística.

A la hora de poner voz castellana a los héroes de esta leyenda, les he hecho hablar en un lenguaje variado, matizado y complejo, como el que estoy seguro de que poseían, rico en metáforas, despacioso, con muchas vueltas y revueltas, idas y venidas, a veces solemne y algo grandilocuente también, pero siempre lleno de intención y conocimiento. Algunas de las palabras que uso aquí no se oyen ya en nuestras ciudades, pero aún resuenan en las anchas tierras de Castilla. Son tan rotundas y sonoras, y huelen tanto a campo, que no me he podido resistir a incluirlas aunque dificulten en algún pasaje la lectura; no más, espero, de lo que entorpecen al caminante las asperezas del terreno.

Lo que he pretendido, en definitiva, es asomar al lector a los viejos tiempos de la prehistoria, cuando el mundo era joven, y mostrar a nuestros antepasados como de verdad fueron: orgullosos, pero no altaneros; conocedores de la naturaleza, pero no sus amos; a veces violentos, pero también delicados y tiernos. En ningún caso inferiores a nosotros en sentimientos, talento o grandeza. Esta es, por decirlo de otra manera, una leyenda del tiempo en el que éramos príncipes, los príncipes del bosque y de la estepa.

No se trata, pues, de una novela histórica al uso, es decir, no es una narración sobre unos hombres de hace miles de años que, sin embargo, razonan con la mentalidad urbana de hoy en día y se expresan en nuestro lenguaje directo y seco. Antes me gustaría haber escrito un largo relato mítico, de los que se contaban tranquilamente, con mucho tiempo por delante, al amor de la hoguera, en la cueva o bajo las estrellas. Un cuento para hombres prehistóricos, o para los *aborígenes* que aún quedan, y quisiera sobre todo que les gustara a ellos. Se suceden a lo largo de estas páginas muchas cosas extraordinarias y maravillosas que les parecerán increíbles a las personas con una mente racional, y yo soy una de ellas cuando ejerzo de científico, pero que les resultarían perfectamente normales y serias a los adolescentes que se preparaban para ser hombres y mujeres en los ritos mágicos y emocionantes de la iniciación, y también a sus padres. Aunque, a fuer de sincero, más que una leyenda para hombres prehistóricos o *aborígenes*, que no la leerán, me proponía que fuera una historia dirigida al hombre prehistórico que se esconde en todos nosotros.

Y, por descontado, siempre han existido y existirán Soñadores, y algunos de ellos me han ayudado a narrar esta historia.

Primera parte

El Maestro

Piojo

Se quedó huérfano muy pronto, a la edad a la que los otros niños empiezan a disfrutar de la vida. Cuando los demás muchachos descubrían el lado amable de la existencia, entre risas y juegos, él caminaba por su costado más salvaje. No tuvo, en su infancia, el calor de un hogar, y jamás se sentó ante un fuego que pudiera reconocer como propio.

Fue el único hijo de unos padres muy jóvenes, recién lanzados al mundo de los adultos. Al padre nunca lo conoció, porque no regresó de su segunda expedición de caza, estando su madre embarazada de él. Sus compañeros lo recordaban con un rostro de mirada melancólica, como si siempre hubiera sabido que la suerte le iba a volver la espalda en la primera oportunidad en que la necesitara. Lo enterraron allí donde cayó, corneado por un uro al final del verano, y un manto de flores de brezo, muy pequeñas y muy moradas, fue su sudario. Una muerte vulgar, contaron, sin ningún heroísmo; un caso de mala suerte, la fiel compañera de la inexperiencia.

La viuda volvió entonces al lado de sus padres,

pero los tres desaparecieron en aquel interminable invierno en el que todo se extinguió.

El grupo al que pertenecían se movía por el calvo páramo como una procesión de espectros, buscando algo que comer. Sobrevivían solo gracias a la carroña que encontraban, helada y dura como una piedra, cuando no llegaban antes los lobos, ellos también convertidos en sacos de huesos.

A veces se tropezaban con un famélico ciervo perdido en la niebla, o con un grupo de desnutridos bisontes escarbando en la nieve en busca de briznas de pasto reseco con que entretener el hambre. La situación era tan desesperada para toda criatura que todavía alentara que no había instinto que no hubiera cedido paso al de conservación. Las madres no se preocupaban por las crías, y los machos se habían olvidado de sus querellas por la jerarquía. Ningún animal joven jugaba. Todos dedicaban sus menguadas fuerzas al pesado trabajo de respirar. En aquel invierno terrible, estar vivo era una dura condena.

Cuando los lobos, los leones o las hienas se encontraban frente a sus presas habituales, en lugar de producirse la explosión de vigor acostumbrada —rugidos, bramidos, relinchos—, el duelo se reducía a un sombrío cruce de miradas, como si unos y otros hubieran decidido, simplemente, esperar en silencio a ver quién moría primero.

También los humanos parecían presa de esa insensibilidad, de la misma anestesia total de las emociones, de esa especie de cansancio de vivir que dominaba el páramo en el corazón del invierno.

Cada lóbrega mañana el grupo se ponía en pie y

reemprendía la marcha hacia ninguna parte sobre una crujiente corteza de hielo, o mejor, el lento camino hacia una primavera que parecía imposible. Y sin embargo aquellos seres habían reído a carcajadas, y bailado poseídos por el ritmo, y discutido acaloradamente, y amado con pasión, hacía toda una eternidad.

No todos los bultos se ponían en movimiento al rayar el alba. Un amanecer, después de una luna de hielo, dejaron atrás a su abuela, hecha un ovillo y rígida como una roca; otro, a su abuelo, quien, sentado, daba la espalda al grupo que se alejaba. Y el lívido día en que no se levantó su madre cuando le retiraron las pieles que la cubrían, un antiguo camarada de su padre lo cogió en brazos y, señalando al horizonte para que no volviera la vista al campamento y descubriera que se quedaba atrás, inmóvil, el último ser que lo había querido en el mundo, le dijo:

—Allí, ya no muy lejos, hay un valle donde nunca nieva en el tiempo de las sombras y el río no se congela, donde la hierba no se agosta en el verano, donde siempre hay frutos y los animales tienen crías todo el año. Lo llamamos el Valle Feliz.

Pero la mano helada del invierno no se abría, y la banda de cadáveres andantes siguió perdiendo miembros hasta que por fin llegó la primavera, cuando ya nadie la esperaba. Entonces el grupo estaba tan exhausto que a aquel hombre le pareció una idea acertada ceder al chico sin familia a un viejo con el que se cruzaron; este se movía, agatillado y renqueante, de un poblado a otro ofreciendo sus habilidades como tatuador a cambio de comida, protección y abrigo; su cuerpo, pequeño, era todo él deforme, y su cara una máscara de cuero viejo con dos agujeros por ojos y una grieta por boca.

Un niño huérfano al servicio de un desarraigado, esa fue su infancia, primero como animal de compañía, y luego como ayudante. Y siempre criado y saco de golpes de un hombre con tan poca conversación como corazón.

Conoció mundo, eso sí, y muchas tierras y muchas tribus, y nunca perteneció a ninguna.

El patético ser con el que le tocó crecer le llamaba, simplemente, Piojo. Ni tuvo el apodo cariñoso que los padres daban a sus hijos algún tiempo después de destetados —antes de eso tan solo se les apuntaba con el dedo—, ni recibió el Nombre Verdadero por el que la tribu reconocía a los muchachos después de la ceremonia de iniciación y a las muchachas cuando se convertían en mujeres por la sangre.

El viejo le dijo que lo llamara en toda ocasión Maestro, aunque nunca le enseñó otra cosa que amargura y desencanto. Se emborrachaba muy a menudo por las noches, después de que Piojo se hubiera echado a dormir junto a la hoguera. Al viejo no le gustaba, al parecer, que el chico lo viera en ese estado de debilidad. Cuando bebía miraba fijamente al fuego, y rara vez apartaba su vista de las llamas. Pero una vez se volvió para tomar la cuerna de licor y se encontró con los ojos de Piojo muy abiertos. Era entonces todavía un crío, con un cuerpo pequeño, unas piernecitas delgadas y unos ojos enormes bajo un revuelto pelo pajizo. El animal a quien más se parecía era el mochuelo. O quizás era más bien un lebrato, espabilado desde el primer día como vienen las crías de las liebres, preparadas para enfrentarse a la vida desde que llegan al mundo. Los lebratos nacen en cualquier hoyo del terreno, cuando la primavera todavía no se ha sacudido el frío del invierno; no como sus parientes los gazapos, que se crían en la cálida, blanda y oscura protección del bardo y por eso los paren desnudos, atrasados y con los ojos cerrados. Piojo no tuvo los cuidados de una madre, ni el calor de una familia, y no pudo ser gazapo como los demás niños. Era un lebrato desgarbado de largas patas y ojos en permanente sorpresa. Pero los lebratos tienen un mellizo con quien jugar, y Piojo siempre estuvo solo.

El niño esperaba encogido una paliza; en lugar de eso, el viejo le habló.

Aquella noche que estaba tan borracho le confesó su Nombre Verdadero, un extraño nombre, y le conminó a que nunca lo pronunciara en presencia de otras personas.

—Te juro que te mataré si lo haces —le amenazó.

El viejo se argallaba mucho al andar, porque antaño se había partido la cadera y el hueso de un muslo por muchos sitios. Además se le olía de lejos porque apestaba más que una abubilla. Por eso, cuando caminaban, Piojo procuraba darle el viento. No resultaba precisamente agradable mirarle a la cara, sobre todo cuando se quedaba hipnotizado ante el fuego durante largo tiempo y las llamas arrojaban luces y sombras sobre las horribles cicatrices del rostro y las calvas de su cabeza, allí donde el cuero cabelludo había sido arrancado y sustituido por una piel fina y arrugada como la corteza de la encina.

De cuando en cuando el Maestro daba un trago de la cuerna, que era su más preciada pertenencia, y se estremecía.

—Esta no te engañará nunca —decía con voz ronca, transida de una tristeza infinita; aunque le hablaba al niño, su mirada había regresado a la lumbre—. Las mujeres, los amigos y hasta los espíritus te traicionarán, créeme, Piojo, pero la cuerna no te fallará jamás. No te fíes nunca de nadie, es el consejo que te doy, rapaz. Será mejor que aprendas de este viejo, aunque ya se sabe que nadie escarmienta en cabeza ajena. Como dice el dicho decidero, ¡han de picarte las avispas para que sepas que tienen aguijón!

»Muchos hombres han llegado a la misma conclusión que yo, o si no, ¿por qué te crees que hay tanta afición a fermentar los frutos para producir la bebida que embriaga? El licor te acompaña durante toda tu vida y te da siempre consuelo. Sirve para celebrar un triunfo, para calentar el estómago y el espíritu, para soportar el dolor de una herida y... para olvidar. Y cuantos más años vives, más tienes que olvidar. Lo mejor de los recuerdos es lo que no recuerdas. Créeme, Piojo, no te fíes de nada ni de nadie, salvo de la Hermana Cuerna de Licor.

Cachorro

La noche que se emborrachó tanto que le confió su nombre secreto, el viejo le contó también su historia, una historia tan amarga como la hiel.

—Piojo, aunque ahora me veas desengañado y viejo, yo de niño fui feliz, con unos padres cariñosos y unos hermanos pequeños que siempre estaban jugando... Me llamaban Cachorro porque era alborotador y despreocupado, pero yo deseaba recibir cuanto antes un Nombre Verdadero.

Y la cara de cuero del viejo se ensombrecía todavía más al recordar los felices primeros años de su vida, durante los que creció sano hasta convertirse en un muchacho vigoroso y gallardo, lleno de vida y de ilusiones. Su padre se llamaba Áspid Enroscado y su madre Nube Negrisca y eran muy cariñosos. Las mozas se peleaban por él, pero todavía no era un hombre porque aún no había pasado el ritual de la iniciación, que se celebraba cuando venía el buen tempero y en noche de luna llena, en la Cueva Prohibida, el lugar reservado para la gran ceremonia.

Esa cueva no tenía una boca como las otras, y por eso no se veía desde el valle. Para entrar en ella había que descender por una grieta en la ladera que daba acceso a las entrañas de la montaña.

Los muchachos nunca habían pasado de allí, pero algunas veces se atrevían a asomarse al pozo con tanta aprensión como curiosidad.

Cuando llegó el gran día descendieron a la postura del sol, no sin dificultad, por una especie de rampa bastante inclinada. Una vez abajo, los que todavía no tenían Nombre se sentaron a la redonda de un gran fuego que había sido preparado antes, donde el brujo les explicó la historia del mundo y la de su propia tribu, y empezó a introducirlos en los misterios de la vida. Alrededor de la hoguera, formando un amplio círculo que envolvía a los muchachos y al brujo, estaban todos los guerreros de la tribu, pintados de negro, blanco y almagre, cubiertos sus cuerpos de adornos, con una larga lanza en una mano y una tea en la otra, imponentes como las grandes columnas de piedra de la caverna, cuyas extrañas formas también parecían cobrar vida con los resplandores del fuego.

En aquella alucinante fantasmagoría los hombres parecían rocas, y las rocas semejaban personas. La luz de la lumbre y de las antorchas no alcanzaba a iluminar las paredes de la cueva, sumergidas en la negrura, y daba la impresión de que la escena se desarrollaba en medio de la nada, como si las figuras de carne y de piedra girasen en un torbellino que tenía por eje un haz de danzantes llamas.

Al entrar Cachorro en el corro pasó junto a su

padre, Áspid Enroscado, quien se mantuvo impávido aparentando que no lo reconocía, aunque el muchacho creyó ver un brillo acuoso en sus ojos y notó que todo el tiempo le seguía ansiosamente con la mirada empañada. Recordaba la vez en la que a él le tocó estar en el sitio que ahora ocupaba su hijo, y lo que sintió entonces.

El lugar estaba tan aislado del exterior que, pese al silencio de la cueva, nada podía oírse de lo que pasaba fuera. El chamán del poblado se acercó entonces con su tea a una pared lisa, de la que surgieron al momento una multitud de figuras rojas y negras: había rayas entrecruzadas y otros signos geométricos, y sobre todo muchas manos, todas con los dedos hacia arriba, silueteadas en ocre. Tomó la palabra y habló despacio, solemne y con los ojos entornados, como si hubiese entrado en un trance y su espíritu hubiera retrocedido incontables generaciones, hasta llegar al ancestral Tiempo de los Sueños:

—Yo soy el Guardián de los Grandes Sucesos y prestaré mis labios a la narración de los Orígenes del Pueblo, que es una historia que viene contándose a sí misma desde que hay Hombres Verdaderos.

»Esas manos que veis ahí son las de los héroes de la tribu. En los primeros tiempos, cuando alguien se sacrificaba de veras por los demás y hacía cosas realmente importantes para la comunidad, en una gran ceremonia que se celebraba en presencia de todos los guerreros se pintaba con almagre el contorno de su mano en la pared, para que permaneciese su huella en el tiempo. Algunas de estas manos son tan antiguas como los seres humanos, pero no más antiguas que la roca, porque las piedras fueron creadas antes que las plantas y los animales, y estas y estos antes que los humanos.

»Eran, aquellos, tiempos terribles, de hielos muy duros, cierzos afilados y ventiscas permanentes en invierno, y de secas interminables en verano, con grandes quemas recorriendo la pradera empujadas por todos los vientos, pero los fundadores de la tribu aprendieron a transportar el agua por el páramo y a defenderse del frío arrebatándoles su piel a los animales y estezándola para que no se pudriera y se adaptase a sus cuerpos como si fuera su propia piel. Y con esos curtidos que os digo, pudieron hacer odres y otras cosas útiles.

»Estudiaron con atención a los animales, las plantas y las nubes, y los entendieron, de manera que sabían antes que el reno cuándo iba a empezar la gran marcha, antes que el ciervo cuándo llegaría la berrea, antes que el lobo cuándo iban a nacer sus cachorros, antes que la aulaga cuándo romperían sus flores amarillas, antes que la encina cuándo iban a colgar las bellotas de sus ramas, antes que el roble cuándo iba a caer la hoja y antes que el propio cielo cuándo iba a nevar.

»Esa sabiduría les permitió barruntar el mañana con tino, y así organizaron mejor su vida. Gracias a su sagacidad, los hombres se convirtieron en adivinos, porque lo que tiene que ser siempre se anuncia por signos que los hombres sabios pueden reconocer, del mismo modo que el rastreador atisba por las huellas en la nieve o en la arena la clase, la edad, el paso, el tamaño y hasta el sexo de la pieza a la que sigue.

»Todas las estrellas bailan corros en el cielo, salvo las estrellas correderas, que atraviesan fugaces la noche y se pierden en ella; pero, si miráis con cuidado, veréis que hay una estrella fija que siempre apunta en la misma dirección; esa será vuestra guía en el viaje. Habéis de saber que las incontables estrellas son las hogueras de los muertos, y hay tantas como antepasados, y que las estrellas fugaces son las antorchas que llevan los difuntos cuando se visitan. Acordaos de ellos cada noche porque se lo debemos todo, y honrad también a nuestros ancianos, que nos transmitieron la sabiduría antigua y que algún día brillarán en la noche.

Y sin darse cuenta los muchachos levantaron la cabeza, pero en el cielo de la cueva no había luces y cayeron en la cuenta de que estaban dentro de la caverna. El hombre sabio los había transportado al exterior con sus palabras.

—Muchas son las cosas que los antiguos con sus inmensos saberes descubrieron y de las que ahora nosotros disfrutamos, como la forma de conservar la carne con el humo, con la sal, con el hielo o con el aire, pero los dos secretos principales no fueron descubiertos por humanos.

»Uno se lo regaló el Padre Sol, que con los relámpagos partió las piedras para que nuestros antepasados las usaran como cuchillos, una y otra vez, indicándoles así lo que tenían que hacer, hasta que ellos mismos empezaron a golpearlas una contra otra para producir los afilados bordes con los que cortar la carne, la piel y la madera.

Una ráfaga de murciélagos hizo que el chamán se detuviera un instante. Enseguida continuó:

—El otro gran secreto era el fuego, que era sagrado y solo pertenecía a los dioses. No fueron los hombres quienes averiguaron cómo crearlo, pero tampoco los dioses quisieron enseñárselo, tal como hicieron con el arte de fabricar herramientas de piedra. Fue así como ocurrió todo:

»En el Tiempo de los Sueños, cuando el mundo era un niño, los hombres pasaban tanto frío que solo podían habitar las tierras del mediodía, allí donde el agua nunca se vuelve piedra. Los dioses de esta tierra que pisamos, en cambio, se calentaban en grandes fuegos de campamento. La llama que ahora nos ilumina en la noche, que aleja a las fieras y nos mantiene con vida se la debemos al cuervo, que se la arrebató a los dioses y se la entregó a los hombres, porque le permitían alimentarse con las sobras de su comida.

Los muchachos miraban fijamente la cabellera de fuego de la hoguera, que pareció darse por aludida y se hinchó y se agitó voluptuosamente.

—El cuervo es muy listo y pensó que, si le regalaba el fuego a los hombres, no huirían en el invierno de las tierras frías y no lo abandonarían así a su suerte cuando llegaran las nieves, de modo que tendría algo que comer todo el año. El cuervo era antes blanco, por eso pudo acercarse sin ser visto, caminando despacio sobre la nieve, y llegar a la chasca alrededor de la cual los dioses estaban bailando. Cuando estuvo ya muy cerca se alastró durante un buen rato, hasta que vio la oportunidad de dar un salto y tomar con el pico una brasa con la que se alejó volando, para desesperación de los dioses, que no deseaban que los hombres tuvieran el fuego, porque entonces serían casi tan poderosos como ellos. La llama socarró el plumaje del cuervo, y el hollín lo tiznó, y por eso es ahora de color negro.

El mago siguió hablando, largamente, del misterioso fuego y de sus extraños poderes. Luego volvió a dirigir la vista a las manos de la pared.

—Pero los años heroicos del Tiempo de los Sueños hace mucho que pasaron, porque nuestros antepasados de antaño prepararon con su esfuerzo la Tierra para nosotros, sus descendientes de hogaño, que ya no debemos enfrentarnos a las monstruosas criaturas con las que ellos tuvieron que combatir.

»Conocemos el significado de las manos ocres en la pared porque se ha transmitido de generación en generación, a fin de que el recuerdo de nuestros primeros padres, y el de su obra, no se pierda jamás, y para que el espíritu de los antepasados no se aleje y nos dé la fuerza. Y los nombres de esos héroes tampoco se han olvidado, y los repetimos cada vez que se celebra esta ceremonia. El jefe de todos ellos se llamaba Diez Águilas...

Y el chamán recitó despacio la retahíla de los viejos nombres sagrados, que tantas veces servían de inspiración a la hora de imponer alguno a los iniciados.

La noche había caído y la luna grande empezaba a subir en el cielo, de modo que se asomó por la grieta en la ladera que daba acceso a la Cueva Prohibida, iluminando el interior con su despintada luz. Mientras el brujo contaba las historias hazañosas de los antepasados, alguien que venía de fuera se puso en pie delante de la grieta y una forma femenina se perfiló contra el blanco de la luna.

—¡Atacan el campamento! —gritó, y la ordenada y solemne ceremonia se transformó en un caos de voces, tropezones y carreras para llegar cuanto antes al valle. Con el agudo chillido todavía retumbando en sus oídos, Cachorro se lanzó hacia el campamento sin pensar en nada, y hubiera jurado que, apenas pendiente de un cabello, también la luna se había hecho añicos con el grito.

Cachorro era entonces muy ágil y alcanzó las chozas entre los primeros, pero la Cueva Prohibida estaba lejos y cuando llegaron allí ya no había nadie contra quien luchar. Poco a poco fueron volviendo los acampados, que habían huido hacia el bosque, y contaron lo que había ocurrido. Unos enemigos, que sin duda identificaron como pertenecientes a una banda de las Gentes del Mar, habían irrumpido en el campamento aprovechando que todos los hombres en condiciones de luchar se encontraban en la ceremonia de iniciación. O los habían estado espiando, o sabían que el día elegido para el rito coincidía con la luna grande. El ataque había sido rápido, pero los agresores eran pocos, no más de una docena.

Como solía ocurrir en estos casos, los intrusos habían dado muchas voces y blandido sus armas con grandes aspavientos, proporcionando un susto de muerte, pintados como iban además de pies a cabeza, a los viejos, a las mujeres y los niños, pero sin acercarse lo suficiente como para que se produjera un verdadero enfrentamiento. Los residentes en el poblado habían huido despavoridos al bosque, y entonces los invasores habían lanzado sus venablos al aire, con la mala fortuna de que uno de ellos había ido a clavarse en el muy grueso trasero de una abuela, que daba gritos espantosos, pese a que el dardo tan solo le había producido una herida superficial.

Los Pueblos de la Meseta y las Gentes del Mar mantenían una vieja rivalidad, cuyo origen inmemorial nadie recordaba. Durante el tiempo frío no había contacto entre unos y otros, y cada uno de los pueblos se las arreglaba como podía para sobrevivir. Los Otros tenían sus campamentos de invierno al final de la tierra, en las orillas de un ilimitado mar que se extendía hacia la región de las estrellas que nunca se ponen, aquel lugar del que venían los gansos y las grullas pintando triángulos en el cielo, y al que volvían en la primavera arrumbando a la estrella fija.

Hasta la herbosa llanura junto al mar llegaban muchos valles de fuerte pendiente, por los que huían monte abajo, apresurados, los caudalosos ríos que amamantaban los glaciares instalados en las cabeceras. Por el ancho corredor situado entre los rudos acantilados de las montañas y las olas pasaban grandes rebaños de caballos, bisontes y renos. Tampoco eran raros los rinocerontes lanudos y los mamuts en la plana costera. En los bosques de los fondos de los más abrigados congostos se concentraban los ciervos, y las guájaras eran muy querenciosas de cabras y rebecos. Las cuevas habitadas por los humanos se abrían en los lugares más templados, bien en la costa o bien en los valles, pero nunca a gran altura.

Por su parte, los Pueblos de la Meseta conseguían la mayor parte de la carne en los valles que habían labrado penosamente, a lo largo de una eternidad, los ríos que surcaban la inagotable planicie hacia poniente. Ellos pertenecían a la pradera, solían decir, donde el viento es largo y sopla libre, y nada se interpone en el camino del sol.

Unos y otros, los pobladores de las tierras del altiplano y los de los valles que descienden hacia el mar, estaban separados por las bravas cumbres de la Cordillera Blanca, que formaba un muro casi imposible de salvar en el tiempo de las noches grandes. Allí se apiñaban, confundidas y sin orden, altísimas montañas que parecían reñir por el sitio, como si no hubiera espacio suficiente para todas y tuvieran que rivalizar por echar las raíces en la tierra y levantarse. Como los árboles, que se estiran hacia el sol y el que queda a la sombra se encanija y muere, así las montañas parecían haber crecido en dura disputa por el aire y por la luz.

Cuando las noches se hacían pequeñas, las faldas de la Cordillera Blanca, que habían permanecido cubiertas por las nieves durante el largo invierno, verdeaban y se convertían en un inmenso tapiz de festuca y cervuno. Ese era el tiempo en el que todos los animales con cascos y pezuñas de la meseta, más los rinocerontes lanudos y los mamuts, abandonaban la seca y polvorienta estepa y se dirigían hacia los agostaderos de montaña para disfrutar de las jugosas praderías. Detrás iban los lobos.

Tanta carne junta era un regalo para la vista de los siempre hambrientos cazadores humanos, pero su propiedad era objeto de disputa entre los Pueblos de la Meseta y las Gentes del Mar. Los meseteños decían que la carne procedía de sus parameras, y los Otros afirmaban que los animales entraban durante el verano en tierra de nadie, y que, por eso mismo, también les pertenecía. El resultado era que los animales que pacían en los cervunales de altura, en la Cordillera Blanca, eran motivo de conflicto todos los años.

Existían además diferencias de cultura entre unos y otros, y la enconada rivalidad hacía que cada una de las dos comunidades se llamase a sí misma los Humanos, o el Pueblo, o la Gente, y a los Otros los conocieran como los Inhumanos o los Extraños. Por las noches, a un lado y otro de la Cordillera Blanca, las madres asustaban a los niños con espantosas historias sobre la crueldad de sus enemigos, a los que se describía con atributos bestiales, como rabos, pezuñas, cuernos y colmillos. Los Otros no tenían, por definición, sentimientos humanos y se comportaban igual que alimañas en esos cuentos de terror.

La ceremonia de iniciación se celebraba a comienzos de la primavera, y por eso habían irrumpido los Otros en el campamento de los mesetarios, para que supieran que ya estaban allí y que defenderían su derecho a la caza en las tierras altas de la Cordillera Blanca. Pero esas acciones, que otras veces se producían en sentido contrario, es decir, como incursiones de las gentes del altiplano en los valles que van al mar, se limitaban a demostraciones de fuerza, con abundancia de alaridos y exhibición de armamento; además, estaba tácitamente prohibido el uso de los propulsores, que podían enviar una azagaya con fuerza suficiente como para traspasar el cuerpo de un hombre. Y cuando dos contendientes se encontraban realmente cerca el uno del otro, rápidamente se daban la espalda y partían corriendo en direcciones opuestas.

Los muchachos sin Nombre que habían participado en el interrumpido ritual de la iniciación estaban enardecidos y excitados, y algunos propusieron a grandes voces partir inmediatamente en persecución de los agresores. Sus padres les explicaron que era ya de noche y que no resultaba prudente salir corriendo, exponiéndose a una mala caída, a una emboscada o a un encuentro con alguna fiera.

Murciélago

Había entre los chicos uno más decidido que el resto, de aspecto tan poco agraciado que los demás lo llamaban, cuando no podía oírlos, el Murciélago. El mote no podía estar más pérfidamente elegido, porque su cuerpo, de color ceniciento, era muy menudo y de apariencia débil, y además tenía pelo de roedor, negro, tupido y corto, las orejas eran grandes y apuntadas, la cara se le arrugaba al hablar y al levantar el labio superior mostraba unos dientes picudos. Este adolescente se encontraba muy envalentonado y dijo atropelladamente a sus compañeros que los cazadores de la aldea eran unas viejas cobardes, y que si ellos no querían vengar la ofensa, aunque fuera solo, él marcharía en persecución de los enemigos. Y a continuación se puso en camino. Algunos muchachos más se unieron a él. Nadie les hizo demasiado caso, sin embargo, porque los adultos pensaron que se trataba de una bravuconada de críos, y que a los pocos pasos se darían la vuelta. Áspid Enroscado, preocupado, no decía nada. Un hombre mayor puso voz al sentimiento de todos:

—Ciervos de pocas puntas son, varetos o como mucho horquillones.

—Y con las cuernas cubiertas de terciopelo —siguió otro que estaba al lado.

—Aún tienen el pelo moteado de los gabatos —aseveró un tercero, que también estaba en su otoño—. No irán a ninguna parte —sentenció—. Pronto los tendremos otra vez aquí.

No contaban con la decisión de Murciélago, quien, superado un momento de vacilación al ver lo menguado del grupo que le acompañaba, apretó el paso hacia el Venteadero, que era el collado de la Cordillera Blanca por donde habían accedido a la meseta los asaltantes. Aunque nerviosos, media docena de muchachos, por no dar su brazo a torcer y quedar como cobardes, se lanzaron a la aventura en pos de su caudillo, entre ellos Cachorro. La luna grande plateaba el campo.

Cuando coronaron el paso que mordía la montaña se encontraron, ya en la otra vertiente, a la izquierda de un gran glaciar que serpenteaba encajado en un valle. Al final, la lengua de hielo se convertía en una torrentera que se despeñaba con gran estrépito. Tal era el caudal y la fuerza de las aguas que el valle no se podía cruzar hasta que, mucho más abajo, la corriente se remansaba. Los enemigos descendían por la izquierda del glaciar para llegar a su campamento, que se encontraba en una cueva de la ladera opuesta. Era claramente un lugar elegido por los atacantes para mantener protegidos a los suyos durante la expedición, ya que no había un paso directo hasta allí desde la meseta. Los chicos, lanzados en su persecución, podían distinguir la luz de una inmensa hoguera que ocupaba casi toda la boca de la caverna.

Murciélago propuso entonces asaltar la cueva donde acampaban los enemigos y darles un susto más grande que el que su poblado había recibido.

—Camaradas, seguro que no se esperan un ataque en medio de la noche. Esta será una gran hazaña que se contará durante generaciones en los fuegos de campamento, porque hasta ahora nadie ha tenido el valor de hacer una cosa así. Más aún, quedarán tan escarmentados nuestros rivales que no volverán a disputarnos la caza del verano en las brañas. Por esto nuestras manos serán inmortalizadas en la Pared de los Héroes, y los nombres que recibiremos se repetirán hasta el final de los tiempos. El riesgo que corremos no es nada comparado con la fama que nos aguarda si hacemos algo grande y nos recibe toda la tribu a la vuelta cantando canciones como a los grandes cazadores cuando derriban un mamut. Seremos aclamados mientras vivamos y nos acogerán allá donde vayamos, en cualquier campamento de la meseta. ¡Adelante! ¡Coraje! ¡Seguidme hasta el otro lado del glaciar!

Atravesar un glaciar era una empresa siempre peligrosa, y más aún de noche y en la primavera, cuando se abrían grandes y profundas grietas que eran trampas invisibles si la nieve las cubría; de las fauces del hielo era imposible salir con vida. Pero la única forma de atajar y llegar al campamento de los enemigos antes que ellos era cruzar la lengua de hielo, y todos lo sabían. Envalentonados por la arenga de Murciélago, los seis muchachos emprendieron tras él la marcha. El hielo reflejaba la pálida luz de la luna y creaba una atmósfera tan irreal que al dar los primeros pasos se sintieron totalmente seguros. Todo había sucedido tan rápido: la ilusionada espera, la emocionante iniciación, la agitada carrera hacia el campamento después del ataque, el ardiente discurso del Murciélago, la excitante expedición de castigo..., que se creían en un sueño.

Luego, el frío de la noche los despertó a los peligros que corrían; el camino resultó una dura prueba para los nervios de los siete, pero, una vez adentrados en el glaciar, retroceder era tan peligroso como avanzar. Hubo varias ocasiones en las que alguno puso el pie sobre una grieta y notó como se hundía la traicionera nieve que la escondía, pero por suerte nadie llegó a precipitarse en el abismo. Cuando alcanzaron el otro lado calcularon que disponían solo de unos instantes antes de que los atacaran los hombres que estaban de vuelta hacia su campamento en la cueva, por lo que no tuvieron mucho tiempo para meditar sobre lo que más convenía hacer.

Sin pensárselo dos veces, Murciélago se arrojó en el interior con la lanza en alto, y al verlo desaparecer en la boca de la cueva los demás compañeros lo siguieron a la carrera.

La luz de la gran hoguera que ardía en la entrada los cegó por un momento y tuvieron que acomodar la vista para discernir lo que había en la parte más oscura. Cuando lo hicieron se encontraron frente a una treintena de asustadas figuras, entre mujeres y ancianos, que se habían puesto de pie horrorizadas al verse de pronto frente a unos demonios armados que atravesaban la cortina de fuego a toda velocidad desparramando chispas, brasas y pavesas a su alrededor.

Murciélago se detuvo delante de una mujer mayor, que empezó a chillar histérica. Era una abuela que había perdido hacía mucho tiempo el juicio, y a la que la impresión empujó hacia delante, ensartándose ella misma en la lanza de Murciélago, quien, en un movimiento defensivo, la había bajado apuntando hacia la barriga de la desgraciada. La sangre empezó a brotar entonces a chorros y, como si se hubiera abierto la puerta que comunica el reino de los hombres con el de las fieras, todo se convirtió en una vorágine de gritos, fuego, sangre, saltos y carreras. Los ocupantes de la cueva creyeron que venían realmente a matarlos aquellos seres que habían surgido del fuego, y a quienes en la confusión del momento ni siquiera reconocieron como humanos. Las mujeres no participaban en las expediciones de caza y no tenían conocimiento directo de cómo eran sus enemigos, a los que de verdad creían monstruos.

Es imposible separar a dos lobos cuando se han trabado en lucha cuerpo a cuerpo, y es una triste verdad que los humanos se convierten en lobos cuando corre la sangre por su piel, sea la propia o la ajena.

El resultado fue que todos los adultos que habitaban la cueva acabaron muertos, y que el suelo se tiñó de rojo. Sin embargo, Murciélago y sus compañeros habían actuado movidos más por el miedo que por el odio, y en ningún momento fueron ellos mismos porque estaban enloquecidos y carecían de control alguno sobre sus actos. Pero cuando cesó la lucha, y todos los adversarios estaban ya inmóviles en el suelo, los ánimos se apaciguaron y recuperaron la respiración y parte de la calma.

Y entonces los vieron.

En un rincón de la cueva se encontraban, abrazados, media docena de niños pequeños. Los miraron y se miraron, y fue entonces cuando Murciélago dijo:

—Hay que acabar la faena.

Y la faena fue acabada en un silencio atronador. Ni siquiera lloraron los críos.

Se pararon un instante a contemplar su obra macabra. Ninguno podía hablar. Finalmente, Murciélago abrió la boca para matar también el silencio:

—Ya está el zurrón bien lleno —así dijo, pero su voz le traicionaba porque su tono no era de auténtico orgullo, sino de culpa.

Una vez fuera de la gruta vieron acercarse al grupo de los guerreros enemigos que corrían montaña arriba hacia ellos. Aterrorizados, se lanzaron a cruzar el glaciar en dirección al Venteadero, pero esta vez sin poder tomar las debidas precauciones. En la loca huida nadie se preocupaba de nadie, y en tres ocasiones se oyeron los gritos de los que se caían en una grieta, sin que los demás se detuvieran o siquiera volvieran la cabeza.

Diez Águilas

Así fue como al amanecer solo llegaron cuatro muchachos, Murciélago, Cachorro y dos más, a la carrera y sin resuello, al campamento del otro lado de la Cordillera Blanca. Sus padres habían salido a buscarlos, y cuando los encontraron les preguntaron:

—¿Dónde os habíais metido? ¿Qué os ha pasado? ¿Dónde están los tres que faltan?

Los chicos estaban tan asustados por la escalofriante aventura que habían tenido aquella noche que no acertaban a decir nada coherente. Pero finalmente Murciélago se sobrepuso y contó lo sucedido en términos épicos, y con toda la bravuconería de que fue capaz:

—Como vosotros pensabais dejar pasar sin castigo la terrible afrenta de anoche, en la que la aldea entera fue humillada, nosotros nos hemos vengado. Ahora ya podéis levantar otra vez la cabeza y llevarla bien erguida, porque unos jóvenes a punto de ser iniciados hemos sembrado el terror entre nuestros enemigos, que tardarán mucho tiempo en volver a asomarse por aquí. Somos dueños de los cervunales y de todos los animales que pastan en ellos, y nadie osará disputárnoslos. Hemos hecho en una noche más de lo que vosotros habéis realizado en toda vuestra vida de guerreros para garantizar el alimento de vuestros ancianos padres, de vuestras mujeres y de vuestros niños. La caza nos pertenece toda, los alijares por fin son nuestros.

El sol intentaba abrirse camino entre grandes nubes cárdenas cuando de entre las filas de los padres salió el jefe de la aldea. Se llamaba Diez Águilas, como el legendario jefe de los primeros padres, y era un hombre alto, fibroso y templado, de expresión grave, corto de lengua y largo de hechos; o como solía decirse: de hablar bajo y obrar alto. Aunque ya otoñaba, conservaba intacta la autoridad a causa de su buen juicio, que le había permitido siempre tomar la decisión más conveniente en medio de las peores crisis. Su sabiduría era proverbial. El desinterés, la generosidad y la sangre fría le habían encumbrado a la posición de líder indiscutible que ocupaba. Con él al frente todos se sentían más seguros.

Entre el estupor general de los padres por lo que acababan de oír de labios de un muchacho, y sobre todo por la forma en la que había escupido su discurso, se alzó la voz de Diez Águilas, y era una voz neutra, que no dejaba translucir emoción alguna:

—¿Y podrías, ¡gran cazador!, relatarnos en qué ha consistido vuestra hazaña para que podamos admiraros por ella? ¿Y podrías también decirnos en qué se han entretenido y cuándo podremos celebrar del mismo modo a los tres héroes que faltan aquí?

La voz de Diez Águilas, helada como el cierzo que empezaba a levantarse y desprovista de la ironía que, sin embargo, rezumaban sus palabras, paralizó por un momento a Murciélago, que después de tragar saliva empezó a hablar, aunque sin atreverse a mirar a los ojos del jefe:

—Pasamos la quebrada del Venteadero detrás de nuestros enemigos, y los vimos cuando descendían por el lado izquierdo de un gran valle que va hacia el mar. Como su campamento estaba en una cueva al otro lado, y nos dimos cuenta de que no se atrevían a cruzar el glaciar que hay entre medias, decidimos atajar nosotros por el hielo para sorprender a las mujeres en su propia cueva antes de que llegaran los hombres.

Los guerreros se miraron entre sí con incredulidad, y pronto los padres de los siete que habían participado en la aventura empezaron a sonreírse. Todos estaban muy contentos, menos el jefe, que tenía tan clavada la vista en Murciélago que parecía querer traspasarlo para penetrar en todo lo que se ocultaba dentro de la cabeza del chico. La mirada de Diez Águilas era tan punzante como la del ave de su nombre, y la curvatura de su nariz contribuía a dar a la cara del caudillo la majestad y la fiereza de la gran rapaz a punto de picar sobre su presa.

Al cabo habló Oso que Bosteza, el padre de uno de los muchachos, un hombre grueso de buen carácter pero por lo general gárrulo, esparajismero y de poco juicio, que siempre abría la boca para decir, con su voz atiplada, lo primero que se le venía a las mientes:

—Así que habéis ido a darles un buen susto a nuestros enemigos, ¡eh! Me gustaría haber visto la cara que pusieron sus mujeres cuando os vieron en la entrada de su cueva. Supongo que habréis armado un buen alboroto. No hay nada que las asuste más que unas caras pintadas con los colores de guerra y unas lanzas bien afiladas. Esas les contarán a sus hijos que los del altiplano somos unos verdaderos diablos. Y, así entre nosotros, seguro que alguna se regodea por las noches pensando en lo que le podíais haber hecho disfrutar. Pero era más prudente salir corriendo de vuelta, no fuerais a tropezaros con los guerreros. A esos tipos no les gusta nada que nos metamos con sus hembras. No diré que estemos orgullosos de vosotros, pero, ¡qué caramba!, ¿quién no ha hecho alguna locura en su juventud? Yo mismo...

Y se calló al darse cuenta de la cólera con que lo miraba su mujer. Antes de que ella le espetara, como de costumbre, que era más parlero que una urraca y que hablaba solo por tener boca, cambió de expresión. Se puso muy serio y siguió con su aguda voz de conejo:

—Quiero decir que vuestro comportamiento es intolerable, porque tiene que haber orden y autoridad en una comunidad. Nos habéis desobedecido y las consecuencias podrían haber sido muy graves. Los Otros enloquecen cada vez que nos acercamos a sus hembras. ¿Y a quién se le ocurre cruzar un glaciar de noche? ¿Y si os sepulta un argayo de nieve u os caéis por una resquebrajadura de las que se abren en el hielo? Y sobre todo, ¿no os dijimos que os quedarais...?

Pero el tono de la voz le traicionaba porque expresaba la satisfacción de ver a su hijo, también grueso y de un carácter demasiado pánfilo, participando en una aventura tan audaz como aquella.

—... y que salgan ya de los árboles los tres mochiles que faltan, que el castigo no va a ser tan grande. Nos habéis dado un susto de muerte, pero puede más la alegría de veros sanos y salvos.

Comprendió entonces Murciélago que era el momento de contar toda la verdad, que tendría que arrostrar las consecuencias de lo ocurrido, de lo cual él era el máximo responsable, y decidió jugarse el todo por el todo. En vez de amilanarse y lamentar su error, que había tenido fatales consecuencias para tres compañeros, suplicando perdón a la comunidad, decidió asumir enteramente sus actos y enorgullecerse de ellos.

Era Murciélago un chico indudablemente valiente, a quien le cambió la vida en una noche. La madrugada en la que nació, el inquietante lucero del alba lucía brillante, muy brillante. Y debió de ser la voz de la estrella de la mañana, no la suya, la que se dejó oír a continuación porque los ojos de Murciélago brillaban como dos luceros.

—Darles un susto a las mujeres de los Otros es lo que habríais hecho vosotros de haber tenido el coraje suficiente para atravesar el glaciar en la noche. Eso es también lo que hacen los megaceros cuando chocan sus cuernas con las de sus rivales y se traban en un combate falso en el que ninguno de los dos sale herido, y así continúan un día tras otro sin que la pelea se acabe nunca. Mucha exhibición, mucha cornamenta y mucho alarde, pero poca sangre.

La voz de Murciélago temblaba de ira, su sangre hervía y tenía dos carbones encendidos por ojos.

—Nosotros somos lobos y cuando atacamos es para desgarrar la yugular del enemigo y dejarlo yerto sobre el campo. Cuando se levanta la lanza es para clavarla, y nosotros hemos terminado con todas las hembras de los Inhumanos, y también con sus cachorros, de modo que jamás puedan vengarse, ni ahora ni en el mañana, porque ya no tendrán mañana ni habrá más generaciones. La vuelta ha sido rápida, porque los enemigos nos daban caza, y los tres que faltan han ido a reunirse con nuestros antepasados. Han caído con honor, y esos zorros sarnosos no podrán jactarse de su muerte, porque fue el glaciar quien se los tragó.

Se hizo entonces un silencio de muerte en el campamento, y cuando el jefe iba a hablar se le adelantó una mujer mayor, escuálida y seca de haber llorado tanto en la vida, y dijo:

—Yo he engendrado seis hijos, y el único que me quedaba es uno de los tres que yacen en el hielo. Contando a mi marido me ha visitado siete veces la muerte y ya no me quedan lágrimas.

»La hija mayor murió, cuando aún le daba el pecho, una noche en la que la luna estaba roja. Se la llevó la luna.

»El segundo era casi un muchacho que corría feliz por el campamento hasta que un día de primavera sopló un norte helado y enfermó. Aquella misma noche se echó en la choza tiritando y estuvo delirando tres días abrasado por la fiebre hasta que se apagó. Se lo llevó el cierzo.

»Me nació luego una hija a la que tuve la dicha de ver casada y con una vida en su vientre, pero un día que cruzaba un río bravo sobre un tronco perdió pie y cayó a la corriente. El agua se la llevó.

»A otro varón y a mi marido los perdí un día de tormenta de verano en el páramo. Se los llevó el rayo.

»Tuve un hijo que llegó a ser un gran cazador, pero volvió de una partida con la espalda quebrada; lo vi languidecer y morir, porque no quiso volver a probar bocado para no ser una carga para los demás. Se lo llevó el mamut.

»Y al último hijo que parí me dices que se lo ha llevado el hielo, y ahora yo también quiero morir para no sufrir más.

Como ella, los padres de los otros dos mozos que faltaban prorrumpieron en lamentaciones, gritos y sollozos que encogían el corazón, aunque los de los supervivientes se alegraban en el hondón de sus entrañas de la suerte de los suyos, y habrían corrido a abrazarlos si no fuera porque esperaban aún que el jefe tomara una determinación sobre lo que había que hacer con ellos.

Y entonces Diez Águilas, mirando de hito en hito a Murciélago, del que le separaba un corto paso, habló sin apenas levantar la voz, aunque en el silencio de la escena todos podían oírle, y las palabras salieron de su boca lentas, secas y restallantes, como si las produjera un látigo bien domado en vez de una lengua humana.

—No sabes lo que has hecho, necio desgraciado. No era por falta de coraje por lo que procurábamos no derramar la sangre de nuestros enemigos. Hemos corrido peligros mucho mayores que el vuestro, luchando con los osos, los leones, los lobos, los bisontes, los uros, y hasta los mamuts y los rinocerontes, y viajando muy lejos, en la inmensidad del páramo y en la desolación del invierno, para traer comida a la aldea.

»Y vuestras madres no han tenido menos valor que nosotros, porque la friura es igual para todos, y ellas, además de estar al cuido del campamento, adobar las pieles, preparar los trajes y conseguir leña, muchas veces, en las hambres duras, han alimentado a la tribu con los frutos del bosque cuando los cazadores volvían con las manos limpias de sangre y las andorgas vacías de alimento pero repletas de hambre. Y algunas han muerto al traer la vida, y en los peores tiempos han mantenido el espíritu de la tribu. Ellas han sido las más fuertes.

Y el jefe se abrió la cazadora de fina piel que llevaba y mostró su torso, que era recio como el tronco de un viejo roble lleno de nudos y duro como la piedra berroqueña. Desde el hombro izquierdo hasta la cadera derecha lo recorrían tres anchas cicatrices paralelas, las marcas de las garras de un león. Pero, después de la demostración, Diez Águilas aún tenía algo más que decir.

—No era por falta de valor. Pero toda sangre humana es sagrada, y no nos está permitido tomarla, porque atraeríamos la desgracia sobre nuestro pueblo. La carne es nuestra, pero la sangre es la vida y pertenece a los creadores del mundo, y no se puede disponer de ella sin su permiso. Puedes hacer lo que quieras con tu cuerpo, y puedes entregarlo a una mujer para producir otro cuerpo, pero la sangre se la dan a la nueva criatura los espíritus.

»Por eso dirimimos nuestras disputas, dentro de la tribu, probando nuestra fuerza y nuestra agilidad en luchas cuerpo a cuerpo, pero sin golpear con el puño cerrado, ni utilizar las armas. Y por eso suspendemos el combate cuando brota la sangre y arrojamos entonces cenizas al aire para pedir disculpas a los creadores. Y por eso desafiamos a nuestros enemigos con alardes, para que vean que somos valientes y poderosos, y que podríamos destruirlos si quisiéramos.

La mirada del jefe era lacerante, pero Murciélago no humillaba la cabeza.

—Esa es también la razón por la que para abatir a un animal tenemos que obtener antes su conformidad, y nos dirigimos a los espíritus pidiéndoles permiso la víspera de la partida de caza. Y luego, cuando derramamos la sangre del ciervo, del caballo o del uro, nos ponemos de rodillas frente a la pieza cobrada y les decimos a los dioses: «Aquí tenéis la sangre de este bello animal. Lo hemos matado para alimentarnos de su carne, porque nuestra carne necesita de la de los animales. Pero os devolvemos su sangre para que se la deis a nuevas criaturas, y así la vida continúe y no se agote jamás».

Y añadió:

—Esa, y no la cobardía, es la explicación de que la sangre sea intocable entre nosotros. Con vuestra insensata crueldad habéis quebrantado el mayor de los tabúes, y ahora el mundo está en desorden. Seremos un pueblo maldito y nadie querrá acercarse a nosotros, porque atraeremos la desgracia sobre quien nos mire. Expiaremos vuestras culpas mientras existamos y aceptaremos el castigo que los espíritus quieran imponernos. Nuestro nombre, el de nuestro clan, será impronunciable, y nuestra memoria se perderá en el tiempo, y no habrá nadie que recuerde que hemos existido.

»Y si hubierais sabido observar bien a los lobos, habríais visto que ellos, y todas las criaturas del mundo, se rigen por idéntica ley, lo mismo las fieras que los que se alimentan de hierba, porque todos obedecen un único mandato: "Mostrarás tu vigor, pero no verterás la sangre de tus iguales".

»Tampoco nosotros podemos derramar ahora vuestra sangre y compartiremos con vosotros el castigo. Podremos perdonaros, porque no fue vuestra toda la culpa. Si la ceremonia de iniciación no se hubiera interrumpido, el chamán os habría dado a conocer el tabú de la sangre, y nada de esto habría ocurrido. También nosotros tenemos parte de responsabilidad por haberos dejado marchar. Nunca debimos haberlo hecho.

Todos los presentes asentían con tristeza a las palabras de Diez Águilas, pero Murciélago, que estaba ciego de vergüenza, de indignación y de despecho, aún quiso decir la última palabra.

—Nosotros no hemos hecho otra cosa que creer en lo que nos habéis enseñado. ¿O es que no nos habéis repetido una y mil veces desde el nacimiento que entre nosotros, el Pueblo, y ellos, los Otros, los Inhumanos, los Extranjeros, existía una distancia muchas veces mayor que la que separa el lobo del zorro, el uro del bisonte, el ciervo del reno? ¿No habéis sido vosotros, nuestros mayores, quienes nos habéis transmitido el odio a los Otros? ¿No nos contaban nuestras madres por las noches historias de miedo en las que los Inhumanos aparecían representados igual que bestias? ¿No se decía siempre en la tribu que los Extranjeros no tenían sentimientos humanos y que ni siquiera se querían entre ellos? ¿No los describíais como degenerados sin afectos ni leyes, y como asesinos sin corazón? ¿No nos advertíais de que jamás puede uno fiarse de ellos y de que nunca nos hiciéramos amigos de los hijos de los Otros, por mucho que nos parecieran muchachos como nosotros y nos sonrieran desde lejos, porque era una treta para atraernos y luego matarnos? ¿No procurasteis siempre que no tuviéramos la más mínima oportunidad de conocerlos? ¿No murmurabais que el mundo estaría mucho mejor sin esos seres? ¿No os lamentabais siempre de que existieran? ¿No nos enviscabais contra ellos? ¿A qué viene entonces tanta queja por descastar unas alimañas?

Diez Águilas se daba cuenta de que no tenía respuesta para las palabras de Murciélago, mientras recordaba el viejo y sabio dicho de que «a quien sopla en el fuego las brasas le queman los ojos», y pensó que la hoguera aún podía hacerse más grande y las llamas dejar ciegos a muchos más. Se preguntaba cómo podría evitarse la venganza de sus enemigos y la respuesta a la venganza y una nueva venganza... Pero Murciélago aún no había terminado.

—Vuestra hipocresía me da aún más asco que

vuestra cobardía. Si queríais que respetáramos la vida de nuestros enemigos, habérnoslos presentado como respetables. Si está prohibido que un hombre derrame la sangre de otro hombre, mientras que se permite verter la de los animales, habernos descrito a los Otros como humanos, y no como comadrejas. Y si sus hijos son tan sagrados como los nuestros, ¿por qué nunca nos lo dijisteis? Toda esa historia del tabú de la sangre me parece un truco de los chamanes para mantener su poder sobre la tribu.

»Y puesto que nos habláis con dureza por hacer justamente lo que vosotros nos contabais que se tenía que hacer, nosotros os abandonamos. A partir de ahora llevaremos una vida de auténticos hombres. Y si algún día alguien pregunta por qué hemos matado y por qué hemos muerto les daremos esta respuesta: "Nuestros padres mintieron, eso fue todo".

Murciélago se dio la vuelta en dirección a la montaña donde estaba la Cueva Prohibida, y los demás, que participaban de la misma mezcla de sentimientos —decepción, orgullo, miedo, cólera—, le siguieron. Los padres de los chicos dieron un paso para retenerlos, pero Diez Águilas los paró en seco con un gesto de la mano y habló:

—Dejadles ir ahora. Todos, ellos y nosotros, tenemos mucho que meditar.

Áspid Enroscado callaba y Nube Negrisca lloraba.

En el cielo, el sol había sido definitivamente derrotado por las nubes y a lo lejos sonó el estampido de un trueno.

La flor del cerezo

Siguiendo a Murciélago en silencio, Cachorro y los otros dos chicos caminaron hasta la Cueva Prohibida. Llovía lentamente. Por el camino, en una charca, cortaron unos carrizos. En la caverna languidecían los rescoldos de la gran hoguera que había ardido durante la ceremonia de iniciación. Uno de los muchachos puso sobre las brasas un gadejón de quejigo que estaba preparado a un lado de la lumbre, y las llamas volvieron a danzar alegres, iluminando el lugar y llenándolo de calor y de vida. Las manos rojas de la Pared de los Héroes, y los signos que había junto a ellas, se encendieron también como si tuvieran su propio fuego, y Murciélago se paró delante y les dirigió la palabra:

—Hermanos, ya habéis visto cómo nos ha tratado la aldea después de habernos jugado la vida por ella. Queríamos ser grandes guerreros y que nuestras manos se marcaran algún día en la pared, pero nuestros sueños eran solo ilusiones de niños. Esperábamos llevar la vida de nuestros remotos antepasados, los que vinieron de muy lejos y conquistaron la Gran Planicie. Nuestro deseo era sufrir y luchar por la tribu, y que nuestros padres se llenaran de orgullo. Arriesgamos nuestras vidas y tres la perdieron, y a cambio obtenemos reproches y deshonor. He visto desprecio en los ojos del hombre que más he admirado en mi vida, el jefe Diez Águilas.

—¡Ese es otro cobarde! —chilló el hasta ese día pacífico hijo de Oso que Bosteza. Murciélago no le prestó atención y continuó.

—Pero esta noche, después de todo, hemos tenido nuestra iniciación. Hoy hemos dejado de ser niños para convertirnos en hombres, porque se nos han abierto los ojos. Hoy hemos aprendido que la vida es triste, y que solo consiste en cazar para comer, pasar hambre y frío en el invierno y más tarde perder las fuerzas con la edad, envejecer, convertirnos en una burla de lo que fuimos, y finalmente morir amargados y abandonados.

»La vida humana es peor que la de los animales, porque ellos no saben lo que les aguarda. El joven león lucha por obtener el respeto de los demás, y cuando es el señor de una manada cree que siempre será así. Nadie le ha dicho que acabará en los huesos y sin colmillos, y que las hienas que desprecia se lo comerán algún día. Y lo mismo le pasa al ciervo en la berrea, cuando solo busca las hembras y el combate y no cavila sobre su final.

»Hasta la noche pasada veíamos la vida de otra manera: esperábamos llenarnos de honor mientras tuviéramos fuerza, y que luego nuestras hazañas nos acompañaran en la vejez. Pero ¿qué vamos a contar a nuestros nietos? ¿Que cazábamos inofensivos ciervos y cabras? ¿Que nunca nos atrevimos a cruzar la

Cordillera Blanca por temor a nuestros enemigos? ¿Qué orgullo hay en eso?

Los otros tres asintieron con la cabeza y con la voz:

—¡Sí, sí, sí!

—Nos han dado de mamar mentiras —prosiguió Murciélago, reafirmado por sus compañeros—, y ya no creo en nada. No me trago que los colmillos de oso, de león, de pantera o de lobo, o las garras que cuelgan del cuello de nuestros padres, se los arrebataran a las fieras en combate de igual a igual. Me temo que se los arrancaron a los animales que se encontraron muertos. Hasta dudo de que les disputaran los despojos a las hienas. Pienso que esperaban pacientemente a que acabaran con la carroña.

—¡Malos cazadores, buenos mentidores! —le interrumpió con otro chillido el hijo de Oso que Bosteza.

—Tampoco creo —Murciélago no se detenía— que las manos rojas sean las de los héroes de la antigüedad. Seguro que se las encontraron aquí cuando llegó nuestro pueblo, y los chamanes se inventaron su significado. Los hombres de la aldea llevan los nombres de unos valientes que nunca existieron. También los nombres son falsos y yo no quiero cargar con uno de ellos.

—¿Qué haremos entonces? —dijo Cachorro, que empezaba a preguntarse en qué terminaría todo aquello. Hasta ese momento no había tenido el tiempo ni la serenidad para reflexionar acerca de lo que le estaba ocurriendo, sobre el giro radical e inesperado que estaba dando su vida; de pronto sintió el deseo de que el torbellino se detuviese siquiera un instante para poder pensar con calma. Los otros dos muchachos empezaban también a sentir una gran inquietud, una vez pasados los momentos de la aventura y de la exaltación que arrebataran su espíritu. Pero Murciélago no les dio respiro porque él sentía la misma zozobra y prefería seguir hacia delante sin volver la cabeza.

—Así haremos: marcaremos con ocre nuestras manos en la pared, y seremos los primeros héroes verdaderos. Y nos daremos nombres nuevos, que se convertirán con el tiempo en sagrados, porque nuestra vida será una leyenda que correrá de boca en boca y que se contará en los fuegos de campamento mientras haya inviernos y nuestra tribu exista. Y serán nombres que nuestros enemigos pronunciarán con temor. Viviremos realmente la vida de nuestros falsos antepasados. Y nos matará un oso o un león, o la jabalina de un adversario, pero no sufriremos las penas de la vejez.

—¡Eso es, eso es! —dijo el muchacho al que llamaban Ligaterna porque era ágil y nervioso como una lagartija.

Mientras los demás se enardecían, Cachorro recordó que su abuelo decía que no habiendo enemigo enfrente todo el mundo es valiente, pero no se atrevió a contradecir a sus amigos. Además, él siempre seguiría a Murciélago, que continuó hablando.

—Nuestro símbolo será la flor del cerezo, que cae entera, antes de marchitarse, cuando aún está en toda su belleza. Mejor florecer sin dar fruto que fructificar sin haber florecido, como la camarina.

Y cogió de una repisa el cuenco de hueso que contenía la pintura roja, de ocre disuelto en agua, con la que los guerreros se habían decorado el cuerpo, y se llenó la boca de líquido. Tomó entonces uno de los carrizos, cortó la caña y espurreó con ella el ocre sobre su mano apoyada en la pared, que quedó nítidamente perfilada. A continuación, los otros tres compañeros se rociaron también las manos con el almagre pulverizado y las dejaron marcadas. No había ya padres, ni ancianos ni chamanes en la gruta, pero la silenciosa escena a la luz de la hoguera era tan solemne como la que habían vivido la víspera delante de toda la comunidad. Después habló Murciélago, su nuevo jefe.

—Ahora es el momento de que escojamos nuestros nombres de guerreros. Ya sé que me llamáis a escondidas Murciélago, pero ahora no me importa. Tomaré ese nombre porque atacaré en la noche y seré invisible para nuestros enemigos.

Los tres muchachos restantes eligieron también sus nombres, y ninguno era como el de los antepasados, sino que expresaban el estado de ánimo que los embargaba, y tenían la grandilocuencia propia de la adolescencia: Castigo, Venganza e Ira.

—Desde este momento me llamaré Ira, porque jamás se agotará mi furia —dijo, gritó casi, Cachorro, avergonzado por lo que había pensado antes.

Cuando salieron de la Cueva Prohibida se sentían bien por primera vez después de los terribles acontecimientos de la última noche. El cielo estaba ahora radiante, como sus corazones, y empezaron a caminar sonrientes y cogidos por los hombros hacia la Cordillera Blanca con las lanzas en ristre. Los dorsos de las cuatro manos derechas tenían el color de la sangre. Los cerezos se vestían de primavera. El mundo era suyo.

Los primeros dos años fueron muy duros para los cuatro, porque era muy poco lo que conocían sobre la supervivencia en plena naturaleza. No sabían cómo cazar grandes presas, pero habían acompañado a sus madres y abuelos en las tareas de recolección de frutos y de setas en la temporada que va de mediados de verano hasta finales del otoño, y así pudieron alimentarse regularmente al menos durante una parte del año, justo la que precede al cruel invierno. Cuando conseguían las dulces bellotas de las encinas se las comían directamente o las machacaban para hacer una harina que luego cocían en hornos de piedra. Sabían que estas tortas se conservaban mucho tiempo y podían llegar a ser el sustento principal de la tribu si el invierno venía duro, pero las encinas no eran muy abundantes en la pradera. Los nogales y los castaños eran aún más raros porque necesitaban tener siempre los pies húmedos, pero daban mucha comida en la otoñada. En caso de extrema necesidad con los rizomas del helecho se hacían tortas, aunque en grandes cantidades sentaban mal, y también eran comestibles sus brotes. Había muchas verduras en la primavera, pero de poco alimento, más para entretener el hambre que otra cosa.

De críos, sin alejarse mucho del campamento, se divertían cogiendo salmones, truchas y demás peces con las manos, o embeleñándolos con gordolobo y raíz de torvisca, robando huevos y pollos de los nidos, poniendo lazos de crin de caballo y pinando lanchuelas en los revolcaderos y bebederos; con este simple armadijo formado por una laja sostenida por una varilla podían obtener liebres, conejos, codornices y perdices. Cuando los niños se cuajaban un poco, justo antes del estirón, aprendían a manejar el garrote liebrero, un palo corto que lanzaban de la punta, e incluso el bastón arrojadizo, más grande, con un ligero ángulo y los dos extremos apuntados, con el que a veces abatían piezas de tamaño mediano, como un rebeco, una cabra o un corzo, y entonces se hinchaban de orgullo y se sentían cazadores curtidos. Con liga hecha de muérdago capturaban pequeños pájaros. En caso de necesidad todos los animales de pelo y pluma eran comestibles. Sin olvidarse de las ranas, los cangrejos de río, los lagartos y los saltamontes. Y además tenían la miel, que era muy buscada.

Hay mucho alimento en el campo si uno sabe dónde encontrarlo y tiene la suficiente paciencia. Tenía más carne un caballo que mil ratas de agua, desde luego, pero la caza menor y las plantas estaban siempre ahí, y al caballo había que echarle mano. Por eso ocurría a menudo que los que se quedaban en el campamento —ancianos, mujeres y niños— aportaban más, poco a poco, a la economía del grupo que los cazadores. Y lo que es más importante, el campamento proporcionaba comida de forma más constante que las partidas de caza, que volvían muchas veces con las manos vacías, o tardaban muchas semanas en regresar.

Sí, los niños disfrutaban extraordinariamente acompañando a sus madres en la recolección y en la caza menor, pero soñaban con la caza mayor: el aguardo nocturno y paciente junto a los abrevaderos, las largas esperas en los claros del bosque donde habían preparado el salegar para atraer a las reses, y el rececho sigiloso con los nervios a flor de piel y el corazón entre los dientes. Era de las matanzas de bisontes de lo que hablaban los hombres en los fuegos de campamento, y no de la recogida de bellotas, arándanos, moras, avellanas y endrinas, o de la pesca de cangrejos. Veían a padres y a tíos muy concentrados planificando las futuras expediciones de caza, o disfrutando a su regreso con las mil y una anécdotas de la aventura.

Cazar el bisonte tenía prestigio, y además el gran bóvido proporcionaba a la tribu casi todo lo que necesitaba: carne para consumir fresca y para conservar seca, pieles para vestirse y para hacer tiendas de campaña, huesos y cuernos para fabricar instrumentos que iban desde puntas de azagaya hasta los punzones; incluso, a falta de leña, estiércol para alimentar el fuego. El bisonte era un coloso que imponía respeto, mientras que una perdiz nival, una marmota, una liebre o hasta un ganso, a pesar de su mucho alimento, no dejaban de ser bichos comestibles que cazaban, o casi sería mejor decir recolectaban, las mujeres y los alevines de cazadores. «El bisonte es para el hombre lo que la chorla para el halcón y la liebre para el águila», solían decir los cazadores, que disfrutaban viendo desde lejos los quiebros de las rapaces y sus presas.

Eran legendarias las historias de la caza del mamut, lance supremo, que se producía cuando alguna rara vez descubrían un ejemplar atollado en el tremedal y lo acosaban con sus lanzas en los corvejones para inmovilizarlo y luego se las clavaban en las ijadas o en la panza o donde podían hasta acabar lentamente con el aliento del gigante. Más de un miembro de la tribu también había dejado su vida en el trampal en aquellas memorables ocasiones.

Como los frutos crecían en los árboles y arbustos, y la planicie era en general una estepa, los humanos se concentraban en los bosques de los valles más profundos y de las solanas de las montañas durante la época de fructificación, y por eso los de la banda del Murciélago debían tener mucho cuidado para evitar un encuentro. En esos primeros dos años no deseaban ver a nadie, porque estaban en fase de crisálida. La oruga había muerto, pero todavía no había salido la mariposa.

Aunque con el tiempo se fueron sintiendo cada vez más fuertes y más decididos, cuatro lanzas eran pocas para acorralar y derribar a las grandes bestias, o siquiera para empujarlas hacia un despeñadero. Además, nadie les había enseñado a rastrear las presas o a esperarlas en los lugares a los que acuden confiadas a beber, a lamer la sal o a aparearse. No conocían bien los ritmos de la naturaleza porque no habían vivido lo suficiente como para descubrir el pulso de la vida por sí mismos. Ignoraban dónde pare la corza, o en qué luna canta el urogallo. Toda especie tiene su forma de ser, pero aún no se lo habían explicado.

Era mucho lo que precisaban saber sobre la caza mayor, pero esa era una ciencia que se trasmitía de una generación a otra, y ellos ya no pertenecían a ninguna. El conocimiento de las costumbres de los animales, y el de los inmensos territorios que habitaban, era la suma de las experiencias acumuladas por la multitud de los antepasados desde los albores del tiempo. Y cada uno de los mortales, se decía, tiene tantos antepasados como estrellas centellean en la noche.

Puesto que en ellos se quebró la continuidad entre los vivos y los muertos, no pudieron beber de ese río de sabiduría, y no les quedaba más remedio que remontarlo hasta sus veneros: el tiempo en que los hombres vivían como animales sin entender nada y con los ojos cerrados a los secretos de la naturaleza.

Pero eran jóvenes y vigorosos, y estaban resueltos a todo. Murciélago los convenció de que era justo que otros se afanaran por ellos y se dedicaron a robar la comida de los campamentos. Solo atacaban a los Otros, porque les daba vergüenza robar a su propia gente como si fueran vulgares urracas. Sin embargo, apoderarse del botín de los enemigos ancestrales les parecía legítimo, y constituía una pequeña hazaña que no carecía de riesgos. Aunque espiaban pacientemente los poblados y esperaban a que se hubieran marchado los hombres, a menudo oían el silbido de las letales azagayas que les enviaban las mujeres, los viejos y los niños. Y un venablo lanzado por un propulsor podía dejar seco a cualquiera, aunque lo impulsara el brazo esquelético de una vieja sin dientes.

Empezaron siendo solo cuatro, pero poco a poco se les fueron uniendo algunos muchachos de la meseta. Descubrieron así que en todos los campamentos había jóvenes descontentos, que por una razón u otra no soportaban la convivencia con los demás miembros de la tribu. Las personas mayores se acomodaban a cualquier situación y la toleraban; aunque les hubiera tocado llevar una oscura y triste vida, eran capaces de sufrirla día tras día. Pero nunca faltaban en los poblados adolescentes rebeldes y jóvenes inadaptados, que estaban dispuestos a escapar de la tiranía de las normas que regulaban la vida del grupo si se les daba la más mínima oportunidad de hacerlo. Los hombres, les enseñaba Murciélago, son por lo general tan sociables como el bisonte o el caballo, pero por alguna extraña razón los espíritus moldean a veces personas que no soportan el seguir mansamente a la manada. Y ellos eran de esos.

Y con los jóvenes guerreros empezaron a llegar también las chicas, atraídas por una vida más libre que la que la tribu les ofrecía como esposas y madres. Cada uno de los nuevos miembros que pasaba a engrosar el grupo tenía sus propios argumentos para escapar de su pequeño mundo. Y ellos ofrecían la única alternativa posible a una forma de vida que a muchos se les hacía insoportable, porque ya no querían sufrir por más tiempo el suplicio que les suponía la obediencia a los códigos de la tribu.

Se consideraban los más libres de todos los seres humanos porque no tenían que sujetarse a ley alguna. Llegaron a ser tantos que se convirtieron en el Pueblo Errante, un pueblo sin tribu ni obligaciones para con nadie, humano o divino. Mas, para su antigua tribu, Murciélago, Castigo, Venganza e Ira seguían siendo los Sin Nombre y solo podrían volver a ella si recibían un Nombre Verdadero en una ceremonia de iniciación.

Todos estaban llenos de entusiasmo y constituían una tropa invencible. Perdieron el miedo y los miramientos, dejaron de robar a escondidas en las aldeas de las Gentes del Mar y empezaron a atacarlas a plena luz del día, estuvieran o no sus guerreros presentes. Al que se resistía lo traspasaban con la lanza, y con las mujeres hacían lo que les venía en gana. A fin de cuentas, los cuatro ya habían descubierto lo fácil que era asesinar. Desde las montañas caían por sorpresa sobre los valles que dan al mar y arrasaban todos los campamentos que encontraban en el camino. Aunque al principio sus ataques tenían un propósito, o una justificación, ya que buscaban alimentos, pieles y mujeres, pronto quedaron saciados de todo lo que necesitaban —comida, abrigo o sexo—, y entonces siguieron matando y destruyendo solo por el placer de hacerlo, y por calmar su sed de revancha contra una suerte que les parecía injusta. Pero la sed no se calmaba nunca.

Cuando terminaba el verano, suspendían las correrías para volver a las anchas tierras de la meseta, donde se sentían seguros.

Las gentes de su tribu tenían noticia de las incursiones que llevaban a cabo en territorio enemigo, y hacían como que no se enteraban. Cuando los veían a lo lejos en el yermo se apartaban de su camino. Algunos jefes de aldea, como Diez Águilas, desaprobaban la conducta de los Sin Nombre, porque la consideraban contraria a la costumbre. Estos caciques pensaban que, en el mundo, todo, desde los movimientos del sol, la luna y las estrellas hasta las migraciones de las grullas, los cisnes y los gansos, así como la sucesión de las estaciones, estaba sometido a la ley de los dioses. «Somos ramales de una misma trenza», solían repetir. Les parecía a los hombres sabios de la tribu que los comportamientos desordenados podían trastornar peligrosamente la urdimbre de la vida. Decían que las cosas estaban tan anudadas unas con otras que formaban una enorme y finísima tela de araña, de hilos invisibles pero muy fuertes. Si la malla se aflojaba, aunque fuera solo en uno de sus lazos, nadie se salvaría porque todos dependían de todos.

Pero, en realidad, la mayor parte de la tribu se regocijaba con las hazañas de la banda sobre los eternos enemigos. Eran pocos, en el fondo, los que se escandalizaban de las matanzas de inocentes que perpetraban.

Los Otros no comprendían qué había desatado aquella furia que los azotaba desde la meseta, ni cuál era la razón de los salvajes ataques. Pero pronto empezaron a organizarse y responder de la misma manera. Las gentes de los poblados de la meseta dejaron entonces de encontrar divertidas las acciones del Pueblo Errante, aunque, para los niños, los jóvenes y valientes asesinos seguían siendo unos héroes. El resultado inevitable fue que la frontera se incendió en una guerra sin piedad en la que se enzarzaron los Pueblos de la Meseta y las Gentes del Mar. Y en aquel río revuelto Murciélago y sus fieros compañeros llenaban la cesta de peces.

El jefe Diez Águilas sabía desde hacía tiempo lo que tenía que hacer, y al fin se dispuso a cumplir con su tantas veces aplazado deber.

La cacería

Todo ocurrió un lóbrego y brumoso día, en el que el color turbio del cielo debería haberlos advertido de que alguna calamidad se acercaba. La banda de desesperados había superado un paso de montaña llamado el Portillo de los Heleros porque siempre, incluso en los veranos más ardientes, quedaban grandes manchas blancas. Junto a él se alzaba, ceñuda, la Peña Milana, de ahorquillada cima. La tensión se relajó al adentrarse el Pueblo Errante en la meseta. Volvían de la campaña veraniega de pillaje en los valles que dan al mar y pensaban disfrutar del pródigo otoño, antes de que cayeran las primeras nieves, en los bosques de las laderas meridionales de la Cordillera Blanca, en el borde del territorio de los Pueblos de la Meseta. Las gentes de su antigua tribu sabían que se refugiaban en esas solanas durante unos meses y los dejaban tranquilos, así que no esperaban ver a otros humanos por allí.

Las adustas cresterías de la Cordillera Blanca se deslizaban hacia el páramo por una larga pendiente, que descendían alegremente aquella borrosa mañana, mientras los vigilaban, lejanos e inalcanzables, los sutiles rebecos. Era el tiempo del celo de las cabras y de cuando en cuando se oían, potentes, los ecos de los fieros topetazos de los machos. Las marmotas aún no se habían metido en sus guaridas a dormir el invierno y se movían nerviosamente por los prados, bajo la mirada hambrienta del águila, confiada en que con el sol velado no la delataría su sombra. Picó la gran rapaz, se oyó el silbido penetrante de la marmota centinela y todas desaparecieron en un santiamén bajo tierra.

De las montañas manaba el agua que alimentaba los torrentes que bajaban hacia la paramera, donde se convertían en caudalosos ríos que excavaban profundas hoces. Solo había poblados bosques en el fondo de esos tajos, porque la aridez y el frío escasamente permitían que crecieran algunos estoicos enebros dispersos en las tierras más altas y que unos pocos pinos albares se agruparan, como para darse calor, en pequeños rodales. El resto de la vegetación somontana estaba compuesto por hierbas y matas rastreras o con forma de bola, como si se defendieran del bufido del viento tumbándose o adoptando la postura encogida del erizo. En aquellas asperezas solo podían resistir las plantas más bravas, los animales más recios y los hombres más rudos.

A veces, unos cuantos abedules también se aliaban para desafiar todos juntos al despiadado enemigo que los zarandeaba con su aliento helado. Se proponían los jóvenes violentos precisamente atravesar un abedular de montaña que crecía a lo largo de un riachuelo. Al otro lado del bosque el regato era ya un río que desaparecía de la vista hundiéndose en la tierra.

De la Peña Milana bajaba rodando una niebla que se iba tragando a su paso, como un alud, rocas, torrentes, rebecos, cabras, marmotas, prados, matas, enebros y pinos.

Se internaban tan confiados en el abedular que no se cuidaban del ruido que hacían sus pies al aplastar la alfombra de hojas caídas que cubría el suelo. El bosque estaba desnudo y parecía transparente. Pero Murciélago permanecía, como siempre, atento, y no dejaba de escuchar y de mirar en todas las direcciones. Era aún temprano, y el crepitar de los charcos helados al caminar sobre ellos le intranquilizaba. Los dedos de la niebla ya se deslizaban entre los primeros abedules.

En la paz del bosque un arrendajo lanzó su penetrante graznido, y Murciélago se tensó. Al instante se oyó un silbido y el muchacho se dejó caer hacia delante contra un tronco en un reflejo inconsciente, sin tiempo para pensar. Una azagaya cruzó el aire a un palmo de su cabeza, por la derecha, y se fue a clavar en la blanca corteza del árbol situado a su espalda. Desde la seguridad que le brindaba el tronco contra el que se apoyaba, Murciélago se volvió y examinó las marcas que adornaban el astil de la azagaya.

—Son los nuestros —gritó, y al instante el bosque, que parecía dormido, se puso en movimiento. De detrás de todos los árboles que tenían a la vista salieron guerreros armados dando alaridos escalofriantes, y al frente de ellos iba el jefe Diez Águilas.

Tanto los chicos como las chicas que a lo largo del tiempo se habían unido a los cuatro malditos tiraron entonces las jabalinas al suelo y enseñaron las palmas de las manos a los enemigos, para darles a entender que se rendían y que no estaban armados. Algunos se pusieron incluso de rodillas y empezaron a gemir y a suplicar clemencia. Pero Murciélago se lanzó hacia delante, atacando en lugar de entregarse, y sus tres viejos camaradas, Castigo, Venganza e Ira, le siguieron. Lanzando sus propios gritos de guerra acometieron a los antiguos compañeros de tribu, ahora enemigos mortales, y fueron cubriendo poco a poco, parapetándose tras los abedules, la distancia que los separaba, mientras las azagayas, impulsadas con violencia por los propulsores, cortaban el aire a su alrededor.

Ira estaba dispuesto a morir con honor, en vez de rendirse, y esperaba recibir un dardo en el pecho antes de poder entablar combate cuerpo a cuerpo. Pero Murciélago no solo era valiente, sino también inteligente, y había calculado acertadamente el tiempo que tardaría la niebla en invadir el bosque; para cuando los cuatro llegaron hasta donde los esperaban Diez Águilas y los guerreros de su antigua tribu, momentáneamente detenidos por su audacia, ya la niebla los había envuelto a todos y era imposible ver nada a dos pasos de distancia.

Entonces echaron a correr como posesos, espoleados por los lastimeros gritos que oían a sus espaldas, y que les revelaban que no se respetaba la vida de los que se rendían. En cuatro ocasiones se encontró Ira en su camino con un enemigo. No sabía quiénes eran, porque llevaban la cara pintada, pero estaba seguro de que se trataba de antiguos amigos o incluso de familiares cercanos. Él no quería herirlos, pero estaban decididos a acabar con su vida y tuvo que defenderse.

Con el primero chocó violentamente y los dos rodaron abrazados por el suelo, entre las hojas secas. Con la mano que le quedó libre alzó un canto y le aplastó el cráneo. Al segundo con el que se tropezó lo atravesó con la lanza que llevaba, y se quedó desarmado mientras el enemigo se retorcía traspasado en el suelo. De detrás de un árbol salió un tercero, al que no le dio tiempo a levantar su venablo. Bajó la cabeza y le embistió en el estómago, haciéndolo caer de espaldas. Al recibir el golpe el enemigo soltó el dardo. Ira lo cazó en el aire y lo lanzó sobre otro hombre que surgía de la bruma, al que acertó en el cuello. Ya no se tropezó con ningún otro adversario y continuó corriendo hasta que dejó de ver árboles a su alrededor. Ya estaba al otro lado del bosque.

Solo había niebla, y se sentía en medio de la nada, pero oyó ruidos de pisadas y miró a su izquierda. Allí estaba Murciélago, primero como un bulto borroso y doble; luego, cuando su silueta se aclaró, le vio llevando del hombro a uno de los compañeros, Castigo; el otro, Venganza, surgió pronto a su derecha. Murciélago les habló entonces con un soplo de voz:

—Pronto se disipará la niebla, y cuando Diez Águilas no nos reconozca entre los muertos, empezará la persecución. Pero pasará entretanto un tiempo precioso que tenemos que aprovechar para tomar ventaja. Vosotros dos seguiréis el curso del río que se hunde en el páramo, y así desapareceréis de la vista. Yo, con Castigo, tomaré el camino de la montaña. Nos volveremos a encontrar en la Piedra Señera.

El herido no podía dar ya un paso, y Murciélago se lo echó a la espalda. Empezó a caminar con él a cuestas, y detrás iba dejando un ancho reguero de sangre. Ira imaginó que Murciélago quería que lo siguieran a él y así darles a los dos la oportunidad de escapar. Se despidió de Murciélago con una mirada, suponiendo que ya jamás lo habría de volver a ver. Emprendió el camino hacia el río. Toda su vida se le pasó entonces por la cabeza. Sentía tanta congoja en el pecho que más de una vez levantó su ropa esperando encontrar la herida de una lanza.

Como Murciélago había predicho, pasó todavía un buen rato hasta que Diez Águilas y sus guerreros, todavía envueltos en la densa niebla, terminaran de reunir los cuerpos de los que habían caído durante la carnicería y empezaran a entender lo que había pasado. Entre los cuerpos de los enemigos faltaban los cadáveres de los cuatro más buscados, y en su lugar los guerreros recogieron una abundante cosecha de muertos propios. Varios heridos contaron que habían visto pasar como una exhalación a alguno de los Sin Nombre, golpeando y clavando a diestro y siniestro en su vertiginosa huida.

Diez Águilas suspiró profundamente. Habían ido al bosque de abedules para llevar a cabo un trabajo muy sucio de exterminio de alimañas humanas, sin conceder el beneficio del perdón a quienes se rindiesen. Los cuerpos de los jóvenes que poco antes imploraban clemencia de rodillas yacían ahora alineados en el suelo, y pudo ver sus caras de muchachos, de críos en algunos casos, contraídas en una mueca de dolor y de miedo. Sus ojos lo interrogaban desde el suelo. Diez Águilas se sabía el máximo responsable de la matanza de unos jóvenes que no habían ofrecido resistencia alguna, y después de tanta sangre derramada ni siquiera había conseguido acabar con los cabecillas del Pueblo Errante.

Aquellos años de combate entre los Pueblos de la Meseta y las Gentes del Mar los habían endurecido a todos, y Diez Águilas, como los demás guerreros a ambos lados de la Cordillera Blanca, había aprendido a matar seres humanos. Y eso quería decir, en el mejor de los casos, lanzar una azagaya con el propulsor y ver cómo atravesaba el pecho o el abdomen de un hombre y ese hombre caía. Y acercarse luego hasta él para descubrir que aún estaba vivo, y sangraba, respiraba y miraba desde el suelo con unos ojos que se clavaban como dos arpones, con mucha más fuerza que los del toro, el ciervo o el caballo caídos. Esa mirada no se borraba nunca de la memoria y acompañaba al matador el resto de sus días. Y entonces había que agarrar con fuerza la lanza y clavársela al vencido en el corazón, a no ser que se prefiriera estallarle el cráneo con una piedra. Para que dejara de mirar, para que no se agarrara a uno y a la vida con los ojos, para alejarse de él. Y siempre se tenía la sensación de que una parte del hombre al que se mataba se metía muy dentro y se quedaba en el cuerpo del vencedor para siempre. Diez Águilas no sabía lo que era, pero, después de ver morir a tanta gente, juraría que, cuando un agonizante exhalaba su último aliento, algo denso y real salía de su boca y atravesaba las filas de los dientes buscando un nuevo lugar en el que residir. Siempre, desde que se convirtió en cazador de hombres, le intrigó ése misterio, por lo que observó con atención los últimos estertores de los animales que derribaba, sin que nunca le pareciera que en ellos habitara un espíritu como el de los hombres.

Al ver tantos cadáveres jóvenes amontonados en el prado como en una cacería, Diez Águilas pensó que él no era mejor que Murciélago. Aunque sentía una gran congoja en su ánimo, organizó la persecución de los cuatro jefes del Pueblo Errante. Cuando salieron a terreno abierto, al otro lado del bosque de abedules, vieron enseguida el reguero de sangre y se pusieron a seguirlo. Media hora después se tropezaron con el cadáver desangrado del herido que había sido llevado a hombros hasta ese punto.

Murciélago sabía sin duda que no sobreviviría al viaje, y que sufriría con el transporte, pero no quería dejarlo solo y abandonado a sus enemigos mientras respirase. O tal vez solo se proponía utilizarlo para atraer la atención de los perseguidores. Así era Murciélago; con él nunca se sabía si pensaba en los demás cuando tomaba sus decisiones, o si los utilizaba a todos como elementos necesarios para sus enrevesadas tramas; si era un idealista rebelde e incomprendido, o un maldito manipulador egoísta de sangre helada. Y es posible que él también se muriera sin comprenderse; pero era sin duda un hombre que no se parecía a ningún otro y que no habría podido vivir como los demás.

Cuando los guerreros que Diez Águilas conducía llegaron hasta el cadáver de Castigo se detuvieron emocionados. El padre y los hermanos del joven renegado se arrodillaron junto a él. Todos los guerreros guardaban silencio y hacían corro. Su piel era una mezcla caótica de colores, en la que los goterones verticales de sangre cortaban la trama horizontal de las pinturas de guerra. El muerto era hijo de Oso que Bosteza, y este, pese a su terrible dolor, se sintió orgulloso como padre. Con la vida nómada y dura que había llevado desde que abandonó a su gente, Castigo se había convertido en un hombre fornido y gallardo. El primogénito de Oso que Bosteza había muerto como un valiente, combatiendo y sin rendirse, y se había ganado el respeto de toda la tribu, algo que él nunca tuvo.

Aunque la niebla se empezaba a deshacer, el sol apenas brillaba en aquel ceniciento día.

El duelo

Diez Águilas levantó la vista y a lo lejos divisó una silueta que estaba inmóvil en la falda de la montaña, vuelta hacia ellos.

—Es Murciélago —dijo—, que intenta enriscarse. Iré tras él. Esto es cosa mía.

Los guerreros se ofrecieron para acompañarle y ayudarle, no fuera a ser que después de tanto esfuerzo y tanta sangre Murciélago se escapara o lo derrotara. Pero Diez Águilas insistió:

—Quedaos aquí y enterrad con honores al bravo que una vez fue nuestro hermano. Algún día nos reuniremos con él y cazaremos juntos. No os preocupéis tampoco por los dos que faltan. Pase lo que pase entre Murciélago y yo, os aseguro que esta desgracia terminará para siempre con nuestro duelo.

Cogió entonces provisiones para el camino, sus venablos, su propulsor y su lanza, y también raquetas para la nieve, y echó a andar hacia la montaña, que se llamaba Peña Lóbrega. El bulto humano que se divisaba a lo lejos, como si hubiera estado esperando una señal, empezó también a moverse.

La pendiente era muy fuerte, y en varias ocasiones tuvieron que superar llambrias muy resbaladizas. Murciélago miraba hacia atrás con la débil esperanza de que Diez Águilas retrocediera ante aquellas escarpas, pero el jefe se aferraba con las manos a los salientes de la roca y encajaba el cuerpo en las grietas para impulsarse con la espalda, las rodillas y los pies. De chaval sus compañeros lo habían apodado el Agateador por la seguridad con la que trepaba por los árboles y por los cantiles en busca de huevos, aunque él lo hacía por placer, y todavía conservaba gran parte de su destreza en la escalada.

Más tarde atravesaron el territorio en ruinas de un canchal, con rocas de agudas aristas que laceraban las plantas de los pies a pesar de las recias suelas de sus botas, hechas de la piel más dura del costillar del caballo. Cuando abandonaron la glera y llegó la noche se mantenía la distancia entre los dos hombres, que dejaron de verse al tiempo que el paisaje desaparecía envuelto en la negrura. La luna no pudo abrirse camino entre las ceñudas nubes que habían enfoscado el cielo toda la jornada. Esfumado el camino, solo cabía esperar al día siguiente. Pero al poco se encendieron, distantes, dos fuegos que parecían vigilarse mutuamente, el del perseguidor y el del perseguido.

Diez Águilas y Murciélago estaban extenuados después de tantas horas de acción, pero ninguno de los dos consiguió dormir esa noche. Aunque el fuego propio los calentaba, la luz de la hoguera que brillaba a lo lejos los mantenía despiertos. Hipnotizados, no podían apartar la mirada de aquel punto luminoso. Y si cerraban los ojos, lo veían latir aún con más fuerza.

El día se anunció con una débil claridad, y los contornos de las cosas empezaron a definirse en la bruma. Cuando la visibilidad aumentó, Diez Águilas localizó a Murciélago sentado en lo alto de una roca, montaña arriba, mirando en su dirección. El jefe comió un poco, más para que su enemigo viera que tenía provisiones que por verdadera hambre. Su estómago estaba completamente ocupado, en realidad, por una masa de sensaciones pesadas y dolorosas.

El suelo de la empinada falda de la montaña en la que se encontraban estaba cubierto por una alfombra de gayubas de la que sobresalían algunos jabinos y ratizas, arándanos, brezos y brecinas. En un vallejo crecían unos pocos abedules, y más arriba en un rellano había un bosque de pinos con altos fustes de color anaranjado. Una corza asomó delicadamente medio cuerpo por el lindazo de la pinada, y enseguida desapareció. Hacía frío, y el siniestro color cárdeno de las nubes anunciaba nieve.

Murciélago empezó a ascender, y su paso ligero era una demostración de vigor. En el fondo de su corazón esperaba impresionar a Diez Águilas para que abandonara la caza. Por eso le desalentó ver que también el jefe, con un ritmo más lento pero firme, se ponía a andar. El mensaje que pretendía enviar Diez Águilas era que estaba decidido a caminar hasta que el hambre agotara a Murciélago y lo pusiera en sus manos, o buscara antes el enfrentamiento para acabar con esa situación. Ambos sabían que en un combate a muerte podría imponerse tanto la veteranía del jefe como la juventud del rebelde. La experiencia contra el vigor. Cuanto más se dilatara la marcha, más cansancio acumularía el viejo, pero al mismo tiempo más se habría debilitado el joven por la falta de comida. Las fuerzas tendían a equilibrarse con el tiempo.

Murciélago entró en el bosque de pinos, y Diez Águilas dejó de verlo. Al mediodía Diez Águilas alcanzó la mancha de árboles y se preparó mentalmente para combatir temiendo que Murciélago le tendiera una emboscada. Mientras atravesaba el claroscuro del bosque, sus ojos escrutaban cada uno de los troncos, y esperaba ver salir en cualquier momento a su enemigo de detrás de uno de ellos. Pero las huellas que seguía iban rectas, abriendo surcos entre los helechos cobrizos como una presa que huye, no como un león que acecha, y por eso le resultó sencillo hilvanar el rastro. Cuando Diez Águilas abandonó el bosque estaba anocheciendo. A lo lejos, muy arriba, divisó una hoguera. Él también se detuvo, porque ya no tenía luz para ver dónde pisaba, y el terreno era de nuevo muy quebrado. Recogió unas ramas secas y unas piñas, y encendió un fuego. La noche era muy fría y ciega, otra vez sin luna, pero aún no había comenzado a nevar.

Al calor de las llamas, pese a la tensión, Murciélago y Diez Águilas acabaron por amodorrarse, y la mente del joven se pobló de imágenes. Recordó escenas de la existencia feliz que había disfrutado siendo niño y adolescente antes del interrumpido rito de iniciación, y soñó con la vida familiar que habría llevado en su tribu si las cosas no se hubieran torcido. Esas imágenes le producían paz, y Murciélago, dormido, sonreía. En un segundo plano veía unos ojos enormes que lo miraban con dulzura, cariño y aprobación, y los ojos le resultaban familiares. Entremezcladas con los recuerdos felices se alternaban ráfagas de la vida real de violencia y pillaje que le había llevado a la penosa situación en la que se encontraba. Y entonces aquellos enormes ojos conocidos lo miraban con censura y tristeza, y la expresión de Murciélago se ensombrecía.

Las nubes estaban tan negras por la mañana que se podría decir que en ningún momento llegó verdaderamente a amanecer aquel día. Más bien la noche se hizo algo menos oscura, filtrándose una débil luz que no se sabía de dónde venía, si no fuera por alguna rendija abierta entre un suelo y un cielo del mismo color pizarra. El viento de poniente venía ya preñado de nieve.

Conforme Murciélago, por delante, y Diez Águilas, a la zaga, escalaban Peña Lóbrega, el aire se iba volviendo más frío, y las matas rastreras cedían su lugar en el terreno a los céspedes de altura. El cendal gris de la bruma se apoderaba cada vez más del paisaje, y la silueta de Murciélago se fue difuminando en ella, hasta que se esfumó por completo de la vista del jefe.

Cuando la visibilidad se hizo nula, los dos hombres, que se habían mantenido hasta ese momento en contacto a través de la mirada, se encontraron de pronto completamente solos y perdidos en medio de una nube, sin ninguna referencia. De alguna manera, durante la persecución, la presencia del otro les había servido de guía, una amenaza pero una tranquilidad, la de tenerse localizados.

Caminar sin casi verse los pies por un terreno tan traicionero entrañaba un riesgo mortal, pero Murciélago pensó que era su oportunidad para despistar definitivamente al incansable jefe. En lugar de subir aún más alto en la montaña, caminaría en horizontal hacia su derecha, sin perder cota. Recordaba que por aquel lado había visto una torrentera por la que podría bajar y situarse a la espalda del jefe. No para atacarlo, sino para emprender la huida monte abajo, medio oculto en la profunda incisión en la ladera, mientras Diez Águilas seguía ascendiendo. La estratagema tenía su riesgo, porque pasaría tan cerca del jefe que podría caer directamente en sus manos si en el momento en el que se cruzasen se descorría la niebla.

Pero cuando, después de mucho sopesar las dos alternativas, optó por cambiar de dirección, empezó a nevar con fuerza desatada. Más que caer, los grandes copos blancos parecían violentamente lanzados hacia abajo por una mano sobrenatural. Al poco, la aspereza del suelo se suavizó con una blanda piel. El viento aullaba como una manada de lobos hambrientos. Murciélago comprendió al instante que, a pesar de ser invisible en la tormenta, no lograría jamás despistar a un hombre tan hábil siguiendo un rastro en la nieve como el jefe Diez Águilas. Decidió entonces reventarlo caminando con la máxima rapidez de que era capaz hacia la inalcanzable línea de cumbres.

Durante la fatigosa andadura, siempre cuesta arriba, por aquellas breñas, Murciélago había venido dosificando sus fuerzas —a camino largo, paso corto, se decía a sí mismo—, pero ahora se trataba de echar el resto, de quemar las últimas energías que le quedaban después de una caminata tan larga y sin alimento. Esperaba que Diez Águilas se desanimara al ver el ritmo de marcha que llevaba, y se rindiera ante la fuerza de su juventud. Pero en el fondo de su mente algo le decía que Diez Águilas no desistiría jamás mientras tuviera vida.

Por su parte, el jefe respiró aliviado cuando llegó al punto donde había visto a Murciélago por última vez, y vio sus huellas perfectamente claras en la nieve. Y luego le dolió hasta el último hueso y la última fibra del último músculo cuando dedujo por el rastro que Murciélago se alejaba cada vez más de él a grandes zancadas. Se sintió más viejo y más cansado que nunca. Pero todo veterano cazador sabe que no hay que desalentarse por el frenético galope con el que el caballo comienza la huida, porque antes o después el tranco se acortará si el cazador se mantiene lo bastante cerca como para que la presa no pueda detenerse a comer y reparar fuerzas. Es así también, a base de insistencia, como los lobos acaban con los uros. Llega un momento en el que el poderoso toro, o la vaca con crías, que tan briosamente se defendieron durante a veces días, terminan por entregarse a los dientes de sus feroces enemigos. Parecen entonces pedir, mansamente, que les den muerte de una vez por todas, que acaben ya con su tortura. La clave para abatir una presa no es otra que esta: saber sufrir más que ella.

Diez Águilas apretó los dientes, masticando el agotamiento, porque estaba cierto de que lo pasaría muy mal aquel día siguiendo las huellas de Murciélago, cada vez más profundas en la nieve. Aunque no veía casi nada en medio del temporal, supo al menos que su enemigo no lo podría despistar. Era tal el esfuerzo que hacía que el jefe apenas podía pensar en otra cosa que no fuera en dar el siguiente paso, en el que se veía obligado a poner toda su energía. Trató de llevar un ritmo constante de subida que pudiera mantener durante mucho tiempo, en lugar de acelerarse a ratos y tener luego que parar a descansar. Sobre la marcha se iba metiendo puñados de nieve en la boca para aplacar su sed, pero no era lo mismo que beber agua líquida, y no le saciaba. Constantemente cruzaba por su mente la idea de dejarse caer y abandonar la caza, y siempre la desechaba.

Y cuando más desesperado se encontraba, renació la esperanza en Diez Águilas, porque hacia el mediodía vio cómo las huellas se juntaban: la zancada de Murciélago se acortaba.

Se empieza a cansar, pensó. Su falta de alimento iguala nuestras debilitadas fuerzas, y además él no lleva marañones en las suelas y se hunde más profundamente en la nieve.

El resto de la jornada se le hizo interminable, pero le animaba comprobar que la velocidad de Murciélago no era ya superior a la suya.

Estamos tan cansados el uno como el otro, meditó. Ahora veremos quién de los dos aguanta más.

El jefe era un hombre muy duro, con una gran resistencia, pero Murciélago tampoco se desmoralizaba. Siguieron así la caminata, manteniendo la distancia, hasta que se apagó completamente la débil claridad de aquel día en el que en ningún momento llegó a brillar el sol. Murciélago y Diez Águilas ya estaban muy arriba en la montaña, y no había ningún lugar en el que refugiarse, ni era posible hacer fuego porque no existía leña alguna. Solo nieve. Perseguidor y perseguido se hicieron un ovillo y se dispusieron a pasar la noche más fría de sus vidas. Rugía el viento y la nevada se había convertido en cellisca. Parecía imposible que pudiera resistir alguna forma de vida en aquel desolado lugar.

Enroscado sobre sí mismo, Diez Águilas tuvo mucho tiempo para pensar sobre lo que más convenía hacer. Tal vez no consiguiera nunca alcanzar a Murciélago; quizás él cayera agotado antes. En ese caso, Murciélago reuniría una nueva tropa de desesperados y la pesadilla volvería a comenzar, incluso con más odio, rencor y violencia que antes de la matanza del bosque de abedules. Y además ya estarían los bandidos sobre aviso y no se dejarían sorprender en territorio propio. Hasta era posible que se olvidaran de quiénes eran sus mayores y atacaran también los poblados de su misma tribu. Diez Águilas se imaginaba a Murciélago y sus dos compañeros liderando un grupo de renegados de todas las procedencias y sembrando el terror indiscriminadamente, lo mismo en la meseta como al otro lado de la Cordillera Blanca. Los veía como la amenaza del mundo, ofendiendo a dioses y espíritus, quebrando la armonía de la naturaleza y sus leyes, condenando al ser humano al desorden, y después a la irremisible ruina de la trama de la vida. Había que hacer algo, había que restaurar el orden, y el remedio estaba solo en sus manos, aunque ahora dudaba de que fuera capaz de conseguirlo.

Diez Águilas recordó cómo llegó él a convertirse en jefe, de una manera natural, sin que nadie lo proclamase, sin que ni siquiera él supiera que a partir de ese momento había cambiado su vida para siempre. Fue un día de verano en el que el grupo marchaba lentamente por el páramo, y era lo único que se movía en el desolado paisaje. El tórrido estío había asurado la pradera, que tenía un color pajizo uniforme. Soplaba un ábrego sofocante. Había en el cielo, hacia la parte del mediodía, dos únicas nubes, grandes y cárdenas, y de una de ellas se desprendió, zigzagueante, un relámpago. Al poco rato, una larga línea de fuego avanzaba hacia los humanos. Imposible bordearla, no les quedó más remedio que escapar hacia el norte, pero el viento cada vez soplaba más fuerte y las llamas se acercaban a toda velocidad. Se hizo de noche y la cortina roja amenazaba con engullirlos a todos antes del amanecer. Además, el humo que precedía al fuego hacía difícil la respiración y el insoportable calor bañaba en sudor los cuerpos. Hacía mucho tiempo que se habían bebido toda el agua y estaban más que secos. Los ancianos ya no podían seguir la marcha y se sentaron, resignados, a esperar la muerte entonando sus cantos sagrados. Todo el grupo se paró sin saber qué hacer. Entonces Diez Águilas, sin pronunciar palabra, se adelantó muchos pasos. Los que lo vieron pensaron que huía, pero se sentó y prendió un fuego. Nadie le hizo caso hasta que un soplo de viento levantó una llamarada que, como si fuera un ser vivo, empezó a moverse hacia el norte. Ahora estaban atrapados entre dos fuegos, pero el que inició Diez Águilas se alejaba dejando detrás un terreno calcinado, mientras que se aproximaba el que les perseguía desde el sur.

—¡Vamos! ¡Haced como yo! —gritó Diez Águilas mientras avisaba a los demás para que se llegaran hasta él.

Se envolvió los mocasines y las polainas con la camisa y los calzones que llevaba puestos, y también con la capa y la zamarra que ya se había quitado, cortando la piel en tiras con el cuchillo de pedernal cuando era preciso para lograr buenas ataduras. Con los pies así protegidos y el resto del cuerpo desnudo avanzó por el suelo negro hasta llegar a un lanchón, la única roca visible en toda la planicie, a la que se subió. Los demás empezaron a imitarle, unos adivinando el plan, otros mecánicamente, por puro mimetismo. Pero todos se percataron de la idea de Diez Águilas cuando la roja ola los rodeó sin quemarlos y pasó de largo. Sudaron hasta deshidratarse y tosieron hasta quedarse sin pulmones, eso sí. Pero se salvaron de la quema.

A partir de ese día Diez Águilas se convirtió, sin que hiciera falta que se lo dijeran, en el jefe, porque en cada momento de peligro, ante cada problema grave, en cualquier encrucijada, todas las miradas convergían en él. Y Diez Águilas comprendió por qué los hombres eligen siempre un guía: para que él cargue con la responsabilidad, con la zozobra, con las consecuencias, mientras que ellos viven sin preocupaciones. Pero aquella noche no se le ocurría cómo resolver el mayor de todos los problemas a los que se había enfrentado la tribu: un problema llamado Murciélago.

En ese momento, una enorme luna llena, que parecía hecha de hielo, encontró un resquicio en la negrura de la cúpula del cielo. Aunque todavía velada y de contornos poco definidos, iluminaba lo suficiente como para que Diez Águilas pudiera distinguir su propio cuerpo y aún algo más allá. Entonces vio las huellas en la nieve de Murciélago, que remontaban la montaña, y no se lo pensó dos veces. Se puso de pie y agradeció a los espíritus que le hubieran brindado esa oportunidad. Si caminaba a buen ritmo, quemando las últimas fuerzas que le quedaban, durante toda la noche, alcanzaría a Murciélago antes de que amaneciera y lo pillaría dormido, o por lo menos desprevenido. Sería entonces fácil acabar con él de un lanzazo en el corazón. La luz de la luna, aunque muy filtrada por las nubes, era suficiente para seguir el rastro de Murciélago, pero afortunadamente no brillaba tanto como para que este lo viera venir desde lejos. Diez Águilas ya había sorprendido antes otras presas en esas condiciones.

La noche se le hizo eterna al jefe, y el cansancio lo abrumaba. Cada vez le era más difícil pensar, e incluso fijar la mirada y enfocar algo que no fuera un corto trecho de nieve hollada por delante de sus pies. Se movía casi inconscientemente, como un animal impulsado por algún imperioso instinto. En su mente solo cabía una idea, la obsesión de llegar hasta Murciélago, y ahorraba incluso las fuerzas de pensar en cualquier otra cosa. No albergaba en su cabeza recuerdos, ni impresiones, ni proyectos, ni sentimientos. Temía que cualquier distracción lo debilitara. Prefería ser solo energía al servicio de una idea.

Una y otra vez, mientras sus pies se hundían alternativamente en la nieve y algo dentro de él, como un mecanismo, tiraba de ellos para dar el siguiente paso, veía en su interior la misma escena: el rastro le llevaba hasta un hombre que estaba tumbado de lado y encogido, con la cara vuelta hacia el otro lado; entonces él agarraba con fuerza la lanza con las dos manos y atravesaba por la espalda el cuerpo sin que se oyera más ruido que el de su desbocado corazón y su entrecortada respiración.

La noche iba avanzando y, muy lentamente, la luna se mostraba cada vez más, lo que animaba a Diez Águilas a acelerar el paso para llegar a tiempo de sorprender a Murciélago aún dormido. El frío era intensísimo, demasiado como para que nieve, pensó. Respirar era como tragar carámbanos. Tenía las manos gafas y solo con mucho esfuerzo acertó a taparse el resuello con una tira de piel. No sé cómo voy a manejar la lanza con estas manos de madera, meditó. Le habría gustado golpear los pies contra el suelo para sentirlos, pero se lo impedía el imprescindible sigilo que se obligaba a guardar.

Finalmente, en el cielo se movió veloz una nube negra, y en un instante la luna apareció entera, iluminando el desnudo paisaje blanco en toda su extensión. Diez Águilas se detuvo, sobrecogido y atemorizado, y entonces vio con sus ojos lo que había imaginado tantas veces antes. Tan solo a diez pasos por delante estaba Murciélago tumbado dándole la espalda. No se le ofrecía nada más a la vista; solo un hombre echado en la nieve y bañado por la suave luz de la luna; ni una mata, ni la más pequeña roca.

Diez Águilas levantó su lanza y la hincó con todas sus fuerzas en la figura yacente de Murciélago. La punta, al clavarse en la espalda, hizo un ruido que sonaba más a nieve que a carne. Y luego, al perforar el cuerpo, la madera se deslizó con una facilidad que Diez Águilas no esperaba. Ningún temblor o espasmo de muerte.

Entonces lo entendió todo. Las huellas marcadas, demasiado marcadas. La zancada cada vez más pequeña, demasiado pequeña. El joven durmiendo confiado, demasiado confiado. Demasiado claro. Demasiado obvio. Demasiado fácil. Demasiado tarde. Desclavó la lanza y se volvió con toda la rapidez de la que era capaz. Pero no llegó a levantar el arma, porque en ese momento recibió en pleno corazón el lanzazo de un Murciélago desnudo que surgía, como un pálido espíritu, de la nieve. Diez Águilas cayó desplomado hacia atrás sin pronunciar un sonido, y allí quedó, tumbado de espaldas, con el palo que lo atravesaba apuntando al cielo.

A Murciélago, que había permanecido mucho rato enterrado hasta la nariz en la nieve esperando la llegada de su enemigo, lo recorrían violentos escalofríos que lo sacudían de la cabeza a los pies. Se había desnudado y puesto sus pieles a un señuelo de nieve. Tenía los labios amoratados y no sentía las manos ni los pies. Si hubiera errado mínimamente en su cálculo, si Diez Águilas hubiera tardado solo unos latidos más, ya no habría sido capaz de manejar la lanza con sus engarfiados dedos, y habría perdido la partida: el cadáver que miraba al cielo habría sido el suyo. Le debía la victoria a su astucia, pero también a la suerte, porque Diez Águilas pensó tan rápido y se giró tan deprisa que a Murciélago casi no le dio tiempo a levantarse de la nieve, y tuvo que empujar su lanza aún con una rodilla en tierra.

En los primeros instantes, Murciélago apenas prestó atención al muerto, porque tenía mucha prisa en recuperar sus pieles y cubrirse cuanto antes. Luego estuvo un largo rato encogido, recobrando el calor. Cuando por fin volvió a sentir el correr de la sangre por sus venas, empezó a asimilar lo que había pasado y miró el cadáver de Diez Águilas por primera vez. Se puso de pie y se acercó para verle la cara. Se arrodilló para estar más cerca. Esperaba encontrar una expresión de sorpresa o de odio, pero le llamaron la atención unos ojos enormes, que reconoció al instante. Eran los de su sueño de la otra noche, y lo miraban con dulzura y cariño, como los de un padre.

Primavera amarga

La Piedra Señera era un afloramiento de pizarras que se erguían enhiestas en mitad de un desierto que se extendía hasta donde la llanura se esfumaba en el horizonte. A la espalda, hacia el mediodía, se elevaba imponente una muralla nevada, las Montañas Azules. Pero así como los bravos picos de la Cordillera Blanca se entremezclaban como si se hubieran enredado los cordales, formando nudo, las pandas Montañas Azules se alineaban disciplinadas y mansas. Las lejanas cimas del norte estaban rotas y astilladas en agudos galayares y cortantes cuchillares; en cambio, las compactas moles del sur eran gibosas y pesadas. Las Montañas Azules parecían una colosal ola que avanzase sobre la pradera, y la nieve de las cumbres era su espuma. El macizo central era conocido como el Murazón, porque semejaba el músculo del brazo; era el bíceps de piedra de la tierra.

También había una diferencia de carácter entre las cumbres erizadas y las romas. Las septentrionales parecían estar siempre a punto de enfadarse, imprevisibles en su mal genio, mientras que las meridionales, aunque de invernias y agostadas extremas, eran más pacíficas: menos cambiantes, menos caprichosas.

Se decía que los formidables seres que habían construido con gigantescos bloques de piedra las Montañas Azules habían despreciado las grandes lajas de pizarra, que no les servían por ser en exceso planas, lanzándolas a la llanura desde las cimas donde edificaban la cordillera, y por eso estaban clavadas casi de pie en mitad de la nada.

Un viento helado levantaba aquel día de invierno remolinos de arena. La planicie estaba salpicada de tersas láminas de agua, que espejeaban entre las dunas. Unos tarayes deformes crecían junto a los aguazales, que estaban bordeados por juncos y eneas. Algunos golpes de pinos moteaban el paisaje. Obedientes al viento dominante de poniente, los árboles se inclinaban hacia saliente, con todas sus ramas a un solo lado del tronco, apuntando hacia donde nacía el sol. En la lejana distancia, una manada de caballos abrevaba en un lavajo. En la pared de roca contra la que se apoyaban Ira y Venganza había otro caballo, cuyo enorme perfil estaba grabado con trazos discontinuos hechos a base de pequeños golpes en la piedra.

Cuando Murciélago les contó todo lo que había pasado, no parecía sentirse orgulloso de la hazaña de haber derrotado al prestigioso Diez Águilas. Estaba profundamente cambiado y se expresaba con una serenidad que nunca le habían conocido, como si la rabia que lo había consumido hasta entonces se hubiera extinguido cuando acabó con la vida del jefe. Recordó la dulce mirada de Diez Águilas, que le había hablado desde los sueños y desde la muerte.

—Diez Águilas nos ha perdonado con su sacrificio, y quiere que regresemos a la tribu para que todo vuelva a ser como antes.

Ellos intentaron persuadirlo, convencidos como estaban de que no los aceptarían jamás de vuelta en la tribu, de que era mejor reunir una horda y empezar otra vez, aunque, eso sí, ahora con más experiencia. Y, por supuesto, ya no volverían a ser tan confiados como para permitir que los traicionara su propia gente.

—Lo que te pasa —argumentaban Ira y Venganza— es que te encuentras cansado y trastornado por el duelo. En cuanto te recuperes y te sientas fuerte otra vez, verás las cosas con más claridad.

Él movió la cabeza tristemente. Pasaban los días y no salía de su abatimiento. Nada ni nadie era capaz de arrancarlo de sus meditaciones. Por fin, cuando estalló la primavera, sus dos compañeros perdieron la esperanza de recuperar al antiguo Murciélago y se resignaron a la idea de abandonar la vida que habían tenido, sanguinaria y peligrosa, pero intensa y emocionante. Tal vez, pensaron, después de todo quizás Murciélago tenga razón. A lo mejor no es demasiado tarde.

Emprendieron los tres el camino hacia el campamento de sus padres y hermanos, y conforme se acercaban se encendía y crecía en ellos la esperanza de que serían felices llevando una existencia normal, la que no habían tenido desde que, hacía ya una eternidad, se interrumpiera su ceremonia de iniciación. Pero al ver los cerezos cuajados de flores, su símbolo, a Ira se le escapó un suspiro. Supuso que ya no moriría en la plenitud de la vida y que su final no sería honorable.

Habían pasado ya las asperezas de los tiempos de cielos siempre arrugados, de los hielos duros de las noches de sereno, bajo unos luceros que tiritaban arrecidos, de los soles hueros apenas entrevistos, que parecían protegerse también ellos del frío con gruesos abrigos de pieles blancas, de las celliscas, de las nevascas y de las nieblas perpetuas y grises, de los resuellos bien tapados con varias vueltas del rebozo, los gorros calados hasta los ojos y los cuerpos fardados con las capas de bisonte cruzadas. Por fin se anunciaban en el aire las blanduras, las suavidades, las humedades y los soles amigos que desnudaban y excitaban a los hombres y a los animales en el tiempo del pelecho, de las calenturas y del empareje.

El campo verdegueaba y el rocío empapaba los amaneceres.

Caminaban una radiante mañana por la alegre pradera. Se oía por todas partes el restallante «palpalás» de la codorniz, invisible entre las altas hierbas, y el castañeteo del macho de perdiz en celo. De cuando en cuando levantaban una patirroja que los sobresaltaba con la explosión de su bronco vuelo. Lejos, un inflamado macho de avutarda se pavoneaba con todas sus blancas plumas desplegadas, como un enorme y redondo copo de nieve.

Otras muchas aves de la estepa, tomadas de amores, llenaban el cielo de garabatos. Las tórtolas ya habían llegado, anunciando el final de las friuras. Una pareja de torcazas volaba recia hacia la negrillera de un río lejano. Los aguiluchos, mientras tanto, jugaban con el viento al ras de las cimbreantes cañas buscando ratoncillos o pollos con los que alimentar a los suyos propios. Un enorme lagarto, con sus llamativas pintas azules en los costados, se asoleaba sobre una lancha con la bocaza abierta, mientras que, ajenos a todo, los machos de las liebres se acometían con saña. Y sobre las flores que rompían por todas partes zumbaban los abejorros.

Murciélago recordó las últimas primaveras, cuando cruzaban la Cordillera Blanca en busca de nuevas aventuras, y los piornos estaban tan cuajados de flores que saturaban el ambiente con su agobiante olor. Las laderas de las montañas se tornaban por un tiempo amarillas... Pero ahora estaban en la pradera.

A lo lejos vieron un grupo de alborotados niños bañándose en las orillas de un río. Sus juegos eran observados desde el talud de la ribera, bastante más arriba, por varias mujeres que reían escandalosamente y por tres hombres que, apoyados en sus lanzas, conversaban tranquilos. Sobre el suelo, pero a la mano, tenían los propulsores y un haz de azagayas.

A Murciélago se le iluminó la cara al contemplar una escena tan llena de paz. Era posible. Volver a la paz antigua era posible. Mandó a los otros dos, con un gesto, quedarse en el sitio, y él se adelantó, sin armas, hacia los niños, caminando con el agua hasta las rodillas. Notaba su frescura como una caricia, y se sentía bendecido por la dulce mirada del jefe que guardaba en el interior de su cabeza.

Los rapaces lo vieron cuando estaba ya muy cerca de ellos, pero no se alarmaron porque aún vivían en la edad de la curiosidad sin límites y de la confianza ciega en la seguridad que ofrecen los mayores. Tampoco habían tenido nunca una mala experiencia con extraños. Por eso no gritaron, y los adultos que los vigilaban no se apercibieron de la llegada de Murciélago.

El que había sido un sanguinario renegado se sintió lleno de amor y de dicha, y puso su mano sobre la cabeza de un chiquillo. El crío lo miró y, al ver la fealdad de su cara, la misma horrible fealdad que hizo que sus compañeros de juegos, cuando tenían la misma edad que ese niño, lo apodaran Murciélago, se echó a reír. Los demás chavales lo imitaron y sin temor alguno se mofaron del joven haciendo muecas. Todos sus buenos propósitos murieron en ese instante, y una ira antigua, profunda y sangrante que venía desde su infancia lo poseyó. Levantó su mano y el niño chilló asustado. Los hombres que estaban distraídos en lo alto del ribazo vieron de pronto a un extraño que amenazaba a uno de sus niños e hicieron silbar en el aire las jabalinas.

Levantaron su vista luego hacia Venganza e Ira y se quedaron mirándolos fijamente mientras los niños y las mujeres corrían dando gritos hacia el campamento. Pronto salieron guerreros de todas partes y enseguida los rodearon. A Venganza lo mataron en el acto con una lanza. Con Ira se demoraron más, porque era el único que les quedaba para divertirse. Sintió una infinidad de puños que le golpeaban, y luego lo llevaron a patadas hasta el río para ahogarlo en él. Pero Ira se dejó llevar por la corriente en un descuido de sus agresores, que lo creyeron ya muerto o inconsciente, y el agua lo arrastró entre rocas y rabiones, agitándolo y golpeándolo aún con más violencia que la gente de su tribu, que seguía con alegría sus vueltas y coscorrones, hasta que finalmente se precipitó por una cascada y se perdió en su blanca espuma. Lo dieron por ahogado y se olvidaron de él..., pero pudo salir vivo del agua río abajo y esconderse entre la maraña del soto. Se alejó por la noche con la piel cubierta de llagas y muchos huesos quebrados. Si no hubiera sido por su dureza, adquirida en sus años de correrías, se habría dejado morir. En lugar de desfallecer y entregarse a su mala suerte se preparó un emplasto de casca de encina, porque sabía que la piel del árbol cicatrizaba las heridas en carne viva, y de ese modo sobrevivió. ¡Pero en qué estado! Cuando se miró en el río no pudo reconocerse, y la imagen que le devolvió el agua le dio náusea y miedo. Muchas veces se preguntó después si había valido la pena.

Su cuerpo quedó tan deformado, la piel tan arrugada como la corteza de carrasca que había usado para curarla, y la cara tan cambiada, que ni su propia madre sería capaz de reconocerlo. Pero, aunque no corría ya el peligro de que alguien descubriera quién era, o quién fue, prefirió alejarse de todo lo que le recordara su existencia pasada, y así se dedicó desde entonces a viajar de campamento en campamento ofreciendo sus servicios como tatuador, porque el pulso no lo había perdido y siempre fue hábil con los tatuajes, mucho más que la mayoría de la gente normal. Por eso muchos clanes preferían que los tatuajes los hiciera él, y a cambio le dejaban acercarse a sus fuegos y comer de lo que ellos habían cazado o recogido. Pero la voluntad le había abandonado y ya no forjó más planes, ni albergó ilusiones, ni buscó horizontes, y pasó el resto de su vida dando tumbos, como un canto rodado en el fondo de la corriente.

—... y ya ves, Piojo, de lo que sirvió el arrepentimiento de Murciélago —se lamentó el viejo—, y qué falsas son las ilusiones que se hacen los hombres. Si vas deprisa, alcanzas la desgracia; si vas despacio, es la desgracia la que te alcanza. Se equivocó Murciélago al dejarse conmover y se equivocó también el sabio Diez Águilas cuando creyó que con más sangre podría extinguir el odio entre los Pueblos de la Meseta y las Gentes del Mar. Los incendios no se apagan hasta que ya se ha consumido todo, y aún quedan muchos hombres para matar y morir a los dos lados de la Cordillera Blanca. Y el odio que heredarán los hijos echará más leña a ese fuego, que seguirá ardiendo en las generaciones que han de venir.

Piojo estaba perplejo. Habría jurado, como niño que era, que el amo siempre había sido viejo, deforme y malo. Hecho de huesos y de cuero, sin entrañas dentro. Ahora no sabía qué pensar ni qué sentir. ¿Lástima? ¿Regocijo? ¿Asco?

El viejo se quedó mirando el fuego y recordó lo que había dicho el chamán en su abortada iniciación, tanto tiempo atrás: «El fuego tiene vida propia. El fuego hablaba antes de que los hombres se expresasen, y antes de que él se dirigiese al hombre, nuestra vida no era muy diferente de la de los animales. El fuego brota de las plantas y en las plantas se esconde. Las plantas lo toman del calor del sol, que es el padre de todo lo viviente, y por eso en la oscuridad de las cuevas no crecen las plantas, porque no pueden alimentarse del sol. También las estrellas que cabrillean en el cielo son hogueras, las fogatas de los antepasados, porque el hombre no puede vivir sin el fuego ni después de su muerte». El fuego guiaba al chamán en la recuperación de la historia pasada. El mago de la tribu les hablaba de un fuego que hasta entonces habían creído totalmente suyo y a su entero servicio. Desde niños el fuego había estado cerca, los había rescatado de las garras del frío y de las del león. Sus padres se amaban a los pies del fuego, y con él sus chozas tenían luz y tenían vida. Sin embargo el chamán les hablaba entonces de un fuego vivo y sabio que forjaba a la tribu a su imagen y semejanza. Los hombres podían inflamarse como la yesca y destruir todo a su paso si el combustible era el odio. El hombre podía también abrasarse lentamente si lo que ardía era amor. Algunos hombres especiales se arrebataban con un incendio interior y creaban en las paredes de roca formas tan bellas como las propias del fuego. Era el fuego el que poseía al hombre, era el fuego el que dominaba el pensamiento. El fuego se filtraba a través del túnel de las pupilas y embargaba las mentes de los jóvenes principiantes. El mago hablaba de un fuego poderoso, creador y destructivo, vigilante y vigilado. Y los jóvenes allí, en la cueva, en torno a la magnífica hoguera, se sentían poseídos y conscientes de ello.

El viejo dio un trago prolongado a la cuerna de

licor y escupió unas palabras finales, dichas con tanta desesperación que hasta Piojo se compadeció:

—Todo me ha fallado en la vida, hasta la muerte.

Ya no abrió más la boca. Ni siquiera se volvió hacia Piojo. Cuando este se durmió aún permanecía mirando fijamente al fuego. Ni a la mañana siguiente, ni en ningún otro momento, volvió a referirse a su oscuro pasado.

Segunda parte

La libertad

Viento del Norte

Hay dos sombras humanas junto a un fuego, en medio de la alcarria, una noche de finales de verano. Las estrellas hacen guiños desde lo más alto, y son lo único que se agita, aunque en silencio, en la serenidad del momento. Las figuras humanas miran pensativamente al cielo y de puro quietas parecen estar leyendo el mensaje oculto de los astros, y a la vez escuchando la muda canción de los luceros.

Una es el viejo maestro en el arte de los tatuajes y la otra es un muchacho aún sin cuajar. El hombre es ya un esqueleto forrado de piel, tan adaptada al hueso que la soporta que permite que se adivinen todos los relieves, salientes o huecos, de la osamenta. Mientras dirige la vista al cielo mantiene la boca abierta, que es una oscura caverna donde bailan unas pocas y amarillentas estalactitas y estalagmitas. La lengua se asoma, colgante, por la entrada de la espelunca. Irregularmente repartidas, algunas matas de pelos blancos, escasos pero muy largos, parecen salirle directamente de la calavera. En las partes calvas de la cabeza, que es una pura cicatriz, la piel es áspera como una roca vejada por las intemperies. No se podría adivinar qué edad tiene el viejo, pero, incluso sin saber qué años cuenta, se diría que son muchos menos de los que aparenta; parece que ha sufrido y se ha gastado más de lo que le correspondería a una persona de su edad, cualquiera que esta sea, como si se hubiera hecho viejo de dentro afuera. Al contrario que al resto de los ancianos, no lo han marchitado el frío, el calor, el hielo o el sol, el hambre o las caminatas, sino que se lo ha ido tragando, implacable, la sima que lleva dentro. Pero la edad y la derrota no han dulcificado su expresión, que sigue reflejando un carácter de esparto.

El muchacho sentado al otro lado de la hoguera es espigado, y tanto su piel como su cabello rizado, que lleva corto, son trigueños, lo que le da un color uniforme a su cuerpo. Los ojos, grandes y muy abiertos, como en permanente sorpresa, tienen el color de la miel, y su tono cambia con la intensidad de la llamarada desde el verdoso hasta el castaño. Aunque la noche de verano es fresca, junto al fuego hace calor y el chico está casi desnudo. Es alto, bastante más que el viejo, pero no exageradamente grande, y sus formas son intermedias entre las de un crío y las de un hombre, aunque la expresión inocente de su cara lo acerca mucho más al niño que al adulto.

El viejo baja la mirada desde las estrellas al muchacho, y lo contempla despacio mientras regresa a la realidad, al principio con curiosidad, enseguida con rabia.

—Maldito Piojo, llevas todo el día agalbanado, zanganeando y en las nubes —le dice—. No me haces el menor caso y sabes de sobra que no me gusta que desatiendas tus obligaciones. Me lo debes todo, empezando por tu miserable existencia, y creo que me merezco un poco de ayuda a cambio de la maldición que me ha caído contigo. Ya que no me sirves de nada en mi trabajo, ¿no podrías al menos hacerme la vida más fácil? ¿Tengo que decirte siempre que busques la leña para el fuego? ¿Es que no sabes que te toca a ti asar la carne que yo consigo y preparar las pieles que nos dan? Eres tan descuidado que no hay vez que no te olvides de alguna cosa cuando cambiamos de campamento. Y no estamos tan sobrados como para dejarnos la bolsa o los punzones de tatuar detrás. Tu atontamiento permanente me amarga la existencia. Muchas veces en estos años se me ha cruzado por la mente abandonarte a los lobos y librarme así de tu pesada carga. Está visto que soy un viejo de corazón blando que, a pesar de los muchos apuros que pasa para mantenerse con vida, encima se hace responsable de una criatura absolutamente inútil. Pero hoy estás más alelado aún que de costumbre. ¿Se puede saber qué mosca te ha picado?

—Anoche tuve otra visita —responde el muchacho, que de tan oídos como tiene los reproches y las invectivas del viejo no les ha prestado la menor atención.

—¿Una visita? ¿Qué visita? ¿Quién ha venido y qué quería? ¡Yo no he visto a nadie!

—Me viene a menudo, y la siento con tanta fuerza que me deja como dolorido y ya no soy el mismo los días siguientes, hasta que poco a poco la claridad de las imágenes se va perdiendo y lo que me parecía real se hace borroso. Me veo a mí mismo desde fuera, como si mi espíritu fuera una alondra y contemplara la escena clavada en el aire, igual que hacen ellas en las estepas cuando cantan en la primavera. ¿Son las alondras espíritus humanos? ¿Qué miran con tanta atención cuando se cuelgan del cielo, por encima de nuestras cabezas? ¿Qué significan sus cantos?

Piojo a menudo meditaba en voz alta, ya que prefería no hablar con el amo.

—También veo a mi madre que juega conmigo, y es una mujer muy joven, muy guapa y muy dulce. Yo soy muy pequeño y su cara me parece un sol radiante. Me noto abrazado por su ternura y me siento verdaderamente feliz y lleno de consuelo. En todos los campamentos que he conocido y puedo recordar nunca he visto una mujer tan especial como mi madre. Me pregunto si existen mujeres así y si yo encontraré alguna vez una.

»Luego empieza a nevar con rabia y todo se hiela y se vuelve horrible. Hay angustia en los rostros de las personas, y mi madre está preocupada. Siento mucho frío, pero no en la piel, sino en el interior del cuerpo, como si los huesos estuviesen hechos de escarcha.

—Y el miedo se lanza sobre ti como si fuera una fiera y te sujeta y te paraliza —murmura el viejo—, y no se distinguen las personas de los sentimientos, y no sabrías decir si estás mirando a una vieja o a la muerte que ves dibujada en su cara, a un hombre o a la desesperación misma, a una mujer o a la tristeza, a un niño o al abandono.

—Más adelante —sigue Piojo—, en mi visión

aparecen unos brazos que me arrancan de los de mi madre, que está absolutamente quieta y no hace nada por retenerme a su lado porque no puede moverse. Algo se lo impide y la mantiene parada. Me cargan muchos brazos distintos luego, y al final me encuentro en las manos de un viejo que me mira con expresión amargada. No sé si es un hombre de verdad o la amargura misma, pero la cara me recuerda a la suya. Lo ocurrido por la noche me vuelve del revés, pero me ayuda a soportar durante el día esta otra forma de vivir. No sé qué es real y qué es sueño, o si estoy viviendo en dos tiempos y en dos mundos diferentes a la vez. Pero gracias a las visitas sé quién soy, aunque usted nunca me haya dicho de dónde vengo. Yo tuve una madre y una tribu. Yo pertenezco a algo, y tendrá que llegar el día en que vuelva a mi campamento, donde me recibirán con los brazos abiertos, me contarán la historia de mis padres y de mis antepasados, y me iniciarán en la vida del cazador. Sus relatos me harán comprender mis viajes nocturnos explicándome qué fue lo que pasó en mi niñez y por qué me perdieron. Cuando eso ocurra, se invertirán las tornas entre la noche y el día: el sueño que tengo ahora se convertirá en la memoria de mis primeros años de vida, y los recuerdos de mi existencia como Piojo solo serán una pesadilla que espero no me visite muy a menudo por las noches.

El semblante del viejo se fue enrojeciendo conforme Piojo hablaba. El incendio que se extendía por su piel transformaba su rostro en una hoguera llameante, donde los carbones de sus ojos negros estaban rojos como ascuas. Nunca Piojo había hablado tanto tiempo, y jamás el viejo otrora llamado Ira había hecho tanto honor a su nombre de guerra. Piojo se había expresado con el candor de un niño, y el viejo le respondía con toda la maldad que es capaz de amasar un adulto que se siente muy desgraciado y desea que los demás también pierdan cualquier esperanza de alcanzar siquiera un instante de felicidad.

—Tus sueños solo son imaginaciones. En tus fantasías ves lo que te gustaría que hubieran sido tus primeros años. Te has inventado una bonita historia, pero no es cierta. Tu madre era una vieja sin dientes, y yo te salvé la vida, porque estaba a punto de ahogarte en un río. No quería cargar más tiempo contigo. Me dijo que prefería disfrutar de sus últimos años de vida sin el estorbo de un niño pequeño. Incluso tuve que darle unas pieles para que te dejara vivir; la muy bruja no se conformaba con que yo me hiciera cargo de su crío. Ya ves, Piojo, tus memorias son falsas.

Piojo sintió que temblaba la tierra. Todo lo que le había mantenido hasta entonces con ilusión eran sus memorias más tempranas y su esperanza de reencontrarse algún día con sus orígenes. Lo único que podía amar era el recuerdo de su madre, y ahora el viejo había sembrado la duda en su cabeza. La razón le decía que el Maestro mentía para mantener su poder sobre él, pero el corazón vacilaba porque solo podía aferrarse a unos recuerdos que eran muy vívidos, pero muy lejanos. No sabía dónde encontrar el hontanar del que manaban sus sueños.

Piojo renunció a discutir con el viejo y se hizo un

ovillo para descansar. Cerró los ojos, pero no se durmió. ¿Por qué tanto odio?, se preguntaba angustiado. ¿Por qué tanta rabia? ¿Por qué tan mala suerte? ¿No había algo más? ¿No había existido nada más? ¿No podía esperar nada más? Cuando llegue el alba, pensó, antes de que él se levante, me iré para siempre de su lado. Ya no sé quién soy, pero seré alguien y tendré un Nombre Verdadero, y olvidaré que una vez me llamaron Piojo y me trataron como a un piojo.

Piojo se incorporó silenciosamente y se puso de pie. El viejo dormía de lado, dándole la cara al fuego. Como la leña se había consumido casi por completo, no se interponía entre los dos una ocultadora cortina de llamas. Apenas se notaba el calor que despedían los últimos rescoldos de la hoguera. En el horizonte empezaba a clarear, todavía muy débilmente, y junto a la media luna titilaba inquietante la estrella de la mañana.

Se alejó del viejo tan lentamente, para no hacer ruido, que le pareció que había pasado ya una eternidad y todavía estaba a diez pasos. Los ronquidos del amo lo tranquilizaban en la misma medida en la que lo angustiaban y paralizaban los momentos de silencio que interrumpían a veces la cascada de ruidos, irregular y sin ritmo, que salía del antro que tenía el viejo por boca. Solo cuando un rugido reanudaba la espasmódica canción, el corazón de Piojo volvía a latir y sus piernas a moverse.

¡Qué raro, pensó, me va a resultar ahora dormir en el silencio de la noche, sin el acompañamiento de los gruñidos de jabalí del viejo! Esas fueron las únicas nanas de su infancia, y en cierto modo, como reconocería en su interior más tarde Piojo, le hacían sentirse protegido cuando en la noche, muy cerca, muy cerca, se oían otros conciertos: el ruido de las tripas de los hambrientos leones, o el coro de la asamblea de lobos que precede a la cacería.

Mientras se iba distanciando nacía despacio el día, de modo que Piojo destacaba cada vez con más nitidez en el horizonte como la única línea vertical del paisaje. Sin darse cuenta, había dirigido sus pasos hacia saliente, en lugar de hacia poniente, y ahora era un poste a contraluz. El viejo estaba ya un poco más lejos, pero el bulto que formaba echado en el suelo y cubierto por su manto de pieles se veía muy claro, y en la llanada no se divisaba ningún relieve tras el que desenfilarse. Así que Piojo decidió echar a correr, y lo hizo durante todo el tiempo que pudo, sin volver la vista atrás en ningún momento. El sol naciente lo atraía hacia sí, y se mantuvo arrumbado al oriente. Como era un joven de buenos pulmones y recio corazón, la carrera lo llevó muy lejos, y cuando se paró, sin aire en el pecho y con todas las venas a punto de explotar, el sol ya estaba a mitad de camino de su cenit.

Ante él la planicie se deprimía en una panda y herbosa vallonada en la que pastaba un numeroso grupo de bisontes. Una perezosa serpiente de plata que corría sin rumor por el fondo plano del hondón daba de beber a algunos animales. Era tan plácida la corriente, y tan escaso el caudal, que parecía que los gigantescos bisontes pacían agua.

El aire de los rumiantes era de completa mansedumbre; no daban ninguna sensación de peligro pese a la formidable montaña de músculos que se movía por debajo de la brillante piel de verano. Piojo siempre se había sentido atraído por los bisontes. Descendió por la ladera izquierda, que era la de la solana, hacia el riachuelo, y enseguida se encontró en el fondo de la ancha vaguada, aguas arriba de donde estaba la manada. Marchaba a contrapelo del viento, de manera que ni lo olían ni lo oían. Se sentó luego a observar tranquilamente a los bisontes, sin experimentar temor alguno a que lo embistieran. Son tan poderosos, pensó, que no deben de conocer el miedo. Ningún animal se atrevería a atacarlos, ni siquiera a los terneros, que están muy bien guardados por sus vigilantes madres.

Lo que más asombraba a Piojo, junto con la fortaleza de los bisontes, fue su mirada, tan distinta de la de los uros. La de los estúpidos ojillos de los toros no tenía nada que ver con la mirada vigilante y al mismo tiempo profunda del bisonte, que expresaba independencia y confianza en las propias fuerzas. Era la mirada más libre y más salvaje que había visto nunca.

Y además la expresión era diferente en uno y otro sexo. El viejo macho, con su poblada barba, su peluda testuz y su abultada giba imponía por su gravedad, como si fuera un respetado hechicero o un gran jefe. La hembra con cría, en cambio, era todo placidez y dulzura. Pensó que el espíritu del bisonte era de una clase superior al de su pariente el uro, y que estaba mucho más cercano al espíritu humano.

Los bisontes formaban un grupo compacto flanqueado por algunos animales sueltos en las dos laderas de la vaguada y también aguas arriba, un poco por debajo de donde Piojo estaba sentado contemplando embelesado a los animales. En cambio, no había individuos aislados aguas abajo de la manada. Piojo no prestó atención alguna a estos bisontes desperdigados, tan concentrado como estaba en el grueso del grupo. Además, los que tenía más cerca le daban los cuartos traseros.

En la ladera de la margen derecha del regato, la del sombrío, a la altura de los últimos bisontes, los situados más aguas abajo, se movía torpemente un animal. Piojo lo observó con curiosidad, porque había algo en él que lo hacía distinto de los animales agrupados en el fondo de la vallonada. Sus movimientos eran menos fluidos y sus pasos parecían vacilantes, como si tuviera dificultades para coordinar sus cuatro patas. Además, excepto la fláccida papada que arrastraba, no se movía nada en su cabeza: ni los labios para pastar, pese a que bajaba el hocico hasta el suelo, ni tampoco las orejas, ni los ojos. Y a Piojo le pareció que carecía de la noble mirada del bisonte. Debe de estar muy enfermo ese individuo, pensó, casi agonizante tal vez. El sentimiento de pena que le inspiraba le hizo observarlo más atentamente todavía.

Por delante del bisonte había un peñasco, y el animal, ciego quizás por la enfermedad o la vejez, parecía no haberlo visto.

Pronto chocará con la roca y caerá rodando, se dijo Piojo. No me sorprendería que no volviera a levantarse más. Así es como acaban los bisontes, convertidos en patéticos despojos vacilantes, sin brillo en la mirada. Los ojos mueren antes que el resto del cuerpo. La vida no termina con la muerte. En realidad acaba antes y se vive muerto durante un tiempo. Cuando lleguen los lobos o los leones a comérselo, ya no le importará. Aunque esté vivo posiblemente ya lleva muerto varios días. Tal vez por eso está solo y separado de la manada de bisontes. Porque los demás animales hace tiempo que saben que está muerto y que ya no muge, ni come, ni bebe, ni se pelea, ni cuida a un ternero, ni busca compañía. ¿Les pasará lo mismo a los seres humanos?, se preguntaba Piojo. ¿Se morirá el espíritu antes que el cuerpo? Y si el espíritu y el cuerpo no se mueren a la vez y por la misma causa, ¿qué hace que se muera un espíritu, de bisonte o de humano? Al cuerpo del bisonte enfermo que estoy mirando lo matarán las fieras, pero al espíritu, ¿quién o qué lo mató?

Como Piojo se había vaticinado a sí mismo, el bisonte tropezó con la piedra y rodó talud abajo. Pero en la caída se operó una transformación sorprendente ante sus ojos desorbitados: lo que empezó en lo alto de la cuesta siendo un bisonte terminó, al pie del ribazo, por convertirse en dos hombres. En la junquera del río las diferentes partes que componían el animal se separaron: una cabeza y una piel de bisonte, por un lado; dos guerreros con pieles de bisonte cubriéndoles las piernas, por otro. Cuando se pusieron de pie los humanos fue como si un tábano hubiera picado a todos y cada uno de los bisontes de la manada. Menos los que estaban dispersos en la periferia del grupo, en las laderas de la hondonada y aguas arriba, que no se inmutaron, el resto de los animales irguieron la sólida cabeza, se dieron la vuelta y empezaron a correr a toda velocidad, levantando una nube de polvo. La estampida se dirigía, remontando el riachuelo, hacia donde se encontraba Piojo, y no había tiempo para que el muchacho pudiera hacerse a un lado antes de que llegara hasta él la masa enloquecida y ciega de cuerpos, pezuñas y cuernos envuelta en la polvareda. Piojo se dio entonces por muerto, pero, a pesar del miedo, no lamentó que el haber escapado de la tiranía de su viejo amo le costase la vida. La ola animal se acercaba. Moriré entre bisontes, se dijo, entre los grandes.

Los bisontes desperdigados que rodeaban a la manada eran todos parejas de cazadores humanos disfrazados. Cuando se produjo la estampida se desprendieron de la piel y la cabeza con la que se tapaban y se quedaron observando expectantes. Era evidente que su táctica de caza era espantar a los bisontes hacia abajo y lanzar sus azagayas sobre los costados de los animales que pasaban a la carrera desde los ribazos de la gran vaguada, sin exponerse. A una señal convenida se despojarían todos de sus disfraces y empezarían a gritar y hacer ruido. Pero la caída de un falso bisonte desde la ladera había empujado al grupo en sentido contrario del previsto, río arriba en lugar de aguas abajo. Si ese era el plan, le dio tiempo a cavilar a Piojo, los bisontes aislados que tenía más cerca debían de ser humanos disfrazados, a los que les tocaba estar en la retaguardia de la manada, arreándola hacia abajo, y que sin embargo ahora quedaban delante del grupo y a punto de ser arrollados.

En efecto, una piel de bisonte fue lanzada al aire, cayó una cabeza al suelo y dos figuras humanas con piernas forradas de pelo de bisonte salieron corriendo despavoridas una a cada lado de la vaguada. Mas fue en vano. Apenas avanzaron, los engulló la estampida y desaparecieron en la nube de polvo, bajo las patas de los bisontes. Pero antes se les vio por un instante volar, blandos como si no tuvieran huesos, por encima de la nube, lanzados al aire con toda la fuerza de los poderosos cuellos de unos animales que hasta entonces parecían mansos e inofensivos, y ahora avanzaban ciegos de furor y de pánico. Era tal el ruido que hacían al golpear en el suelo tantas pezuñas que no se oyeron los gritos de dolor de los dos infelices.

A pocos pasos de Piojo había un bisonte suelto, que no se había movido todavía. El grupo compacto que se les echaba encima estaba ya muy cerca, y Piojo se vio irremisiblemente perdido.

De las entrañas del bisonte parado salió una voz humana que le gritó:

—¡Corre! ¡Vente con nosotros!

Piojo se despertó del estado de parálisis en el que se encontraba y comprendió que tenía delante otro falso bisonte. Como un rayo se levantó —seguía sentado— y se metió dentro de la piel, entre los cuerpos de dos cazadores jóvenes, poco más que muchachos. La voz que le había hablado dijo a gritos, sobreponiéndose al fragor de la estampida:

—¡Permaneced firmes! ¡No os mováis!

Los tres ocupantes del falso bisonte se apretaron para mantenerse de pie a toda costa, era su única oportunidad de salir con vida. Tensaron al máximo sus músculos para convertirse en una rígida columna de carne. Les dio el tiempo justo para girar el disfraz de bisonte que tenían encima y mirar en la misma dirección en la que avanzaban los bisontes de verdad que se les echaban encima. Cuando la manada llegó a su altura, se abrió, como un río que abraza una roca. Pero los animales pasaban tan ceñidos a su lado que sufrían los brutales empujones desde uno y otro costado, rebotando en el contrario. En el interior de la cáscara de bisonte, en la agobiante oscuridad, los tres humanos contenían la respiración mientras sus corazones latían frenéticamente. No sabían cuánto iba a durar aquel sufrimiento, ni si serían capaces de mantenerse en pie mucho tiempo.

Tuvieron fuerza, presencia de ánimo y mucha suerte a lo largo de aquellos instantes interminables, y no cayeron, aunque estuvieron a punto de hundirse en varias ocasiones en los remolinos que se formaban en el río de carne palpitante. Los salvó su firmeza, y el afortunado hecho de que la estampida se produjera cuesta arriba. Como Piojo había escogido un punto dominante desde donde observar a los bisontes, el repecho se hacía allí muy fuerte, y los animales llegaban cansados y lentos al final de la rampa donde se guarecían bajo un falso bisonte, temblando de miedo, los tres muchachos.

Cuando pasó la manada, todavía dentro de la piel y aún envueltos en la nube de polvo, los chicos empezaron a respirar y mirarse. Sus caras estaban blancas como la nieve. A Piojo le pareció increíble encontrarse en esa situación. Muy poco antes estaba con el viejo, y ahora hacía de tripas de bisonte con dos personas desconocidas.

Cuando al fin recobraron el resuello, el joven cazador que tenía delante se volvió hacia él y le dijo:

—Me llamo Viento del Norte, y el que está detrás es mi futuro hermano Cielo Encendido.

Piojo descubrió entonces que no tenía un nombre del que pudiera sentirse orgulloso, y prefirió callar. El que había declarado llamarse Viento del Norte se dio cuenta de que el recién llegado no quería confesar su nombre, pero no hizo ningún comentario.

La Gran Serpiente

Poco a poco se fueron reuniendo los cazadores, una vez que se hubo alejado la manada de bisontes sin que ni uno solo de ellos hubiera podido ser abatido. Vestían ropas ligeras de verano. Abarcas o mocasines; calzones o taparrabos; algunos, cañiceras hasta la rodilla o a medio muslo; otros, sin polainas; chalecos cortos o blusones largos ceñidos con ancho cinturón. Y todos llevaban plumas de águila en el pelo. Un grupo de hombres rodeaba a los dos compañeros muertos. Guardaban silencio y estaban muy compungidos. En ningún momento habían esperado que la cacería pudiera tener ese desenlace tan desastroso.

Los que más lo sentían eran los dos responsables, con su torpe caída, de que la estampida se hubiera producido en sentido contrario al planeado y de que la expedición de caza se hubiera visto abocada al fracaso por ello. Volverían todos al campamento con las manos vacías por su culpa, y su prestigio de cazadores se resentiría indudablemente. Además tendrían que escuchar una y otra vez el relato de cómo cayeron rodando por la pendiente, ante el pasmo general y la sorpresa de los propios bisontes. La historia era de verdad muy vergonzosa para ellos, porque lo habían estropeado todo justo cuando estaban culminando los esfuerzos para aproximarse contra el viento a los bisontes, y rodearlos sin que vieran nada extraño ni olieran ningún peligro. Y en el momento preciso en el que el jefe de la partida iba a dar la orden de acercarse un poco más y atacar, ¡zas!, un par de inútiles se caen en el peor sitio posible.

Podría habérseles reprochado también la muerte de dos personas, pero eso nadie lo hacía. No había cuentas que saldar entre los muertos y los vivos. Estos accidentes ocurrían, y nunca se podía eliminar completamente el peligro cuando se cazaban bisontes. No era lo mismo que tirarles piedras a las liebres o arponear salmones cuando remontaban en masa la corriente de los ríos.

Otro grupo de cazadores, los más jóvenes, se aproximaron al trío del que formaba parte Piojo. A diferencia de los hombres que rodeaban a los dos cadáveres, llevaban una gran sonrisa pintada en la cara.

—¡De buena os habéis librado! —decían—. Nunca se ha visto una cosa igual, sobrevivir a una estampida de bisontes. Se hablará mucho y bien de vosotros en los fuegos de campamento.

Y dirigiéndose a Piojo le preguntaron:

—¿Y tú quién eres? ¿De dónde sales, y qué hacías observando a los bisontes desde aquí? Todos te vigilábamos. Nos temíamos que fueras a espantar a la manada antes de tiempo, y, mira tú por dónde, hemos sido nosotros solitos los que hemos arruinado la cacería.

Viento del Norte demostró una gran inteligencia al comprender al instante que Piojo huía de alguien o de algo, y que no quería o no podía responder a las preguntas con las que le asaltaban sus compañeros. Por eso desvió el curso de la conversación hacia la extraordinaria experiencia que acababan de vivir, y luego apartó a Piojo de los demás.

Era Viento del Norte un muchacho arriscado, de piel canela y pelo negro, largo y liso, que llevaba sujeto con una cinta de cuero en la frente. Tenía la misma estatura que Piojo, pero parecía algo mayor, físicamente más cuajado, y evidentemente, puesto que participaba en la expedición, ya había sido iniciado como cazador. Algo que además atestiguaban las pinturas y tatuajes de su cuerpo. Pero aún conservaba la sonrisa inocente de un crío y su cara era desde luego muy simpática, presidida por unos pícaros ojos negros algo rasgados; en cada mejilla llevaba tatuado un sol radiante. Caía inmediatamente bien, y lo sabía.

—Eres de la casta de la rabona, ¿eh, Caminante?

—¿Qué? —respondió Piojo.

—Sí, hombre, como dice el dicho decidero, la perdiz de donde se cría y la liebre de donde amanece el día, como tú. —Piojo sonrió—. Bueno, Caminante —había decidido llamarlo así para no tener que preguntarle su nombre—, vendrás con nosotros al campamento y pasarás allí unos días recuperándote. Supongo que has hecho un largo viaje. Te alojarás en nuestra cabaña, con mis padres, mi esposa y mi hermana. Te caerá bien mi hermana, es de tu edad. La llamamos Gata, y está destinada a unirse pronto a

Cielo Encendido. Pero ten cuidado, no te vayas a pasar de listo con ella, porque lo pagarías por partida doble. Gata es una salvaje y tiene las garras muy afiladas, y su prometido es muy celoso y está siempre armando quimera con los otros mozos. Con razón, porque a pesar de su áspero carácter Gata es la chica más guapa de todos los clanes y no tiene comparanza. Se conoce enseguida que es mi hermana, yo también volví locas a muchas chicas hasta que conocí a mi esposa. Ahora estoy intentando sentar la cabeza, pero las mujeres no me lo ponen fácil, ja, ja.

Viento del Norte siguió hablando y riendo como un torrente, y Piojo sacó dos conclusiones de la conversación. Una era que estaba muy orgulloso de su hermana pequeña y que la quería mucho. La otra era que Cielo Encendido no le hacía la más mínima gracia y que le costaba mucho resignarse a ser su hermano, y, sobre todo, a tener que entregarle su deliciosa Gata para que tuviera hijos con ella.

Sin hablar, manteniéndose a cierta distancia, como ajeno, pero mirándolos todo el rato de través, se encontraba el aludido. No era muy alto, ni muy bajo, ni muy fuerte, ni muy flaco. En realidad no destacaba por ningún rasgo físico, y solo llamaba la atención por algo que no era de hecho una parte de su cuerpo: llevaba colgada del cuello una impresionante ristra de colmillos de jabalí, alternando las navajas con los remolones, que chocaban al moverse y delataban la presencia de su propietario. El collar era excesivo, porque no se consideraba de buen gusto tanta exhibición de valor y destreza, y le daba a Cielo Encendido el aire que mejor cuadraba con su temperamento: agresivo rayando en lo brutal con un toque siniestro.

Al cabo de un tiempo, el grupo de cazadores emprendió la marcha hacia el campamento, llevando en parihuelas los cuerpos de las dos víctimas, ya que la distancia era corta. En otro caso los habrían enterrado allí mismo. Piojo marchaba al lado de Viento del Norte, que no paraba de hablar con la intención de tranquilizarlo. Descendían el curso del río, que se iba haciendo cada vez más caudaloso y charlatán.

Llegaron a media tarde hasta un imponente salto de agua, y Viento del Norte le indicó a Piojo:

—Esta es la Cascada de la Gran Serpiente, que puedes ver ahí mismo.

Piojo preguntó:

—¿De la Gran Serpiente? Yo no veo nada.

—Es una enorme serpiente acuática, muy peligrosa.

—Pues yo no la adivino. Además, nunca he oído hablar de serpientes acuáticas gigantes. Solo conozco las inofensivas culebras de agua.

—No sé dónde miras. La Gran Serpiente está petrificada, lleva en ese estado desde los tiempos que fueron. Ni siquiera los ancianos de la tribu la han conocido viva.

Piojo se fijó un poco más entonces y descubrió que en el río, por delante de la cascada, sobresalía una cadena de rocas, y que las peñas tenían una forma que recordaba bastante a una enorme serpiente con la boca abierta. Cuanto más la observaba, más claramente veía sus rasgos, y una agitación del agua le hizo creer que se rebullía, pero resultó ser una pareja de nutrias que se perseguían jugando.

Viento del Norte empezó a contar la historia de la Cascada de la Gran Serpiente para Piojo y para los compañeros más jóvenes, que escuchaban con gusto, aunque se sabían perfectamente el cuento. Y hasta un zorro oscuro, con el vientre y la punta de la cola negros, que los observaba con la cabeza inclinada desde las blanqueras del laderón del cerral, parecía ansioso por empaparse del relato.

—Una vez había una doncella que era muy bella, tanto que todos la llamaban Arco Iris. Tenía ya edad de compromiso, así que en la reunión estival de los campamentos y clanes de la tribu dos jóvenes de familias prestigiosas se interesaron por ella. Uno era Lobo Sabio. Se le conocía así porque desde pequeño había demostrado grandes dotes de adivinación. Anticipaba el futuro porque lo veía con frecuencia en sus sueños. Así había salvado de muchos peligros a su gente, y también había dado buenos consejos sobre lo que convenía hacer. Soñó en muchas ocasiones en las que la tribu pasaba estrecheces con manadas de bisontes, de caballos y de renos, y cuando fueron a los lugares donde los había visto, allí estaban para proporcionar alimento abundante a la gente. Una vez en la que se perdió una familia en la nieve, Lobo Sabio entró en trance y los vio, casi muertos, en la portilla conocida como La Brecha. Los que salieron en su rescate los encontraron precisamente en ese paso de montaña.

»Pero la habilidad más extraordinaria de Lobo Sabio era su asombrosa capacidad para hablar las lenguas de los animales. Recibía así informaciones muy valiosas de lo que pasaba en su territorio, y cuando llegaba a un lugar desconocido solo tenía que preguntar a los pájaros, a las ranas, a los murciélagos o a los ciervos para encontrar los caminos.

Viento del Norte atisbó signos de asombro, o de incredulidad, en las facciones de Piojo, por lo que aclaró:

—Ten presente, amigo Caminante, que aunque estas cosas maravillosas no se produzcan en los degenerados días de hogaño eran frecuentes en las épocas antiguas, en el Tiempo de los Sueños, cuando los humanos y los animales o, mejor, los gigantes medio humanos medio animales que vivían en la infancia del mundo estaban dotados de poderes que hoy nos parecen increíbles.

Un martín pescador que se cernía sobre el río se zambulló entonces como un arpón verdeazulado, yendo luego a posarse en la rama de un sauce con un escalofrío metálico en el pico, mientras Viento del Norte seguía con su relato.

—El otro pretendiente era un famoso cazador, muy apuesto además, llamado Lluvia en el Rostro. Era algo pretencioso y pagado de sí mismo, pero hay que comprender que era el más guapo y hábil de los guerreros de la tribu. Podía lanzar su dardo hasta donde se perdía la vista, y luego, después de atravesar a su presa, volvía a él mansamente, como si fuera un halcón que le obedeciera. Dicen también que en tiempos de grandes secas lanzaba al cielo la azagaya, y que después de rasgar las nubes y hacerlas llover regresaba a su mano en forma de rayo. De este modo cazaba a la avutarda, el ave más recelosa de la estepa, a la que prácticamente nadie puede acercarse.

»Los padres de Lobo Sabio y de Lluvia en el Rostro presentaron su demanda ante el padre de Arco Iris, que no sabía por quién decidirse. Las dos familias empezaron entonces a disputar con tanta furia, azuzadas por los dos galanes, que el jefe de la tribu, llamado Ciervo Cano, se vio obligado a intervenir. En un primer momento decidió, por el bien de la comunidad, ya que se habían formado dos bandos que estaban a punto de reñir en serio, que Arco Iris no pertenecería a ninguno de los dos pretendientes. Pero como el padre de la doncella no se diera por satisfecho con la pérdida de tan buenos yernos, Ciervo Cano decidió, con sorna, que en vez de un nuevo hijo ganaría dos. Así que dispuso que uno de los pretendientes sería esposo de Arco Iris cuando los árboles tuviesen hoja, y el otro, cuando la perdiesen. La solución pareció contentar a todo el mundo y el jefe Ciervo Cano recibió grandes alabanzas por su sabiduría, aunque a nadie se le ocurrió pedir a Arco Iris su parecer.

»Lobo Sabio le dijo entonces a su rival:

»—Escoge tú primero.

»A Lluvia en el Rostro le sorprendió que Lobo Sabio le diera a elegir primero, y temió una añagaza. Pero luego se le iluminó el rostro: había descubierto que era más inteligente que el afamado Lobo Sabio.

»—Escojo el tiempo en el que los árboles no tienen hojas, porque es la época invernal, en la que las noches son más largas y tendré más tiempo de disfrutar de las delicias de Arco Iris.

»Lobo Sabio tomó la palabra entonces:

»—Bien. Como ahora estamos en verano me voy a vivir con Arco Iris. Ven a buscarla cuando las hojas del bosque yazgan todas en el suelo.

»Y diciendo esto se alejó con Arco Iris de la mano. Se la llevó a vivir a un bosque, donde se enamoraron de verdad y fueron muy felices. Cuando terminaba el verano, Arco Iris empezó a preocuparse:

»—No deseo vivir con Lluvia en el Rostro, quiero que tú seas mi único hombre.

»Pero Lobo Sabio le dijo que no se preocupara. El otoño fue pasando, los días se acortaban muy deprisa y Arco Iris se angustiaba cada vez más. Lobo Sabio permanecía impasible. Una noche, Lobo Sabio soñó que Lluvia en el Rostro llegaba con el jefe Ciervo Cano para reclamarle a Arco Iris. El bosque en el que vivían ocupaba el fondo de una gran torca. Cuando se hizo de día subió hasta el borde y vio llegar a la comitiva, al frente de la cual marchaba Lluvia en el Rostro. Cuando llegaron hasta él, su rival dijo:

»—Me corresponde ahora a mí disfrutar de Arco Iris, entrégamela.

»Lobo Sabio preguntó:

»—¿Recuerdas cuáles eran los términos del acuerdo?

»—Por supuesto: Arco Iris será mía cuando los árboles no tengan hoja.

»Lobo Sabio le dijo entonces a su rival:

»—Asómate a la torca y mira en qué bosque vivo.

»Todos se precipitaron a ver el bosque en el que vivía Lobo Sabio con Arco Iris, y descubrieron que era un bosque de tejos, una clase de árbol que nunca pierde la hoja. Lluvia en el Rostro se consideró víctima de un engaño y reclamó airadamente, pero Ciervo Cano, al ver el rostro de Arco Iris, que suplicaba con la mirada que la dejara permanecer para siempre con Lobo Sabio, falló que este sería su único marido.

—¿Y qué tiene que ver toda esa historia con la serpiente de la cascada? —preguntó Piojo distraídamente mientras miraba a las ratas de agua entrar y salir por las huras abiertas en el ribazo.

—Veo que eres una criatura impaciente —contestó Viento del Norte con una sonrisa de oreja a oreja en la que enseñaba todos los dientes; era la jovialidad personificada y Piojo se contagiaba de su alegría: en unas horas había olvidado la amargura de tantos años de convivencia con el viejo—. Espérate y lo sabrás, porque resultó que Lobo Sabio no era tan sabio como él se creía, y la serpiente se lo hizo pagar muy caro. ¡Ten paciencia y escucharás una historia que te será muy útil cuando te cases!

Pese al duelo que ensombrecía la mirada de los hombres ya maduros que transportaban los cadáveres, con las últimas palabras de Viento del Norte todos los muchachos se pusieron a moverse alegremente a la vez, arrastrando con ritmo los pies, primero de un lado, luego de otro, y cantando a grito pelado el estribillo:

Cuando te cases.
Cuando te cases.
A ver qué haces
cuando te cases.
Ajá, ajá, ja.

Una pareja de enjoyadas perdices que picaba cerca apeonó nerviosa, con una decena de igualones detrás, muy erguidos y muy dignos los perdigones, pero al mismo tiempo cómicamente apurados. Los cazadores bailarines se echaron a reír al verlos, pero luego cayeron en la cuenta de que estaban de luto y enmudecieron.

En la Cascada de la Gran Serpiente el camino hacia el campamento se separaba del río. Repecharon penosamente la larga y áspera cuesta de la solana del cerral. El zorro que los observaba desde las blanqueras, a media altura, hiló hacia los bajos de la ladera al verlos llegar, pero enseguida se sentó a mirarlos con la cabeza ladeada.

Al allanar, jadeantes y sudorosos, una liebre saltó pegando quiebros a buscar la protección de los escaramujos. Se detuvieron un rato para recuperar el resuello. Frente a ellos se extendía un ancho páramo que olía a tomillo y a espliego. Al rato reemprendieron la caminata y Viento del Norte prosiguió con su relato.

—Arco Iris y Lobo Sabio fueron felices muchos años y tuvieron numerosos hijos que crecieron sanos y fuertes. Nevó muchas veces y también muchas se agostaron los campos, y Lobo Sabio siempre veía en Arco Iris a la misma doncella de la que se enamoró en una reunión estival de la tribu, como si el tiempo se hubiera detenido en ella. O mejor aún, como si el tiempo acrecentara su inteligencia, su ternura y su belleza. Cada día la amaba más, hasta que pasados muchos soles llegó la asamblea de la tribu. Nada hacía presagiar la tempestad que estaba a punto de desencadenarse. Aquel año acudió un guerrero que había estado muchos años viviendo apartado de la tribu, explorando sin cesar nuevos territorios, fatigando sin pausa la llanada en todas direcciones. El viajero era Lluvia en el Rostro, y el tiempo tampoco lo había tocado, salvo por la presencia de unos surcos que daban más relieve a los rasgos de su cara y unas mechas plateadas en su larga cabellera. Pero su cuerpo no se había ablandado, ni su zancada era más corta, ni su mirada menos penetrante, ni su pulso menos firme. En cuanto lo vio, Lobo Sabio sintió la punzada de los celos. Pensó que vendría a él con ánimo de venganza, pero Lluvia en el Rostro le dio los brazos con la sonrisa más abierta. Le dijo que no le guardaba ningún rencor, que ya no tenía cuentas con él, que los años pasados en las soledades le habían hecho más tolerante y mejor, y que se alegraba de que Arco Iris hubiera alcanzado con Lobo Sabio una felicidad que posiblemente no estaba en su mano darle.

»—Yo era entonces un joven inestable y violento que habría hecho desgraciada a cualquier mujer. Y Arco Iris no se lo merecía. Sé tú bueno con ella. Déjame ahora despedirme de tu esposa, porque mudaré cielo inmediatamente y no sé si volveremos a encontrarnos en esta vida.

»Y diciendo esto, Lluvia en el Rostro se encaminó hacia Arco Iris, que presenciaba la escena desde lejos con expresión preocupada. Era tan guapa que cuando se ponía seria aún resultaba más interesante.

Una columna de buitres giraba en el cielo a bastante distancia. La partida de cazadores la observó con mucho interés, porque los buitres empezaban a descender y era señal cierta de carne disponible para quien llegara primero, fuera humano, león, lobo o hiena, siempre que se diera mucha prisa —los buitres tardaban poco en mondar los huesos— y supiera luego defender la carroña. A algunos de los cazadores de la partida se les hacía, sin poder evitarlo, la boca agua.

—Demasiado lejos... —advirtió decepcionado Viento del Norte—. Además, tenemos otra cosa más apremiante que hacer...

Los demás asentían pero no podían apartar los ojos de los buitres, quebrantahuesos, cuervos y alimoches que volaban hacia el lugar donde estaba la comida, quizás un caballo, tal vez incluso algo más grande...

—¿Por dónde iba? ¡Ah, sí! Lobo Sabio fingió no darle importancia al asunto y se alejó como para dejar hablar a Lluvia en el Rostro y Arco Iris tranquilos y sin el estorbo de su mirada. Pero en realidad se escondió para espiarlos detrás de un majuelo.

—El amor y los celos son compañeros —se oyó una voz.

—No hay nada nuevo bajo la capa del cielo —dijo otra.

—Lluvia en el Rostro —siguió Viento del Norte— había madurado mucho en esos tiempos, y era ahora un hombre templado y grave, pero con un punto de humor en sus gestos y en sus palabras que lo hacían muy atractivo. Le dijo a Arco Iris que la había echado desesperadamente de menos durante muchos soles, durante los cuales había aborrecido con la misma energía a Lobo Sabio, pero que luego su corazón se había ido ablandando y ahora no cabía el odio en él. Arco Iris lo miraba sin decir palabra desde su belleza intocable, y en más de un momento Lluvia en el Rostro tuvo que reprimir violentamente el impulso de abrazarla. Finalmente le dijo que había abandonado por un breve tiempo sus vagabundeos para abrazar a Lobo Sabio y verla a ella por última vez.

»—¿Y ya no sufres por mi causa? —le preguntó Arco Iris, y fueron las primeras palabras que le dirigió después del balbuceo de saludo con el que se reencontraron.

»—Mi dolor me pertenece solo a mí —fue la contestación de Lluvia en el Rostro. Tenía una sonrisa a la vez irónica, tierna y resignada.

»Y comprendiendo que la conversación se deslizaba hacia lo triste, Lluvia en el Rostro desvió la charla hacia la multitud de divertidas anécdotas con animales y personas que le habían sucedido en todos aquellos soles de vida nómada. Por nada del mundo hubiera querido que Arco Iris sintiera lástima de él.

»Arco Iris reía alegremente, tal vez para ensanchar un corazón que se le había encogido al leer antes el dolor en los ojos de Lluvia en el Rostro. Detrás de su parapeto Lobo Sabio se sentía arañado por la zarpa de un oso. Tragaba veneno en su propia saliva.

»Lluvia en el Rostro y Arco Iris, sin tocarse pero como si sus cuerpos estuvieran sincronizados, encaminaron sus pasos hacia el río. Las mimbreras de la orilla ocultaron sus cuerpos de la vista de Lobo Sabio. Sus ojos permanecieron clavados en el mismo punto en el que habían desaparecido, como si pudiera verlos todavía, aunque ya no lo hacía con los ojos de la cara, sino con los de la imaginación.

»Al llegar al curso de agua Lluvia en el Rostro miró fijamente a los ojos de Arco Iris y solo dijo adiós. Cruzó la corriente saltando con agilidad de una lastra a otra sin volver la vista atrás, y desapareció pronto detrás de una loma. Arco Iris estaba tan conmocionada por el encuentro que no quería que Lobo Sabio la encontrara con la expresión que tenía. Se arrodilló entonces y se frotó con energía la cara con el agua helada del río. Después volvió al campamento para reunirse con su marido. Llevaba una confiada sonrisa en los labios y en la mirada. Pensaba que todo había terminado felizmente.

»Cuando llegó hasta Lobo Sabio, este la esperaba con una expresión de furioso reproche.

»—¿Qué has hecho en el río con Lluvia en el Rostro? —le preguntó con rabia en la voz, pero en realidad no quería escuchar ninguna respuesta. Ya tenía la suya propia, porque lo había visto con los ojos de su mente enferma. Así y todo, Arco Iris le contestó con dulzura, y al mismo tiempo con firmeza, sosteniendo la dura mirada de Lobo Sabio:

»—Lo mismo que hacía en el campamento y que habrás podido ver perfectamente desde tu escondite: escuchar a un hombre bueno que ha sufrido mucho porque no ha tenido la dicha que a ti y a mí nos han concedido los espíritus, sin que la hayamos merecido nosotros más que él su desgracia.

»Lobo Sabio le gritó, con los ojos rojos de ira y las venas del cuello hinchadas:

»—¿Y qué has hecho con el colgante que te regalé como prenda de mi amor cuando nos fuimos a vivir juntos a la tejera?

»Arco Iris se llevó entonces la mano al cuello y descubrió que le faltaba el colgante.

»—Se me ha debido de caer en el río.

»—Mientes, se lo has regalado a Lluvia en el Rostro.

»El colgante estaba hecho de marfil de mamut, y en él se veían tres cabezas de lobo, que miraban a un lado, al otro y al frente. Representaban el pasado, el presente y el futuro, y con aquel amuleto Lobo Sabio había querido que Arco Iris supiera que su amor sería eterno.

»Una pareja de tórtolas se arrullaba, curr-urr, en la rama de un pino. De la alta copa de otro les llegaba el rítmico crotoreo de las cigüeñas, que sonaba como una carcajada. Arco Iris miró con tristeza a Lobo Sabio y dijo en un susurro:

»—El colgante pendía de una fina tira de cuero, que ya tenía muchos años y estaba podrida. Como tu amor por mí, que ha resultado no ser más fuerte que la delgada cinta de cuero. Lobo Sabio, eres menos inteligente de lo que tú te crees.

»Esa mañana Arco Iris se marchó del campamento sin que su esposo hiciera nada por retenerla. Por la noche, Lobo Sabio, todavía profundamente herido, estaba sentado junto al fuego, mirando pensativo las llamas mientras los demás cenaban y charlaban alegres. Pero unos gritos de asombro lo sacaron de su ensimismamiento. Aquel día habían pescado un gran salmón y se lo estaban comiendo. En sus tripas acababan de encontrar un colgante de marfil con tres cabezas de lobo.

En ese punto, Viento del Norte interrumpió la narración para anticiparse a la pregunta que esperaba de Piojo:

—Sí, Caminante, ya sé que esto no tiene nada que ver con la Cascada de la Gran Serpiente, pero no seas tan impaciente, que todo llegará. Aún nos queda un buen trecho antes de alcanzar el campamento, y es mejor contar las historias con calma, repitiéndolas con las mismas palabras con las que nos han llegado. Las llamamos por eso «historias que se cuentan a sí mismas», porque nosotros solo ponemos los labios y ellas pasan de una persona a otra, de una generación a otra. Los hombres mueren, pero las historias permanecen porque tienen más vida que los humanos. Y sigo poniendo mi voz a la historia de la Cascada de la Gran Serpiente.

»Lobo Sabio partió en cuanto amaneció el sol en busca de su esposa, para pedirle perdón y volver a los días felices. Seguramente, pensaba el insensato, bastaría con que le recordara que era un hombre, un varón quiero decir, para que ella comprendiera la torpeza y perdonara su desvarío. Los hombres hacemos bastantes tonterías, y luego nos cuesta mucho trabajo reconocerlo porque encima tenemos un orgullo desmedido. ¡Qué le vamos a hacer! También contamos con nuestras virtudes, creo yo —dijo sonriendo Viento del Norte.

Todos los cazadores se rieron a carcajadas. Sin

inmutarse, un cernícalo permanecía fijo sobre sus cabezas, batiendo rápidamente las alas contra el viento.

—El caso es que Lobo Sabio recorrió el mundo y no encontró ningún rastro de Arco Iris. Para que la fatalidad fuera completa no vino en su ayuda ninguno de esos sueños clarividentes que solía tener y que tan útiles habían resultado a la tribu en trances difíciles.

»Después de tanta búsqueda infructuosa, Lobo Sabio estaba desesperado y ya no sabía qué hacer. Pero en una de sus expediciones en busca de Arco Iris quisieron los espíritus que se tropezara con Lluvia en el Rostro, que ya estaba informado de todo lo que había sucedido después de que él se fuera por última vez de la tribu. En parte se consideraba responsable, aunque indirecto, de la desdicha de Arco Iris. El gran cazador había capturado una avutarda y la llevaba colgada del hombro...

Viento del Norte acababa de avistar a un grupo de avutardas que los miraban desconfiadas desde lejos, con sus cuellos bien erguidos.

—... Y entonces Lluvia en el Rostro le dijo a Lobo Sabio:

»—Me encantaría ayudarte en la búsqueda de Arco Iris, pero me parece que te corresponde a ti dar con ella y recuperarla, si es que quiere volver contigo a casa. En cualquier caso, creo que puedo darte un buen consejo. Tú que hablas las lenguas de los animales, busca a los más sabios, que estarán entre los más viejos, y pregúntales por Arco Iris. Tal vez te puedan contar algo que te sirva...

—El lobo viejo, cuando aúlla, da consejo —habló uno de los mayores de la expedición, que también estaba escuchando la historia y no pudo evitar el comentario, aunque enseguida se arrepintió de haber intervenido: le correspondía estar serio.

—... Lobo Sabio agradeció de corazón el consejo de Lluvia en el Rostro. Verdaderamente era una buena idea. Qué pena, pensaba Lobo Sabio, que las circunstancias de la vida no les hubieran permitido a Lluvia en el Rostro y a él ser amigos. Pero siempre amarían a la misma mujer.

»Se despidió con un abrazo de Lluvia en el Rostro y se encaminó en busca de Sator, el atávico Topo Gigante, para preguntarle si por ventura había visto a Arco Iris en el mundo subterráneo.

»Sator llevaba toda una eternidad horadando una montaña y había creado una extensa red de cuevas.

—Me gustaría ver una cueva, solo las conozco de oídas —interrumpió Piojo, que no se había encontrado con ninguna en la infinita pradera en la que había transcurrido hasta entonces su vida.

En la sedienta llanura una piara de jabalinas de pelo rojizo enhebraba entre gruñidos hacia una balsa, con sus atropellados rayones detrás.

—En cuanto aprietan los calores, los cochinos buscan los arrimos del agua... —murmuró Viento del Norte—. Ah, ¿que no has entrado nunca en una cueva, mi volandero amigo? ¿No te has acercado en tus viajes a los bordes de la meseta? Pronto las descubrirás, porque pensamos trasladar el campamento a la Roca Horadada, precisamente donde Sator, el

Topo Gigante, hizo las cuevas. Gata se las sabe muy bien y si ella quiere enseñártelas no hay guía mejor. Las cuevas son grandes madrigueras en la piedra blanca, y a menudo acampamos en sus bocas cuando nos quedan cerca de la caza. Y ahora déjame volver a la historia de la Cascada de la Gran Serpiente.

Los guarros se ponían negros de pecina al revolcarse en el estero; a su alrededor las lavanderas movían nerviosas sus largas colas.

—Tan limpios como ellos se creen, y hay que ver lo puercos que son estos bichos... Bueno, seguiré con la historia. Lobo Sabio se dirigió al Topo Gigante y le interrogó en la lengua de los topos:

»—Oh, Sator el venerable, tú que estás informado de todo lo que se mueve en el mundo subterráneo, ¿has oído algo acerca de una bella mujer, que es mi esposa y se llama Arco Iris? Llevo años buscándola y no he conseguido dar con ella. Temo que se haya extraviado por alguna cueva.

»Sator era corto de vista, pero muy largo de oído, y por lo tanto el animal más adecuado para dar cuenta de todo lo que se movía y hacía ruido en la densa oscuridad de las cavernas. Por desgracia, su respuesta fue negativa.

»—No, humano, ninguna mujer se ha perdido últimamente en el mundo subterráneo. Alguien con ese nombre y esa belleza habría iluminado las grutas. Pero pareces muy apenado. Te sugiero que te alargues hasta el Bosque Impenetrable de Bundu y que vayas a hablar con el Gran Pico Carpintero, llamado Tashej. Es muy viejo y muy sabio, y no se le escapa nada de lo que sucede en el bosque.

Viento del Norte apuntó con su dedo a un gigantesco árbol solitario.

—Ese es el Bosque Impenetrable de Bundu.

—Yo solo veo un pie aislado —contestó Piojo.

—Es el último tronco que queda de la antigua espesura, y ahora nos vendrá muy bien. Está a punto de estallar una tormenta —Viento del Norte llevaba bastante tiempo mirando hacia arriba— y al raso nos puede partir un rayo. Ya lo dije esta mañana, aunque no se veía una sola nube en el cielo, y no me creísteis. Pero anoche tenía cerco la luna, las arañas están teje que teje su tela, las abejas no paran quietas y las perdices abren sus alas, y estas señales nunca han engañado a nadie.

—Cuando la perdiz canta y el ala extiende es más señal de agua que cuando llueve —confirmó alguien.

—Abejas revueltas, tempestad a vueltas —remató otro.

Piojo intuía algo que aún no era capaz de comprender. Todos aquellos lugares por los que pasaban no podían coincidir por casualidad con el relato. Era más bien como si la historia en sí misma les fuese señalando el camino que tenían que seguir. Como si solo recitando el relato que todos conocían fuesen capaces de orientarse en aquel terreno inmenso. Primero la Cascada de la Gran Serpiente, después el Bosque Impenetrable. ¿Qué vendría luego?

Todos los expedicionarios corrieron a refugiarse bajo la cúpula de hojas mientras empezaban a rasgar el cielo los primeros relámpagos. La lluvia fue arreciando hasta convertirse en un imponente aguacero, los relámpagos se acercaban cada vez más y los truenos retumbaban en los oídos de los que se apiñaban junto al tronco del árbol, el único que se divisaba en aquella alcarria. Piojo se sentía intranquilo, pero los demás no mostraban ningún signo de nerviosismo. Viento del Norte le hablaba a Piojo como si no pasara nada, como si el árbol les ofreciera una protección segura frente a los rayos.

—Este árbol es un rebollo, de la tribu de los robles. Verás muchos rebollos más en la Roca. El roble es muy superior a todos los demás árboles. No hay más que ver su poderoso tronco, sus robustas ramas y su enorme copa. Parece que tiene músculos de madera y una melena de hojas. Ocupa el lugar del león entre los animales. Además, este roble en particular ha recibido ya la Fuerza. —Y señaló una recta cicatriz que recorría su tronco de arriba abajo—. Ahora estamos seguros de que no puede caer otro rayo sobre este árbol, porque la Fuerza no se desperdicia y será enviada a otros árboles, o a las rocas.

»También amamos a los robles porque nos dan el muérdago, que tiene propiedades mágicas. Sirve para curar, y cuando crece sobre un roble que ha recibido la Fuerza es un poderoso talismán, el más eficaz que existe. A mayores, los hechiceros utilizan varas sacadas de las ramas de robles recientemente bendecidos por el rayo para invocar a las fuerzas ocultas.

Viento del Norte le enseñó a Piojo las bolas blancas de muérdago que llevaba en la bolsa de la medicina, colgando del cuello.

—Los dos que murieron durante la cacería de bisontes no las llevaban y mira lo que les ha pasado.

»En el día más corto de todos, cuando un sol muere y otro sol nace, quemamos en las hogueras nocturnas ramas de este roble, o de otro que haya recibido la Fuerza, para que el nuevo sol nos sea propicio. Sería un error grave no respetar esta tradición. Alguien tendría que pagar por no haber dado la bienvenida al sol recién llegado. Esta es una cruda ley de vida: los errores que unos cometen los pagan otros, porque todo en el mundo forma parte de la misma malla.

»Pero volvamos al antiguo Bosque Impenetrable de Bundu. En él vivía un enorme pájaro carpintero, del tamaño de una persona, más o menos. Tashej, ese era su nombre, llevaba toda una eternidad picando los enormes robles del Bosque Impenetrable. Cuando acababa con uno, seguía con el siguiente, y así iba abriendo claros en la inmensa robleda. El potente tamborileo de Tashej se oía en toda la comarca y nunca paraba.

Los jóvenes cazadores golpeaban el tronco con el extremo romo de sus lanzas de forma acompasada y sonora, como otrora lo hiciera el formidable pico. Un gran búho, asustado, huyó del árbol batiendo sus poderosas alas. Viento del Norte levantó la voz:

—Lobo Sabio se dirigió a Tashej en la lengua de los picos, y le preguntó respetuosamente por su esposa Arco Iris, haciendo antes la obligada alabanza de la sabiduría y experiencia del gran pájaro carpintero. La contestación de Tashej fue un mazazo para Lobo Sabio:

»—No, humano, no se ha perdido recientemente ninguna mujer, guapa o fea, en el Bosque Impenetrable de Bundu. Pero te veo tan desesperado que te daré un consejo. Alárgate hasta el risco donde vive Aranu, el Águila Gigante. Es muy vieja y muy sabia y está al corriente de todo lo que sucede en el páramo.

El turbión había sido violentísimo, pero breve, y al poco rato volvía a asomar el sol. Milagrosamente, no había caído ningún rayo en el roble bajo el que se habían refugiado los cazadores, pese a que era lo único que se elevaba en la planicie. Sin embargo los hombres no hicieron el más mínimo comentario al respecto, porque daban por seguro que no corrían allí ningún peligro.

Viento del Norte prosiguió:

—Ha pasado ya mucho tiempo desde entonces, y Tashej siguió picando los robles del Bosque Impenetrable de Bundu, hasta que solo quedó este en el que nos hemos refugiado, y al que llamamos el Viejo Roble. A Tashej le dio pena acabar con él y se fue entonces a picar en otro bosque.

La marcha hacia el campamento de los cazadores seguía su curso en silencio, y al poco rato Viento del Norte señaló un mogote de roca con una vaga forma de ave rapaz:

—Esa es la Gran Montaña de Aranu, que también se llama el Risco del Águila.

Piojo estuvo a punto de comentar algo sobre el insignificante tamaño de la Gran Montaña, pero después de haber conocido un bosque impenetrable de un solo árbol, juzgó más prudente que Viento del Norte continuara su relato. Mientras tanto, un águila planeaba en círculos por encima de sus cabezas. En el Risco había regueros blancos que indicaban que ese era su posadero.

—Aranu llevaba tantos años posándose sobre la Gran Montaña que la había desgastado mucho, aunque en tiempos de Lobo Sabio todavía era bastante más alta que el montículo en que llegó a convertirse al cabo de mucho tiempo, cuando Aranu la abandonó porque ya era demasiado baja. Aranu era la más grande, la más vieja y la más sabia de todas las aves, y se conocía cada palmo de terreno. No había nada que se moviera en el raso que pudiera escapar a la penetrante mirada del guardián de los cielos. Después de hacerle los honores debidamente, Lobo Sabio le preguntó en la lengua de las águilas por su mujer, pero tampoco Aranu le pudo ayudar:

»—No, humano, me maravilla que hables mi lengua, pero no he visto a ninguna hermosa mujer perdida por el páramo que responda a la descripción de tu esposa, si es que se trata de una belleza que de verdad viaja sola. Porque te advierto que sí he visto algunos primores bien acompañados.

»Lobo Sabio contestó que ya había visitado todas las tribus del páramo y que no le habían podido informar sobre Arco Iris, y además él descartaba que se hubiera unido a otro hombre, aunque lo cierto era que en sus adentros seguía sintiendo la zarpa del oso. Se le veía tan desolado que Aranu abandonó por un momento su tono altivo y su mirada orgullosa y despectiva, y se dirigió a Lobo Sabio con cierto afecto, raro en un águila:

»—Si ya has probado con los animales más sabios del mundo subterráneo, del bosque y del páramo, no pierdes nada con intentarlo con el príncipe del río. Conozco un salmón de tamaño descomunal, que es muy viejo y muy sabio. Generaciones de humanos han intentado pescarlo, y llevaba sobre su cuerpo centenares de arpones. Una vez me pidió el favor de que se los quitara con mis garras, y desde entonces me tiene un gran aprecio. Llégate a él de mi parte y pregúntale por tu esposa. Aunque, como los humanos no pueden vivir debajo del agua, lo más que podrá decirte es si ha visto su cadáver en el río. Esa será, mucho me temo, la única forma de que descanses, porque ya no te queda ningún lugar donde buscar. ¡Ah!, el salmón se llama Trénor.

Se sintió algo, una especie de temblor, y luego la pradera retumbó. Una nube de polvo se movía en la lejanía.

—No sé ve bien con la polvorera —dijo un joven de la partida que llevaba fama de vista de lince; se aviseraba con la mano para protegerse los ojos de los rayos del sol y quizás también para darse importancia y crear expectación: todos esperaban siempre su pronunciamiento y solo habló después de unos momentos—: Es un hato de caballos espantados. Hay unas tres manos. Deben de tener a los leones o a los lobos detrás.

La nube se fundió con el horizonte y Viento del Norte retomó el hilo de la narración.

—Lobo Sabio se fue al río, ese que hemos dejado atrás, y gritó el nombre del viejo salmón Trénor en la más amplia y profunda poza. A modo de presentación, Lobo Sabio dijo que venía de parte de su amiga el águila Aranu. Al cabo de un largo rato, y después de muchas llamadas sin respuesta, el salmón asomó tímidamente su cabeza fuera del agua y habló con gangosa voz de pez:

»—Humano, no tengo por costumbre mostrarme a tus congéneres, y mucho menos dialogar con ellos. Siempre andáis tratando de arponearme, y ya tengo demasiadas cicatrices en el cuerpo para pláticas. Vuestra especie es la única de la que debo esconderme, porque todas las demás me respetan por mi enorme tamaño y por mi sabiduría, fruto de mi larga edad. He conocido demasiadas generaciones de humanos como para comprender que nunca cejaréis en vuestra obsesión por darme muerte. Si no fuera porque le debo un enorme favor al águila Aranu, y a que me temo que la necesitaré más veces, no me habría siquiera presentado a ti.

»"Y no hace falta que me digas a lo que vienes, porque todos los animales lo conocemos ya. Has hecho bien en dirigirte a mí, porque no hay novedad en el río que se me escape; lo vengo remontando desde el mar hace ya una infinidad de tiempo. Y efectivamente, en el río hay algo extraño en los últimos años, pero no sé si te gustará saberlo.

»"Aguas arriba de esta poza, y al pie de una cascada, vive una gran serpiente acuática, un mal bicho que se llama Siruna. Procuro no relacionarme con ella, aunque debido a mi corpulencia hace muchos años que he dejado de temerla. Pues bien, a través del fragor de la cascada llegan con cierta frecuencia gritos de mujer, y esa podría ser la tuya".

»Lobo Sabio se quedó paralizado al oír al salmón. ¡Arco Iris, su pobre Arco Iris, su niña, su amor, secuestrada por una serpiente! No sabía si era una buena o una mala noticia. En cualquier caso no se le ocurría cómo podría vencer a Siruna y recuperar a su esposa perdida. "Qué puedo hacer", lloraba. Se encomendó de nuevo a la sabiduría del príncipe del río, quien se apiadó de Lobo Sabio, al ver la congoja y el amor que habitaban en él, y le hizo una sugerencia:

»—Aguas abajo de esta poza vive un castor muy viejo y muy sabio, llamado Kepala, que es el mejor constructor de presas del mundo. Las sabe hacer tan enormes que si quiere puede detener por completo el curso de un río caudaloso. Iré a buscarlo y volveremos juntos. Él odia a Siruna tanto como yo y estará dispuesto a ayudarte pese a que tampoco aprecia a los humanos: ¡no hacéis más que cazar castores para apoderaros de su piel! ¡Y la suya es la mejor y la más grande!

»Lobo Sabio esperó unos días que se le hicieron eternos, hasta que, finalmente, aparecieron el salmón Trénor y el castor Kepala. Este dijo sin más preámbulos:

»—Trénor me ha contado toda la historia y ya tengo la solución. Siruna es invencible en el agua, pero se mueve muy torpemente en tierra firme. Haremos que se convierta, a pesar suyo, en una serpiente de tierra. Vete preparando una buena colección de azagayas.

»Lobo Sabio y Trénor se situaron aguas arriba de la Gran Cascada, y el castor empezó la construcción de un gigantesco dique. A su llamada acudieron todos los castores del río, y Lobo Sabio convocó a la tribu en su ayuda y se presentaron muchos hombres que le estaban agradecidos por los servicios que les había prestado en tiempos difíciles. Los humanos cortaban troncos de árbol y los castores formaban la empalizada. El caudal de la cascada empezaba a bajar y Siruna se inquietaba. Lobo Sabio consiguió comunicarse a gritos con Arco Iris, y le dijo que pronto la rescataría.

»Finalmente, la Gran Cascada se secó por completo y Siruna fue fácilmente acribillada por las jabalinas de los guerreros. Su cadáver se secó al pie de la cascada para siempre. Lobo Sabio y Arco Iris se fundieron entonces en un abrazo, el más tierno que han visto los tiempos.

Viento del Norte había recitado más que contado la historia de la Cascada de la Gran Serpiente, como si se la conociese de memoria, aunque a veces introdujera comentarios divertidos a modo de apostillas, pero dejando claro por el tono de voz que eran de su propia cosecha. Habían prestado especial atención al relato los más jóvenes cazadores, que en algunas ocasiones corregían una frase o una palabra, lo que confirmaba que la historia se trasmitía de una manera fijada desde tiempo inmemorial. La musicalidad de las frases invitaba a mover el cuerpo al compás, cosa que hacían los muchachos en determinados pasajes, que repetían como un estribillo. Cuando terminó la historia, se relajó la tensión dramática y los jóvenes cazadores empezaron a saltar y a aullar celebrando el final feliz, que todos se sabían de antemano. Como si hubiera comprendido todo el relato y también se alegrara del afortunado desenlace, se unió al coro un zorro oscuro que los observaba tranquilamente sentado, a poca distancia, con la cabeza ladeada. Piojo se fijó en él. Habría jurado que se trataba del mismo oscuro raposo que los espiaba en la cuesta de subida al páramo desde el río.

Viento del Norte era un extraordinario contador de historias, y lo sabía muy bien. En determinados momentos hablaba con voz baja para crear expectación, y entonces todos los oyentes se pegaban a él para no perderse una sola palabra. Se sabían de memoria todas y cada una de ellas, pero eran las inflexiones de voz con que las entonaba Viento del Norte lo que les producía aquellos escalofríos. Aunque, por supuesto, no había cazador alguno que ignorase el final del relato ancestral, sus corazones se encogían con los pesares de Lobo Sabio y solo se ensanchaban cuando por fin se producía el ansiado reencuentro con Arco Iris. Incapaces de contener la alegría que los embargaba entonces, chozpaban como cabritillas del mismo modo que brincaba dentro del pecho su corazón.

Y es que cada vez que Viento del Norte contaba la vieja historia, era como si se reprodujera de nuevo, en los mismos escenarios, el mítico combate entre Lobo Sabio y la terrible Serpiente, o como si la gran águila Aranu se volviera a posar, más majestuosa que nunca, en su desgastada roca.

Si Viento del Norte hubiera preparado para Piojo un final apoteósico aquel día, no le habría salido mejor, porque en el mismo momento en el que el relato terminaba con el feliz abrazo entre los esposos, un bello y limpio arcoíris apareció completo en el cielo.

Después de saltar y gritar hasta la extenuación, todos se quedaron mirando en silencio aquel prodigio, y Piojo descubrió que un ser humano podía tener magia en las palabras. Nunca había conocido a alguien así y deseó intensamente seguir a su lado y ser su amigo.

Cuando le pareció oportuno, Viento del Norte, henchido de orgullo, lanzó una gran carcajada que rompió la solemnidad del momento, al tiempo que decía:

—Bien contado, no hay cuento malo.

Y entonces la magia se deshizo como una burbuja explotada y todo volvió a su ser: una pradera agostada y una peña raída. Piojo juraría que había seres sobrenaturales allí mismo un momento antes, y que Viento del Norte podía convocarlos y despedirlos enteramente a voluntad.

Y de pronto Piojo se encontró riéndose a mandíbula batiente, con todos los demás, y sus pulmones se llenaron de aire, y fue plenamente feliz en ese instante, y el mundo le pareció un lugar maravilloso pese a que poco antes había presenciado dos muertes y pese a los muchos años de amargura pasados... hasta ese mismo día. Y se quedó asombrado de sí mismo, porque nunca, nunca hasta entonces, se había reído Piojo a carcajadas.

Gata

En el crepúsculo alcanzaron el borde del páramo. Desde el morro del cerral se dominaba una anchísima nava, reseca y calcinada a esas alturas del verano. Hacía ya mucho tiempo que se había evaporado el agua llovediza de los amplios charcales que habían anegado la llanura, y su fondo salino se agrietaba en un mosaico de polígonos recubiertos de una costra blanca. Hasta las junqueras amarilleaban. En torno a los antiguos aguazales los tallos de los carrizos, las castañuelas y las eneas, vencidos por la sequía, se ofrecían al viento. El resto de la nava era un almarjal. Parecía que todos los habitantes de los tiempos felices habían abandonado ya el territorio, pero una cansina pareja de aguiluchos laguneros todavía revolaba a flor de carrizo en busca de presas o de carroña. El campamento al que se dirigían se arrimaba a un escueto regacho flanqueado de tarayes, a los que parecía disputar las últimas gotas de agua. Más allá empezaba una rala pradera que recorría ceremoniosamente un grupo de avutardas. Por encima de ellas estiraba su vuelo hacia el sol poniente el bando de sisones, sis, sis, sis.

—Aquí, en Cantarranas, es donde vivieron Lobo Sabio y Arco Iris el resto de sus largas vidas —habló Viento del Norte.

Piojo no necesitó que le explicaran en qué se habían convertido los enamorados y cómo se sabía que fue en esos terrenos donde se quedaron para siempre: sobresaliendo espléndidos muy por encima de los tarayes, dos añados y nudosos álamos, uno a cada lado del regato, entrelazaban sus ramas en lo alto. Y le contaron que siempre criaba a su sombra una pareja de garzas.

Se detuvieron un momento a contemplar el magnífico panorama, en silencio, y ya casi era de noche cuando empezaron a bajar al campamento, donde ardían los primeros fuegos. Piojo tenía una mezcla de sensaciones en su primer día de libertad. Pero sobre todo cavilaba que había estado ciego hasta entonces, cuando solo veía un cancho, un árbol, una poza, una chorrera, o unos lastrones en un río mientras los demás veían historias de seres prodigiosos en aquellos mismos sitios. Para Viento del Norte la naturaleza tenía una explicación.

Cuando Viento del Norte, Cielo Encendido, Piojo y los demás muchachos llegaron al campamento, los cazadores más veteranos de la expedición hacía tiempo que estaban en él. Mientras los jóvenes bravos se entretenían con el relato, bebiendo del manantial de palabras que brotaban de la boca de Viento del Norte, coreando los estribillos, representando las escenas, imitando a los personajes animales y humanos, y bailando y saltando como posesos en los momentos más emocionantes, los mayores se habían adelantado con las parihuelas en las que portaban los cadáveres de los compañeros que habían caído en aquella misma jornada bajo las pezuñas de los bisontes.

Al entrar en el campamento, entre dos luces, Piojo observó inmediatamente que aquella tribu criaba águilas, seguramente cogidas de pollos, en jaulas. De ellas procederían las plumas que llevaban todos los hombres. Piojo contó tres aves, que en ese momento estaban posadas cada una encima de su jaula, sujetas a ella por una correa. En medio de las cabañas había un gran fuego, bien alimentado por una enorme pila de leña. Las llamas subían más alto que las personas, que formaban corro silencioso a su alrededor. Junto al fuego había dos pequeños túmulos de piedra, y sobre ellos estaban los cadáveres de los dos cazadores desafortunados. Los cuerpos estaban yertos, con los brazos extendidos y las piernas rectas, pero los resplandores de la hoguera generaban expresiones cambiantes en sus caras, a las que habían devuelto el temblor de la vida. A veces parecía que hablaban, y en otros momentos se diría incluso que sonreían o que estaban enfadados. Ambos eran hombres mayores, a punto de entrar en el invierno de sus vidas, aunque todavía no podrían considerarse ancianos y aún salían con las partidas de caza.

Uno de los muertos era un hombre alto, delgado, de piel muy oscura, como penetrada por el sol, y muy recio de aspecto; el otro era una persona más bien baja y rechoncha, de menos nervio y formas más blandas. Este último inspiraba compasión, pero el hombre alto imponía respeto. Se llamaba Espiga en

Verano y últimamente se distinguía por solicitar el puesto de máximo riesgo en las cacerías de bestias peligrosas. Cuando perdió la vida estaba justamente en la retaguardia de la manada arreando a los animales, un lugar donde se podía morir pisoteado si la estampida, como desgraciadamente ocurrió, se producía en sentido contrario al deseado. Decía que había vivido ya demasiado tiempo, el suficiente como para que sus tres hijos y su única hija tuvieran a su vez vástagos, y que ya no le quedaba de quién ocuparse desde el día en que se fue de este mundo, hacía tres años, su compañera. A partir de entonces parecía que buscaba la muerte.

En el momento en que llegaron los muchachos al campamento, los que formaban el corro se sentaban. La gran hoguera era la única lumbre encendida y se fueron directamente hacia ella. Piojo seguía de cerca a Viento del Norte, porque no habría sabido qué hacer, solo como estaba entre tantos desconocidos, si lo hubiera perdido de vista. Pero Viento del Norte miraba de cuando en cuando hacia atrás para asegurarse de que el muchacho de color espiga no se extraviaba.

Cada muchacho buscó a los suyos en la rueda y así fue como Piojo se quedó en una segunda fila detrás de los padres de Viento del Norte, su esposa y su hermana. La mirada de todos los presentes estaba fija en lo que ocurría en el centro del corro, por lo que no hubo lugar para presentaciones. Viento del Norte se achuchó brevemente con sus familiares, a los que Piojo solo veía la espalda.

La hermana pequeña de Viento del Norte, así lo

supuso Piojo, tenía el pelo cortado justamente a la altura de la nuca, y era de color negro con reflejos, brillante como el ala de un cuervo. Llevaba los tostados hombros al descubierto, y por alguna razón Piojo pensó que su piel morena debía ser muy suave, y sintió deseos de tocarla y acariciarla, un impulso que naturalmente reprimió. Ella no se volvió para mirarlo, y Piojo se quedó sin saber cómo eran sus facciones. Viento del Norte y sus familiares hablaban entre sí en susurros, pero no alcanzó a oír la voz de la chica, aunque hubiera jurado que era muy dulce. Piojo imaginaba una criatura deliciosa, toda ella candor y deseos de agradar. Le llamó la atención que mientras las demás muchachas del campamento se dejaban el pelo largo y sujeto por una cinta, el de la hermana de Viento del Norte no le caía por la espalda. Tampoco se veía desde detrás que nada colgase de su cuello, y la ropa que llevaba puesta era sencilla y sin adornos: una túnica de piel vuelta, cortada por encima de las rodillas y labrada de correal en los laterales, que al sentarse en el suelo dejaba ver los muslos; un cinturón de cuero sencillo y sandalias completaban el atuendo. Por más que buscó, Piojo no acertó a adivinar ningún detalle de coquetería en ella. Pero tenía muy grabado lo que le había dicho Viento del Norte de su hermana por el camino, y sentía grandes deseos de conocerla.

Había varios hombres medicina junto a los cadáveres, todos muy adornados de colgantes y plumas, pero solo habló uno de ellos. Llevaba puesta una cabeza de bisonte y la espalda la cubría hasta los pies una piel del mismo animal. Todos escuchaban en silencio, porque eso era lo que correspondía hacer en aquella ceremonia. El hechicero habló solemnemente, con voz de gruta:

—Esta desgracia no tendría que haber ocurrido. Soy el cabeza del Tótem del Bisonte y sé interpretar los signos que nos envía nuestro animal sagrado. Existe una estrecha comunicación entre ellos y nosotros, los de su sangre, porque nos intercambiamos los cuerpos, así que nuestros espíritus vivirán mientras haya humanos y bisontes. Os recordé que en los últimos tiempos han muerto muchos hombres bisonte y que nosotros también hemos matado muchos animales bisonte. Cuando hay pocos cuerpos y muchos espíritus libres, estos se ven obligados a arreglar las cosas. No os engañéis, fueron los espíritus revueltos los que empujaron a los bisontes hacia los que yacen ahora sobre los túmulos. De nada les valieron las patas de tejón que llevaban en su bolsa de la medicina porque no murieron por el mal de ojo. No es un problema que pueda resolverse con muérdago ni con amuletos. El mensaje está claro: «Dejad que las manadas medren o seguirán cayendo seres humanos».

»Por eso os dije que los bisontes estaban con justicia ansiosos de la sangre humana y que no era buen momento para enfrentarse a ellos. Ni siquiera teníamos una urgente necesidad de carne. Ya hemos acumulado suficiente tasajo para pasar una gran parte del invierno. Lo hicisteis por el placer de matar y por la gloria del cazador. El orgullo os ha guiado y, como siempre ocurre, estos dos apreciados guerreros, que no eran precisamente los que más gritaban pidiendo salir de cacería de bisontes, han pagado por la falta de otros. Porque todo está conectado en este mundo y nada, absolutamente nada, ocurre por casualidad.

Y el hombre bisonte miraba a su alrededor buscando a los más ardientes guerreros, aquellos que se habían reído de sus augurios el día anterior, para clavar los dardos de sus ojos en ellos. Algunos, como Viento del Norte, le aguantaron la mirada, devolviéndole la furia. Otros, la mayoría, no se la sostuvieron y bajaron la cabeza con pesadumbre y tristeza.

Viento del Norte se volvió a su derecha y le susurró a su mujer en tono burlón:

—Me parece que ha sido más bien la torpeza de una pareja de inútiles lo que les ha costado la vida a Espiga en Verano y a Álamo Temblón.

Era tanto el silencio que Piojo alcanzó a oír el comentario, y se sorprendió por la audacia de Viento del Norte. El joven guerrero le había parecido muy crédulo antes, cuando narraba la historia de Lobo Sabio y Arco Iris.

Para Piojo todo lo que sucedía era nuevo, y se detenía en cada uno de los detalles del espectáculo que estaba presenciando. Había visitado muchísimos campamentos con el viejo, pero el odio de este a todo ser humano hacía que viviesen y durmiesen bien lejos de los chozos. Piojo había oído a menudo en la distancia los cantos solemnes de las ceremonias, o los gritos de júbilo de las celebraciones, pero nunca había podido ser testigo directo de lo que ocurría en tales ocasiones.

Cuando el chamán creyó haber impresionado suficientemente a los presentes con sus palabras y su fiera mirada, continuó.

—Hubo además un signo infalible del que os avisé a su debido tiempo. El Árbol de la Muerte se había movido. Os repetiré lo que esto significa para que lo sepan los más jóvenes. En la paramera a la que me retiro a meditar y donde recibo las visiones, viven entre canchos algunos enebros aislados, impasibles a la invernia y al calor del verano. Son unos árboles tan antiguos como las peñas que se alternan con ellos en la alcarria, y su tronco ha alcanzado ya la textura de las piedras y el mismo color gris con incrustaciones blancas, rojas y doradas. Con el tiempo se convertirán en rocas, como ya lo hicieron otros que hoy están petrificados. Y algunos son tan viejos que hace su nido en ellos el águila real, que siempre cría en los cantiles y nunca en los árboles.

»Uno de esos enebros, sin duda el más viejo, se cambia de sitio cuando le va a ocurrir alguna desgracia a nuestra tribu, y de este modo nos viene avisando desde tiempo inmemorial. Yo vi el otro día al Árbol de la Muerte apostado a poniente de una gran roca que llaman la Atalaya, cuando siempre está a levante, y os informé del nefasto augurio. Seguramente vosotros pensasteis que lo único que me movía era la defensa de mi tótem, pero creo haberos demostrado innumerables veces que me importan más las personas de la tribu que los bisontes.

Viento del Norte no hizo esta vez ningún comentario escéptico y se quedó muy serio, porque su padre le había contado que su abuelo había visto al Árbol de la Muerte a poniente de su roca y dos noches después una pantera entró en el campamento y, sin que nadie lo advirtiera, se llevó a la abuela, que estaba durmiendo en la choza con todos los demás miembros de la familia. Al amanecer siguieron el rastro de sangre hasta dar con los huesos de la desdichada roídos por la fiera. Si no hubiera sido por el reguero de sangre, habrían creído que la mujer se había disuelto en el aire, porque la pantera no hizo ningún ruido cuando pasó por encima de los cuerpos de los durmientes hasta llegar al de la víctima, ni al arrastrarla hacia la salida. Nadie había oído nunca hablar de cosa semejante y se sospechó de la intervención de alguna fuerza sobrenatural convocada por alguna envidia o alguna venganza contra la familia, pero nunca se descubrió quién podía haber hecho aquella magia siniestra.

El hechicero parecía de verdad un ser mítico, mitad hombre y mitad bisonte; un bisonte con vientre de persona o un hombre con dorso de bisonte; un humano por delante y un bisonte por detrás. Su expresión cambió después de pronunciar las últimas palabras. Dejó de parecer enfadado a partir de ese momento. Su tono de voz se dulcificó y los músculos de la cara se le aflojaron.

—Pero ahora lo que hay que hacer es ocuparse de los vivos, mientras aún estemos a tiempo. Más tarde ayudaremos a los muertos *a atravesar la niebla*.

Piojo pensaba que esa era la ceremonia de homenaje y despedida de los difuntos, y la preparación de sus almas para el misterioso viaje que les esperaba. Por eso le llamó la atención que el chamán considerase que eran los vivos, y no los muertos, los que merecían recibir atención en primer lugar. Tomó entonces la palabra el más viejo y el más adornado de todos los hechiceros, un hombre llamado Chango, y sus palabras pronto sacaron a Piojo de su perplejidad.

—La llegada de la muerte es un misterio solo para los ignorantes. Pero el hombre instruido sabe que toda muerte tiene una causa, y que nada en el mundo sucede al azar. No es la casualidad la que hace que los ríos fluyan cuesta abajo, que las nubes descarguen la lluvia, que los pájaros construyan los nidos en primavera o que nazcan los hijos de los hombres. Todo está bien trenzado y anudado en la naturaleza y las cosas solo pueden ser de una manera. No remontan los ríos la pendiente, ni llueve cuando el cielo está despejado, ni los pájaros ponen huevos en el invierno, ni tiene hijos la mujer que vive sola.

»Los ancianos y los débiles están condenados a morir, porque es ley que solo el fuerte permanezca, y es una ley sabia.

—Cada día maltrata y el último día mata —comentó con aire de resignación el padre de Viento del Norte y de Gata. La madre asintió afligida.

—De otro modo —seguía Chango— el mundo sería un lugar triste y feo, lleno de dolor y de desesperanza. El sufrimiento tiene que tener un significado. Cuando se quedan atrás los enfermos baldados y los viejos argallados seguimos nuestra marcha porque sabemos que algún día nos sucederá lo mismo a nosotros y lo aceptamos de antemano. Solo lo que se mueve está vivo de verdad. La quietud es la muerte.

También los abandonados en su día dejaron atrás a sus padres. Lo único que importa es que no se rompa la corriente de la vida.

Piojo pensó entonces que su madre fue de los que se quedaron en el camino, según creía recordar, y se consoló con la idea de que al menos no murió sola y de que estaría contenta de que su hijo hubiera sobrevivido.

—Otras veces los hombres fallecen en accidentes como el que lamentamos hoy, y nos corresponde a los hombres medicina averiguar qué es lo que se ha hecho mal, para que no se repita el error y nadie tenga que pagar las consecuencias.

»Hasta el sol próximo no volveremos a cazar bisontes y así se lo comunicaré muy pronto a ellos. Me acercaré a la manada y le ofreceré una tregua que dure hasta después del invierno. Al menos no tendrán que sufrir nuestro acoso en los soles cortos, cuando más escasea su comida. De este modo los terneros tendrán más oportunidades de sobrevivir y la manada crecerá. Nosotros afortunadamente tenemos los frutos que empezarán a madurar pronto, y todos los demás animales para comer.

»Os lo repito. No os equivoquéis nunca pensando que la muerte viene sin que nadie la llame, y que vivir o morir es una simple cuestión de buena o mala suerte. Los brujos nos sacrificamos con grandes ayunos y otras penalidades para tratar de interpretar la voluntad de los oscuros poderes que gobiernan el mundo y que también deciden sobre nosotros. Nada ocurre porque sí y hay una razón detrás de cada muerte.

Chango calló un instante para ver el efecto que hacían sus palabras y para dar más solemnidad a la ceremonia. Solo se oía, lejano, el agudo grito de la lechuza. El hechicero prosiguió; todo lo que había dicho hasta entonces era únicamente un preludio para lo que de verdad tenía que contar.

—Pero hay una enfermedad incomprensible a la que llamamos la Lanzada. Hombres y mujeres sanos y fuertes sucumben a ella sin previo aviso y sin que ni siquiera los chamanes hayamos sido capaces de predecirla, porque no se anuncia con ninguna clase de señal. Nunca el Árbol de la Muerte se movió para pregonar la Lanzada.

»Un guerrero se levanta lleno de vigor, y piensa que la vida es hermosa y que tendrá un buen día. Es primavera y el campo estalla en cantos de pájaros y en flores de todos los colores. El hombre come a gusto y mira con satisfacción a su familia. Sus padres aún viven y están fuertes. Su esposa es muy bella y él disfruta con sus formas, embelesado. Recorre con la vista su cabello rizado todavía sin canas, contempla con deleite su alegre cara, de tersa piel, su elegante cuello, sus hombros redondeados, sus pechos abultados y firmes, su cintura estrecha, se detiene en su sensual cadera, baja la vista y deja resbalar la mirada por los muslos, las provocativas rodillas, las pantorrillas y los graciosos pies.

»Todo en ella es salud, armonía y vitalidad, piensa el guerrero con orgullo. Su esposa se vuelve porque ha notado los ojos de su marido palpando su piel y le sonríe con todo su cuerpo. El cazador piensa que ella es la mejor y que él tiene mucha suerte. Junto a su esposa hay un niño y una niña. El uno es todavía un chaval, pero ya va tomando ademanes y posturas de hombre. La cría es una mocosa que al guerrero le recuerda mucho a su mujer...

Piojo no había tenido muchas oportunidades de relacionarse con niñas, pero las había visto en los campamentos que había visitado, aunque pocas veces se quedaran el viejo y él a dormir en ellos, ya que hacían una vida lo más apartada posible. Admiraba a los cazadores y deseaba jugar con los otros niños, algo que el viejo le impedía hacer. Su amo no tenía buena opinión de las mujeres a juzgar por la sentencia que le gustaba repetir: «Buena, joven, fiel y bella, ¿dónde está ella?». En los últimos tiempos, sin embargo, le empezaban a interesar las chicas, y ahora tenía una delante, tan cerca que podía olerla, sentir el calor de su cuerpo y escuchar su respiración. Pero ¿qué era aquella misteriosa lanzada de la que hablaba el brujo?

—... y en el momento en el que el hombre está a punto de reventar de felicidad, siente un espantoso dolor en el costado izquierdo, como si una lanza le traspasara el pecho. Se lleva la mano a ese lado, pero no hay sangre ni herida. Sus padres y su esposa le ven vacilar y acuden deprisa, respira con dificultad, su frente se perla de sudor frío, las fuerzas le abandonan, se desploma y muere al momento.

»Nuestros antecesores de los tiempos que fueron, los brujos antiguos, estudiaron durante generaciones esta clase de muerte sin encontrar la causa, hasta que el más sabio de entre todos ellos, llamado Pájaro que Canta en la Noche, después de muchas privaciones en la oscuridad de una cueva y de tomar plantas mágicas y setas sagradas, tuvo una visión que lo aclara todo: junto al hombre o la mujer que sufre la Lanzada hay un hombre o una mujer invisibles que clavan un palo también invisible, pero harto aguzado, en el costado zurdo de la víctima. Pudo reconocer al hombre misterioso que clavaba su arma en el corazón del último guerrero que había recibido la Lanzada. Hizo averiguaciones y descubrió que se trataba de alguien llamado Pequeño Halcón, que había sido maltratado y que se vengaba después de muerto.

»Ahora que sabemos la causa de la Lanzada, todos tenéis la oportunidad de pasar junto a Espiga en Verano y Álamo Temblón. Aquellos que sientan que se han portado mal con alguno de ellos, y que podrían atraer su ira por esa causa, pueden pedir disculpas y prometer que compensarán a la familia del difunto del daño que le pudieran haber causado a él en vida. Es un trato justo, y los muertos que fueron buenas personas suelen preferir que sus mujeres e hijos reciban protección y cuidados a que los acompañe en el otro mundo aquel que los ofendió en el pasado. A fin de cuentas, antes o después tendrán que reunirse, y el amor a la familia suele poder más que el deseo de venganza.

»Pero si alguien teme que alguno de los difuntos está tan enojado con él que no alcanzará su perdón, que venga a mí para que trate con conjuros de paralizar el brazo que empuña la lanza oculta.

»Que comience ya el Acto de Reconciliación con los difuntos, no vaya a ser que el espíritu de alguno de los fallecidos esté impaciente por ajustar cuentas con su enemigo.

Muchos de los presentes, aunque no todos, se pusieron en fila para despedirse de los muertos. Viento del Norte apenas había tenido trato con los caídos y no se levantó, como tampoco su esposa ni su hermana, pero sí lo hicieron su padre y su madre. Salvo excepciones, las personas que se sentían obligadas a arreglar sus asuntos con Espiga en Verano y Álamo Temblón eran las de su generación, o las que no distaban mucho de serlo. Cuando llegaban hasta los cadáveres decían frases como: «Perdóname Espiga en Verano, o Álamo Temblón, por haberte hecho tal cosa en aquella ocasión, y no te lo tomes demasiado a mal. No tenía intención de perjudicarte, pero de todos modos te pido disculpas por mi comportamiento. En compensación yo me preocuparé de tus hijos y de los hijos de tus hijos, para que nada les falte. Y te ruego que no te vengues de mí con tu lanza, porque tengo familia que quedaría desvalida si yo les faltara».

En el caso de Álamo Temblón su viuda ocupaba el primer lugar como beneficiaria de los prometidos desvelos futuros. Todos fueron así pasando por delante de los cadáveres, y de creer lo que decían los arrepentidos, los familiares de los difuntos se verían abrumados de favores durante muchos años. Era evidente que la Lanzada, por lo que tenía de muerte inexplicable y súbita, producía un gran temor.

Cuando el acto público de arrepentimiento y de solicitud de perdón hubo terminado y ya no quedaba nadie en la fila, se levantó la viuda de Álamo

Temblón, que se llamaba Flor de Hielo, y se dirigió hacia los dos túmulos. Al llegar a su altura se paró junto al cadáver de su marido, tomó aire con una profunda inspiración y empezó a hablar. Las palabras salían de su boca con gran esfuerzo, como si la mano del dolor le oprimiera la garganta. Pero todo en ella era reposado y digno.

—No es costumbre que las viudas hablen en la Ceremonia del Perdón, porque tan víctimas son ellas como su esposo muerto, pero yo tengo algo importante que decirte antes de que *atravieses la niebla*, y quiero que lo oigan todos...

Piojo descubrió que para aquellos hombres los muertos no encendían fogatas en el lejano cielo nocturno, sino que vivían al lado de los vivos en algún lugar cercano, pero separados unos de otros por una pared de niebla que normalmente se atravesaba en un solo sentido, con la muerte, pero que excepcionalmente se podía cruzar en el contrario, como era el caso de la Lanzada.

—... me casé contigo por mandato de mi padre, y los viejos lo recuerdan. Mi corazón pertenecía a otro, y tuve que arrancármelo para poder darte mi cuerpo. En él engendraste seis hijos, y los espíritus nos otorgaron la felicidad de ver granarse a cinco de ellos, que hoy lloran conmigo tu pérdida. Siempre pensé que eran la recompensa por mi sacrificio. Ellos son lo mejor de nuestra vida en común, y mi única alegría verdadera en todo este tiempo.

»Te prometí respeto y lealtad, y te los he dado a lo largo de muchos veranos y de muchos inviernos, con el sol alto y con el sol bajo, los días cortos y los largos. Nunca me preguntaste si te amaba y así nunca tuve que mentirte. Fuiste bueno conmigo y no tengo nada que reprocharte, salvo que me reclamases como esposa cuando sabías que no podría ser enteramente tuya. Dijiste que te bastaba con tenerme a tu lado y eso es exactamente lo que has conseguido de mí. Nunca me he quejado de mi suerte, pero tampoco he reído jamás contigo. No temo atraer ahora con esta confesión pública la furia de tu lanza. Si sabiéndolo todo no la usaste contra mí en vida, segura estoy de que no la empuñarás ahora que has muerto.

Y a continuación se acercó a Espiga en Verano ante la expectación de todos los presentes. Lo miró con una expresión de infinita tristeza, se inclinó y le dio un beso en los labios con tanta suavidad que parecía que se había posado una mariposa en una flor. El corro de espectadores se agitó como si lo recorriera un mismo escalofrío transmitido de persona a persona.

Una ráfaga de viento avivó en ese instante la hoguera, y una llamarada iluminó el rostro del digno guerrero muerto. Piojo habría jurado que Espiga en Verano sonreía y que miraba de hito en hito a aquella mujer. Se oyó entonces el dulce trinar de un ruiseñor, el pájaro que canta en la noche. Ella suspiró y su voz, que había mantenido un tono doliente pero contenido, se quebró en un sollozo.

—Tú eres el verdadero amor de mi vida, y fue a ti a quien entregué mi corazón. Pero no tuve el valor de desobedecer a mi padre, ni me parecía correcto hacerlo. Aún hoy no sé si debí o no rebelarme. Nunca fui una mujer de carácter fuerte. Además, no cambiaría a mis hijos por nada en el mundo. Y los hijos que he tenido son los hijos de Álamo Temblón y ha sido con él con quien los he sacado adelante.

»Pero sí sé a lo que te condené a ti. A verme todos los días de tu vida y no tocarme, y a no poder siquiera declararme tu amor. Mucho sufrimiento durante mucho tiempo, y todo ha sido por mi culpa.

»Conmigo sí tienes derecho a estar furioso, porque nadie te ha hecho más daño que yo. Yo sí que debo temer justificadamente tu lanza.

»Pero no te voy a pedir perdón como los demás, ni te voy a implorar que me permitas vivir algunos años más. He cumplido ya con Álamo Temblón en este mundo, y nuestros hijos son mayores y se valen por sí mismos. No me necesitan más.

»Por eso te pido que me claves tu lanza muy profundamente en el costado izquierdo, y que me lleves contigo *al otro lado de la niebla*, donde podamos ser felices los dos.

Gata se volvió entonces hacia su padre con un gesto rudo para ocultar sus sentimientos, y Piojo inclinó el cuerpo para oír lo que decía:

—¿Comprendes, padre, por qué no quiero irme con Cielo Encendido?

No le hacía falta a Piojo acercarse tanto, porque Gata casi había gritado. Pero la chica se encontró de pronto con el cuerpo del muchacho y lo miró sorprendida, con los ojos muy abiertos. Gata y Piojo se cruzaron las miradas por un instante y entonces los ojos de ella se convirtieron en una delgada línea, como los de una leona a punto de saltar sobre su presa, mientras que de su boca salía un rugido:

—¿Y tú qué miras?

Piojo no se atrevió a contestar, y saltó hacia atrás como si le hubiera arañado una fiera. Viento del Norte se apresuró a aclarar:

—Yo le he invitado a comer nuestra caza y a beber nuestra agua.

Gata interrogó con la mirada a su padre, que hizo un gesto de asentimiento. A partir de ese momento ella pareció perder su interés por el recién llegado. Los ojos de Viento del Norte, mientras, pasaban de Gata a su padre y de este a Piojo.

Luego se deshizo el corro de gente. Los cadáveres se quedaron solos con una guardia de hombres que los custodiaba en silencio y los demás se fueron a dormir. Viento del Norte le hizo una seña a Piojo para que los siguiera y él se puso el último de la fila, por detrás de Gata. Cuando entraron en el chozo familiar, Gata se volvió hacia Piojo, que aún no había atravesado la puerta, y volvió a rugir:

—¿No irá a dormir con nosotros este?

Piojo se apresuró a contestar:

—No, gracias, prefiero pasar la noche al raso, tengo mucho calor.

Por eso fue de los primeros en despertarse por la mañana con el movimiento que procedía del chozo de Álamo Temblón. Flor de Hielo había amanecido muerta. Pero en lugar del rictus de desesperación y dolor que solían mostrar las víctimas de la Lanzada, el rostro de aquella mujer estaba en paz.

Aquella mañana se llevaron a cabo, bajo la organización de los hombres sabios, los rituales que preceden al enterramiento. Escogieron un recodo junto al río, donde ya se había dado tierra a otros muertos en ocasiones anteriores, cerca de la pareja de álamos. Como el brujo más importante recordó con solemnidad a los miembros del campamento reunidos allí, para la suerte futura de un espíritu humano es más importante lo que se realiza por él después de su muerte que lo que el pobre difunto hizo a lo largo de toda su vida.

Las existencias humanas, explicó Chango, poca cosa son después de todo, pequeñas y breves historias de lucha por la supervivencia con algunos momentos de intensa alegría —el galanteo, los hijos, un día soleado en invierno, un campo florido en primavera, una buena comilona después de un largo ayuno— que a los hombres, generación tras generación, les parecen únicos, pero que se repiten una y otra vez desde que existen personas en el mundo. Lo que verdaderamente hace distintos a todos y cada uno de los humanos de las bestias es el Misterio, del que se tienen algunos indicios durante la vida, y en el que se entra plenamente cuando se pasa a formar parte del Pueblo Eterno. Por eso, recalcó el chamán, es más importante la Iniciación a la Muerte, que se lleva a cabo en el funeral, que la Iniciación a la Vida, que se practica al alcanzar el muchacho el rango de cazador o la muchacha la edad de mujer casadera, cuando ya está preparada para dar la vida.

Una vez que todas las ceremonias concluyeron, se cavaron tres profundas fosas y en ellas se depositaron los cuerpos de Espiga en Verano, Álamo Temblón y, en medio de los dos, el de la mujer que había dormido con uno de los dos hombres y soñado con el otro durante tantos soles.

Entonces sacaron los hechiceros de sus bolsas de cuero grandes piedras de ocre rojo, que machacaron hasta convertir en polvo. Lo arrojaron luego sobre los cadáveres hasta cubrirlos con una fina capa encarnada que dejaba traslucir sus rasgos, y el chamán principal dijo:

—Con este almagre que es la sangre petrificada de la tierra os devolvemos el rubor de la vida, para que vuestro corazón vuelva a latir en la nueva existencia hacia la que os encamináis.

Entonces empezaron a rellenar de tierra las fosas, y los rostros de los fallecidos fueron poco a poco desapareciendo. Cuando terminaron de hacerlo, y antes de irse de aquel lugar, el viejo chamán volvió a hablar:

—Y ahora los brujos callamos, porque de manera excepcional le corresponde tomar la palabra a un guerrero que tiene algo muy importante que recordar sobre un espíritu torturado que mantiene tan preocupada como dolida a la comunidad.

Del círculo de personas que rodeaban las tres huesas salieron un hombre de más que mediana edad, pequeño, fibroso, muy vivo y de blanco pelo crespo y, unos pasos por detrás, su esposa, de su misma estatura pero bastante entrada en carnes. El hombre se llamaba Comadreja, y con el tiempo había terminado por parecerse en genio y figura a esa pequeña alimaña. Empezó a hablar con un tono de inmensa tristeza, que se fue transformando poco a poco en uno de súplica desesperada:

—Todos los presentes conocéis mi historia, pero este es el momento de recordárosla para ver si de entre vosotros sale alguien que se atreva a poner fin a nuestros sufrimientos y a los del espíritu de nuestro pobre hijo Potro al Galope.

»Tememos más que a nada el paso de montaña que hay en nuestro camino hacia los campamentos de invierno porque en él mora la Muerte Blanca, que llega sin ningún aviso y se lleva a uno de los nuestros sin que nadie la pueda sentir. Al terror que nos produce ese enemigo invisible se une la terrible desgracia que supone morir precisamente en sus manos. Porque la única manera que se conoce de formar parte del Pueblo Eterno después de la muerte es que el ocre sagrado le devuelva a la carne el color de la vida. Y cuando el espíritu del muerto no puede reencarnarse porque se ha perdido su cuerpo, su sufrimiento es espantoso y su comportamiento con los vivos imprevisible. De todos es sabido que, en los casos en los que a una persona se la come un león o un oso, hay que acabar con su matador y realizar la misma ceremonia con el animal. Así la víctima podrá reencarnarse en el noble animal que le dio muerte, o en la persona que fue si lo prefiere, porque la carne de la presa y la del cazador han pasado a ser la misma sustancia.

La mujer de Comadreja se llamaba Agua Mansa, y su mirada resignada y quieta hacía honor al nombre que llevaba. El hombre siguió:

—Nosotros perdimos a nuestro hijo Potro al Galope por enfrentarse a la Muerte Blanca, y lo hizo por una mujer. Aunque el espíritu de nuestro pobre hijo es tan bueno que se limita, hasta el momento, a recordarnos que deambula sin consuelo alrededor del grupo, tememos que si se prolonga su desgracia podría volverse más agresivo.

El guerrero que hablaba miró fijamente a Gata, y Piojo vio que esta bajaba la cabeza, pero lo hacía más con pena que vergüenza.

—Los jefes habían proclamado que quien acabara con la pesadilla de la Muerte Blanca podría pedir lo que quisiera a la tribu, siempre y cuando fuera justo, y Potro al Galope quería por encima de todo a una mujer, y esa mujer no accedía a ser su esposa.

Gata levantó la cabeza, y ahora miraba con atención al hombre que hablaba, con todo su cuerpo en tensión.

—Potro al Galope salió, sin decírselo a nadie, a cazar a la Muerte Blanca para tener derecho a la mujer, y no volvió. Su espíritu no puede ahora encarnarse y vaga errante, acaso lleno de miedo y de furia, porque no tenemos su carne ni la de la bestia que se lo comió.

»Por eso os pedimos que, sea por compasión, sea por la recompensa ofrecida, algún hombre salga en busca de la Muerte Blanca y nos traiga el cuerpo de esa extraña y desconocida criatura. Suponemos que debe ser un formidable cazador, y no un espíritu, porque se alimenta de carne humana y no deja hebra en los huesos.

Nadie se movió, pero Cielo Encendido miró a su alrededor con la zozobra reflejada en su rostro. El padre y la madre de Potro al Galope se retiraron abatidos del centro del corro y el grupo se deshizo.

Entrambasaguas

Empezaban los preparativos para la marcha hacia los territorios en los que pasar la otoñada y el tiempo de las nieves. Aunque aún hacía calor, se acortaban ya los días y refrescaba por la noche, y la tribu prefería ponerse en camino cuando se marchaban los vencejos, las codornices y las tórtolas, antes de que llegaran los pájaros que traen el frío bajo sus alas y nevara demasiado en el paso de montaña que tenían que atravesar.

—Hace muchísimos soles —le explicó a Piojo Viento del Norte—, en los tiempos que hubo, nuestros antepasados padecieron una horrible mala racha de inviernos inacabables y muy ásperos, con soles hueros, cielos rasos y noches de sereno que soltaban hielos asuradores y friuras sin que cayera un mísero copo de nieve que templara un poco el ambiente. No había tampoco primaveras, que los animales ya ni emparejaban ni se empreñaban porque enseguida venían los soles largos echando fuegos, sin un zarpacillo de agua que diese de beber a la tierra, así que las matas y los árboles no parían frutos porque tampoco otoñaba con la lumbre que bajaba y la eterna seca. Y siempre había quemas en la pradera mustia, que era una pura brasa. Entonces, un antepasado muy sabio, de mi mismo nombre, descubrió una portilla, hasta entonces ignorada, en las montañas de saliente que le abrió el camino hacia la Roca, donde se refugiaron porque la situación en la llanada era inaguantable. Y desde entonces cruzamos ese collado dos veces al año a pesar del peligro que supone en los últimos tiempos la Muerte Blanca.

El gran campamento de verano se levantaba. Y Piojo fue invitado a viajar con la familia de Viento del Norte. Pero también formaba parte de la misma expedición la familia de Cielo Encendido, que sería la de Gata ese mismo otoño cuando la muchacha abandonase el fuego de sus padres para unirse al hombre que le estaba destinado en virtud del pacto entre las dos familias.

Recogieron rápidamente, porque no era mucho lo que se llevaban, aunque la gente no tenía ninguna prisa en abandonar las cabañas. Las chozas de estío eran diferentes según el tamaño de la familia que viviera en ellas. La construcción se armaba sobre una sencilla estructura formada por palos curvados, que se cubría con esteras hechas de carrizos y juncos entrelazados con hojas de enea, plantas todas que abundaban en los ríos junto a los cuales se instalaban los campamentos. También podían emplear para los techos ramas de cambrones, brezos, retamas y otros arbustos atadas con juncias. La forma final era redondeada, por lo común con un orificio en el centro para la salida de humos que se podía tapar o destapar a voluntad con una piel.

En el invierno las construcciones eran mucho más sólidas, con gruesos postes profundamente clavados en el suelo, tejados de haces de retamas o de piornos superpuestos y paredes resistentes formadas por palos y grandes huesos de rinocerontes y de mamuts. Había también chozos de calza, con zócalo de bloques de piedra. Además se utilizaba el barro o la turba para cubrir huecos e impermeabilizar el interior. Con frecuencia se excavaba el suelo antes de levantar la cabaña, que era entonces casi subterránea. En esos casos solo sobresalía el tejado vegetal del suelo, y el poblado apenas destacaba en el paisaje. Dentro de las casas casi no entraba la luz del sol, ni soplaba el aire, por lo que se creaba un ambiente oscuro y cálido que recordaba al de una cueva. Las cabañas de invierno se mantenían de un año para otro y se reforzaban y reparaban cada otoño cuando el grupo volvía al mismo lugar.

Otras familias preferían ocupar las cuevas y montaban ligeros cobertizos o simples paravientos en su interior. Protegidos del frío por la caverna, y de la humedad por el fuego de la hoguera, los trogloditas se encontraban tan a gusto como los que preferían construirse su propia cueva artificial en el exterior.

El intenso frío, en definitiva, no era un problema para aquellas gentes que estaban perfectamente adaptadas, con sus viviendas y con sus vestidos, para defenderse de él. Solo la escasez de frutos o de caza les preocupaba seriamente, y por eso hacían acopio de carne seca o de pescado ahumado para pasar los tiempos que eran malos tanto para las plantas como para los animales de casco y de pezuña, para los cazadores de puntiagudos colmillos y para las personas.

Como era poco lo que se transportaba de un campamento a otro la marcha no era demasiado lenta. Las tres águilas eran acarreadas por turnos. Se las trataba con mucho respeto, alimentándolas de cuando en cuando y haciéndoles sombra con pieles; más parecía un honor que una obligación cargar con una de ellas.

No había, por otro lado, nadie en el grupo de Piojo que necesitara ser auxiliado para caminar, excepto los críos a los que cargaban sus padres y madres.

Avanzaron por una monótona sucesión de tendidas lomas y vaguadas pandas que llamaban la Pradera Arrugada. El viento de la mañana hacía olas en las altas pajas secas. Se detuvieron al mediodía cuando el sol se hizo insoportable. Clavado en lo alto del cielo parecía que no tenía intención de moverse nunca de ahí. Sin una sola sombra en la que cobijarse, los nómadas tuvieron que improvisar tiendas individuales o para unos pocos con sus lanzas y sus pieles. Piojo no entró en ninguna, pero al menos se protegió la cabeza subiéndose la camisa. El sol incendiaba la llanura, que era una pura luminaria, y el aire caliente vibraba en trémulos espejismos. En medio de la somnolencia que lo invadía, Piojo empezó a imaginarse la pradera como si fuera la piel de un ser vivo, que amanecía escalofriada por la escarcha en el otoño, tiritaba bajo el manto de nieve en el invierno, se estremecía de amores con los aires de la primavera y se tostaba bajo el sol candente del estío. Asurada por los cierzos serranos en los días cortos y por los ábregos en los largos, renacía otras tantas veces con las lluvias de la época de la cría y las del tiempo de la berrea.

Cuando se despertó, el sol estaba más bajo y el grupo se ponía en marcha. En su camino se asomaron a un río que serpenteaba encajado en un profundo congosto, pero lo dejaron atrás; estaba demasiado hundido como para bajar a acampar. A la atardecida se detuvieron para dormir al raso, calentados solo por las pieles y las hogueras. Piojo había seguido a la familia de Viento del Norte y Gata, procurando ayudar en el transporte cuando le parecía que hacía falta una mano. No habló apenas en el camino, y solo respondió con sonrisas a algunas chanzas que le dirigió públicamente Viento del Norte. Piojo no podía dejar de espiar a Gata, pero procuraba en todo momento que su mirada no se encontrase con la de la irascible muchacha, que por otro lado tampoco mostró muchas ganas de conversación, aunque también observaba con disimulo. El camino por la Pradera Arrugada fue un juego de miradas a hurtadillas entre Gata, Viento del Norte, Piojo y Cielo Encendido, que lo vigilaba todo con aire de enfado.

Cuando el grupo se detuvo, Piojo, que se sentía incómodo con aquella situación, se apartó para estar solo. Los terrenos que pisaban ahora eran unos rodenos que se extendían hasta el horizonte sin que los cubriera apenas una rala capa de hierbas secas. La tierra, roja como la sangre, estaba corroída por mil surcos que morían en un laberinto de cárcavas. El agua que esculpía aquellas barranqueras no parecía dirigirse a ninguna parte, sino más bien errar sin rumbo fijo. Toda noción de orden o de finalidad parecía incompatible con aquel relieve sin pauta y sin sentido, como hecho a zarpazos.

El sol se iba volviendo una bola de fuego a medida que se aproximaba a la línea del horizonte, y el cielo se teñía del mismo rojo, que era también el color de la arcilla. Piojo asistía asombrado desde lo alto de un cotarro a aquel espectáculo nuevo para él, y estaba tan concentrado en sus sensaciones que no se dio cuenta de que Gata se aproximaba y se quedaba a su lado. Las miradas de los dos chicos nunca se habían cruzado durante el camino, pero ambos se vigilaban, atraídos por una recíproca curiosidad. Cuando Gata vio alejarse a Piojo pensó que era la oportunidad de entablar conversación con él. Había olvidado que en la distancia Cielo Encendido no le quitaba la vista de encima, y sus ojos eran una pareja de halcones picando sobre su presa.

—No conocías este lugar, ¿verdad, Caminante? —preguntó Gata, aunque solo por empezar la charla, porque todo indicaba que el chico jamás había estado en aquellas tierras.

Piojo se sobresaltó como si le hubieran quemado la piel con una brasa. A Gata le llamó la atención la exagerada reacción del muchacho, que le recordó en aquel momento la de un corzo cogido por sorpresa. Pero a la chica le sedujo el aspecto completamente inofensivo, más bien desvalido, de Piojo, y para romper la embarazosa situación se puso a hablar.

—Al pasar por aquí en esta época del año, cuando el sol se acuesta y el cielo se vuelve del mismo color que la tierra en la que se hunde para dormir, celebramos a veces ceremonias que nos recuerdan el Misterio de la Creación del Mundo. En esta ocasión no se harán porque aún estamos de luto por tres personas muy queridas. Es un Misterio muy muy importante para nosotros, y algunos guerreros llevan nombres que hacen alusión a él, como Cielo Encendido, con quien *ellos* me quieren unir.

Gata se volvió entonces hacia el campamento y se encontró con la mirada del aludido clavada en ella. Hizo una mueca de fastidio y sin dejar de hablar se pasó al otro lado del cerrillo, donde ya no la podía ver. Piojo la siguió para oír mejor.

—Al principio no había nada, solo soledad, y en ella habitaba el Primigenio. Como estaba cansado de vivir en medio del aire, sin ningún lugar donde apoyarse, decidió crear el mundo. Cuando lo hizo, el Primigenio podía ya sentarse y reposar. El cielo se confundía entonces con la tierra, como sucede en este atardecer rojo, y el sol, que también era rojo, estaba encajado en medio, en el mismo sitio donde se encuentra ahora. En el poco espacio que quedaba vivían los humanos, y también las otras criaturas. Todas eran rojas, como grana es aún la sangre que corre por dentro de los cuerpos. El Primigenio se dio cuenta de que no había espacio suficiente para moverse con libertad y decidió meterse dentro del mundo para arreglar la situación.

Piojo miraba hacia poniente en absoluto silencio. Gata también contemplaba la postura del sol mientras hablaba. A su espalda, sus alargadas sombras se confundían.

—Pero el Primigenio no tenía forma de entrar, porque era demasiado grande. Por la rendija que quedaba entre el cielo y la tierra les dijo a los humanos que vivían en el mundo que empujaran el cielo hacia arriba, pero los hombres no eran lo bastante altos, ni siquiera subiéndose unos sobre otros, para elevar el cielo. Además, no podrían auparlo, por más esfuerzos que hicieran, porque tenía sus raíces bien ancladas en la tierra.

Piojo se giró hacia ella con cortesía, en espera de la solución al problema del origen del mundo. Pero no había verdadera curiosidad en sus ojos.

—Entonces el Primigenio invocó la ayuda de un gran lagarto ocelado, aquel que excavó el valle encajado que hemos pasado viniendo hacia aquí. El lagarto gigante se puso de pie y con su terrible fuerza levantó el cielo con la enorme cabeza y lo elevó sobre la tierra. Desde entonces el sol puede hacer su camino y los humanos y las demás criaturas viven más desahogadamente. El lagarto se convirtió en el Arco Iris que sustenta el cielo.

Gata había contado la historia sin pasión, sin poner énfasis especial en ninguna parte del relato. Se notaba que no vibraba con el Misterio, que su única intención al repetirlo era entablar una conversación.

Desde los bajos del cotarro les llegaban, disueltas en el aire, notas sueltas del conichí de la perdiz macho. Piojo había vuelto a poner la vista en el horizonte y no decía nada. Finalmente, también las patirrojas callaron. Gata no pudo aguantar el peso del silencio y preguntó con brusquedad:

—¿Qué te ha parecido?

—Una bonita historia —contestó, escueto, Piojo.

Gata esperaba más entusiasmo o admiración o reverencia.

—¿Solo eso? ¿Te ha sonado como un cuento?

Piojo no quería enfrentarse a Gata por nada del mundo, y empezó a hablar despacio y con voz queda, con humildad.

—Desde que Viento del Norte contó la historia de Arco Iris y la Gran Serpiente he estado pensando mucho sobre ello y ahora me parece que la creación del mundo debió de hacerse en dos veces, y por dioses diferentes. Puede que los paisajes que contemplamos y las criaturas que conocemos sean obra de unos cuantos seres, medio humanos medio animales, del Tiempo de los Sueños, dotados de grandes poderes mágicos, de una fuerza tal que los hombres de hoy no podemos ni imaginar, aunque también nosotros seamos sus descendientes. —Piojo elegía cuidadosamente las palabras—. Rara vez los vemos ya, excepto en los sueños y en las visiones, pero los espíritus de esos seres no han abandonado la tierra, sino que renuevan su trabajo cada día y todavía podemos notar su aliento en la naturaleza. Son héroes, como el lagarto del que me has hablado, los que dieron forma al mundo que habitamos y los que lo mantienen vivo...

Media docena de azulones pasaron en fila, remando enérgicamente en el cielo, hacia una balsa de aguas rojas que fulgía en la lejanía, alcanzada por los últimos rayos del sol. Sobre el campo caía una blanda paz.

—... sin embargo, yo creo que además la naturaleza obedece a una ley más profunda e invisible que es aún más potente que las fuerzas de esos antepasados del Tiempo de los Sueños. No sé aún cuáles son las costumbres que gobiernan el mundo, pero percibo que existen. Son normas a las que nada ni nadie puede oponerse y que están en el fondo de todas las cosas. Esas cuerdas que tiran de cuanto existe deben de ser la creación de unos pocos grandes dioses, o tal vez de uno solo.

Aunque a lo mejor —añadió para sí— ni siquiera hay dioses y las cosas son simplemente así desde el principio del mundo.

—He pensado mucho sobre el tema —prosiguió— y durante un tiempo creí que el sol era el dios jefe. Pero luego me di cuenta de que sigue siempre el mismo camino y por lo tanto también obedece una ley. ¿De quién?

—Pero el sol no siempre sale por el mismo punto, ni se mete por el mismo lugar, ni sube en el cielo tanto en la invernia como en el tiempo de las sombras cortas —contestó Gata, que aunque nunca había reflexionado a fondo sobre ello tenía muy buena cabeza para razonar.

—Es verdad, Gata —se atrevió a llamarla por su nombre, aunque nadie se la había presentado y ella no se lo había dado, y le gustó escuchar el nombre en sus propios labios—. Ya se me había ocurrido, por eso precisamente pensaba que el sol tenía voluntad propia y era libre para decidir su camino, pero luego supe que no era así.

—¿Cómo lo descubriste? —contestó una Gata, más que interesada, fascinada por la conversación.

—En una ocasión nos cruzamos, me crucé —Piojo se corrigió—, con un viejo hechicero que llevaba tres soles meditando en lo alto de una colina. Los que pasaban cerca le dejaban comida y leña porque todo el mundo sabía que sus visiones eran muy importantes. Pude hablar con él y le pregunté qué estaba mirando. Me contestó que quería conocer cómo giraban los cielos, tanto el diurno como el nocturno, y con ellos las estrellas y el sol. Aquel hombre había seguido sus movimientos y me contó que cuando nace un sol nuevo, en el invierno, sale por un punto y que ese nacedero se va moviendo al alargarse los días, y que se corre hacia la parte del cielo donde están la estrella fija y sus compañeras las estrellas permanentes, las que nunca desaparecen del cielo por la noche. Y que luego, cuando los días empiezan a acortarse, el sol se mueve en dirección contraria, hasta que llega un sol nuevo, que sale por el mismo punto en el que nació el sol anterior, y la historia vuelve a empezar.

—¡Asombroso! Nunca lo hubiera imaginado. ¿Así que, según tú, tampoco el sol es libre?

—No, y esa es la gran diferencia con nosotros. Yo no creo que nada de lo que nos sucede sea irremediable. Lo que acontece se puede explicar cuando ha ocurrido, pero no hay forma de saber lo que va a pasar porque el mañana no existe; solo hay ayer y hoy...

Gata nunca había hablado en serio con un chico de su edad y vivía ese momento tan esperado intensamente. Sus antiguos compañeros de juegos infantiles habían cambiado mucho, y solo deseaban ser grandes cazadores. Se habían vuelto aburridos y arrogantes a sus ojos. Claro que con las amigas tampoco podía mantener ya conversaciones interesantes. Estaban tan preocupadas con resultar atractivas para los muchachos que parecía que no les cabía otra cosa en la cabeza. Pero el recién llegado era distinto porque no quería impresionarla. Hablaba como para dentro, y se le veía lleno de sencillez y humildad, como si necesitase compartir sus dudas.

—... más bien pienso que únicamente están acordados los grandes mandatos que obedece el mundo, antes, ahora y siempre, y que lo que nos sucede a cada uno de nosotros es el resultado de nuestros actos, de la voluntad de los demás y de la buena o mala suerte. Yo sé mucho de eso, de mala suerte.

Gata no salía de su asombro ante lo que estaba oyendo.

—Pero ¿tú quién eres? ¿De dónde vienes?

Piojo la miró, la miró de verdad por primera vez con sus ojos de miel muy abiertos, y contestó con un susurro:

—No soy nadie. No sé quién soy. —Y sintió la necesidad de sentarse.

A Gata le desapareció del rostro la expresión de suficiencia con la que Piojo siempre la había visto y se sentó a su lado sin dejar de observarlo con sus ojos negros y brillantes.

Aquella noche Piojo se quedó mucho rato despierto, tumbado boca arriba viendo llover estrellas. Se recordó a sí mismo de pequeño, en las noches cálidas de verano, cogiendo luciérnagas y mirándolas asombrado en las palmas de las manos. Se preguntaba entonces si los gusanos de luz serían estrellas fugaces que habían caído entre las zarzas.

Por la nieve caminaba un erizo gigantesco, con todas sus púas erizadas, envuelto en un zumbido. La comunidad atravesaba el Paso de la Muerte Blanca como si fuera una criatura fantástica con un solo cuerpo, innumerables pies y docenas de largas lanzas, más altas que las personas, dirigidas en todas las direcciones. Hasta las viejas portaban una pica. También Piojo. Algunos brazos volteaban la bramadera, un trozo de costilla de uro o de bisonte atada al extremo de una tira de cuero, que al girar hacía vibrar el aire produciendo un sonido misterioso, como un bramido intermitente. Solo hablaban los guerreros más experimentados, aquellos que habían podido desatar el nudo de su garganta:

—¡Que no se separe nadie! ¡Manteneos pegados los unos a los otros! ¡Enseguida estaremos al otro lado del paso! ¡No os dejéis vencer por el miedo!

La marcha era lenta, la nieve blanda y muy profunda, la niebla espesa, casi tan sólida como un muro gris que la vanguardia del grupo rasgara con las puntas de sus lanzas para abrirse paso. De cuando en cuando se oía el graznido del cuervo rebotando en los farallones, que se imaginaban pero no se veían en la densidad de la bruma. El único color presente era el blanco, pero a Piojo no se le pasó por alto el trecho en que el camino pasaba junto al lienzo negro de un paredón de pizarra, inmediatamente antes de atravesar la lengua de un pequeño glaciar.

—Siempre es así en este odioso lugar —le susurró Viento del Norte a Piojo.

Ambos iban juntos en el flanco izquierdo del grupo. Los hombres se situaban en la periferia y las mujeres y los niños en el centro.

—Aquí caminamos guiados por el oído, ciegos como topos en medio de la niebla o la ventisca. Y cuanto menos ves, más te imaginas. Antaño este collado se llamaba Entrambasaguas, pero desde hace bastantes otoños y primaveras es el del miedo, la muerte y la impotencia.

La última palabra fue inaudible para Piojo, porque en el lado derecho sonó un estruendo terrible, como si la sierra entera se les viniera encima con un rugido. Todas las lanzas se volvieron en la dirección del ruido, que se movía hacia ellos vertiginosamente. A juzgar por el volumen de su voz, el monstruo que los acometía debía de tener proporciones descomunales y se los tragaría a todos. Hasta la niebla parecía ser empujada por la fuerza de la criatura que se les echaba encima. Piojo se despidió de la vida por segunda vez en tan solo tres días. Y como en la estampida de bisontes, no lamentó morir allí. Cuando el ruido era ya ensordecedor, Piojo encogió el cuerpo y clavó la lanza en la nieve, apuntando al frente. Un instante más tarde una ola de nieve se lo llevó en volandas. No es una fiera, es un alud, pensó en el último instante. Muchos pasos más allá, la avalancha lo depositó, intacto pero aturdido, cerca de la pared de pizarra.

De nuevo se oyeron las voces serenas de los viejos guerreros:

—¡Agrupaos! ¡Mantened la calma! ¡La Muerte Blanca puede estar cerca!

Poco a poco se fueron reuniendo los miembros de la comunidad. El alud, afortunadamente, se había formado mucho más arriba en la ladera y había llegado hasta ellos con poca violencia. Los que habían podido recuperar su lanza la mantenían en posición defensiva. Pasó mucho tiempo hasta que el grupo volvió a compactarse, y entonces echaron en falta a tres personas: una niña, un adolescente y una mujer. Sin atreverse a separarse dieron grandes voces, y finalmente la niña llegó temblando. Sus padres la estrujaron enloquecidos. No se sabía si la cría lloraba más por el miedo que había pasado o por la violencia del abrazo. La escena se volvió a repetir más tarde con la mujer, pero ahora eran sus hijos los que la abrazaban. Y después quietud. Del muchacho no había señales. Al cabo de un tiempo se empezaron a oír voces veteranas que animaban a proseguir la marcha. Se estaba acabando el día, y si no atravesaban la montaña antes de que llegara la noche no sobreviviría nadie al frío. Con gran desconsuelo de la familia del adolescente desaparecido, el erizo humano se puso de nuevo en marcha. La Muerte Blanca había hecho una nueva presa. Era un chico patilargo de grandes ojos, al que llamaban Alcaraván por su parecido con ese pájaro de la estepa.

La noche llegó cuando aún estaban en la sierra, aunque por debajo de la cota de las nieves en verano. Hacía frío, no obstante, y durmieron todos muy apretados unos contra otros, destemplados los cuerpos y los espíritus. No tenían más calor que el suyo, porque no había leña seca para encender fuegos. Afortunadamente, no temían ya a la Muerte Blanca, porque nunca había bajado tanto para atacar a los humanos. Además, a Piojo le cupo la dicha de que la espalda de Gata se apoyara contra la suya. Mantuvo su cuerpo en tensión, casi rígido, para no perder ese punto de unión con la muchacha, a quien no veía, pero cuyo calor sentía. Después, muy despacio, fue relajando cada uno de sus músculos hasta abandonarse al contacto con aquella espalda, con miedo, con prudencia al principio, hasta que comprobó que Gata no rechazaba el roce de su cuerpo. No tenía duda de que había sido un movimiento deliberado por parte de la chica y no una mera casualidad. Piojo empezaba a sospechar que nada de lo que hacían las mujeres, o por lo menos Gata, estaba sometido al capricho de la suerte.

Nadie durmió aquella noche, por lo que la llegada de la débil claridad del día fue acogida con alegría y se reemprendió enseguida la marcha. Pronto abandonaron las nieblas y los recibió un sol que se elevaba espléndido sobre una montaña. Era una mole compacta, aislada en la llanura, que recordaba a un animal replegado sobre sí mismo, como si estuviera dormido. Un río caudaloso, que venía de una cordillera nevada, tan lejana que apenas se veía, pasaba casi lamiendo su flanco y desde la misma montaña salía un manantial que se unía al gran curso de agua.

—Es la Roca, nuestro refugio —dijo Viento del Norte—. Hacia allá vamos.

Cuando el sol estaba en lo más alto se podía ya adivinar la naturaleza calcárea de la Roca. El tamaño de la montaña, visto desde más cerca, era descomunal, pero su sólida mole la hacía aparecer chata en la distancia, como una gigantesca muela. Si los dioses que modelaron su cumbre la hubieran recortado en cresterías, pensaba Piojo, habría constituido toda una cordillera, pero la ausencia completa de picos la aplastaba contra la inmensidad del páramo.

—Es el lugar ideal para pasar la otoñada y las nieves —explicaba León en Invierno, el padre de Viento del Norte—. La inmensa Roca hace de barrera al bufido del viento matacabras, y el tiempo aquí es mucho más suave que en la llanura. Esta comarca pare abundantes bellotas y otros frutos en el otoño, y hay muchos animales de caza. Ahora, con buen tiempo todavía, los claros del bosque y las praderas del río son muy viciosos de uros y de megaceros, por los pastos, mientras que los ciervos y los corzos se llaman más al encinar y al quejigal para ramonear. Ya saldrán los venados de los espesares de la carrasca, de todos modos, cuando les aprieten los ardores de la berrea, que todavía no les ha llegado la hora del empareje como a los demás animales; estos siempre tienen retrasada la calentura. El roquedo, arriba, es querencioso de rebecos y cabras.

—Cuando lleguen las nieves, todos lo pasaremos mal —continuó Viento del Norte—, aunque al menos nosotros contamos con el refugio de las cuevas y las provisiones que vamos acumulando. Si la comida escaseara tendríamos que salir a la estepa a ver si damos con las manadas de caballos, de renos o de bisontes que vagan por allí a su antojo. Ahora, internarse en el raso con los soles cortos..., eso sí que es jugarse la vida, y espero que no haya necesidad. Muchos desatinan y se mueren de frío, o se desnucan en una sima, porque en la pradera nevada y con la niebla cerrada no hay estrella, ni mata señera, ni hito, ni jalón que arrumben, por mucha experiencia y muy fina velaña que se tenga, y ni el lobo ni el raposo se ennortan en esas condiciones con todas sus artes, astucias y mañas. Hasta las avefrías se pierden al quedarse sin señas y por eso tiran para el mediodía cuando avizoran las nubadas grises cargadas de nieves.

Piojo no decía nada. Ni siquiera asentía con la cabeza. Pensaba. Demasiado bien sabía, desde el año en que se quedó huérfano, lo que era sufrir en la pradera. En el invierno, la soledad es el único habitante de la estepa.

—Pero lo peor no es el frío —remató León en Invierno—, que bien empelados y pelechados lo resisten las bestias, y los hombres abrigados igual, qué más dará, siempre que haya algo para llenar la andorga y se tengan los pies calientes. Porque, como dice el dicho decidero, no habiendo viento no hace mal tiempo. Lo peor es ese aire arrecedor que parece que sopla en todas las direcciones, que es cierzo y ábrego y solano y regañón y poniente a la vez, y es mala cosa acogerse al abrigaño de una roca o de una mata, porque ahí es donde se quedan, muy tiesos y muy sonrientes, los que se dejan vencer por la desesperación, el cansancio y la friura. Hay que seguir siempre adelante, en línea recta, con zancada recia, pisando con rabia, sacando fuerzas de los adentros...

Yo me he visto en una de esas... No, no me apetece lo más mínimo abandonar en medio de la nevasca la cueva en la que nos solemos instalar, que es la más amplia de todas y por eso la llamamos la Gran Caverna de Sator.

A la caída de la tarde estaban mucho más cerca de su destino, y acamparon junto a un escueto manantial, esta vez con buenos fuegos y excelente humor. Podía más en los expedicionarios el alivio por haber escapado de la Muerte Blanca que el dolor por el muchacho al que nunca darían sepultura, y sobre cuyo cuerpo no podría esparcirse el ocre sagrado que devuelve a la carne muerta el pulso en la otra vida. Volvieron a dormir al raso, pero con tanta gente alrededor Piojo no tuvo un solo momento de intimidad con Gata. Además, Cielo Encendido se comportaba como si ya hubiera emparentado con la familia de su prometida, y se sentó en su mismo fuego. Hablaba con la voz muy alta, casi a gritos, para que todo el mundo viera lo confiado y seguro de sí mismo que se sentía.

A pesar de todo, Piojo era feliz estando cerca de la chica, aunque no pudieran tocarse ni mirarse directamente a los ojos, esos dos inmensos placeres que Piojo acababa de conocer.

Al despertar, Piojo no vio a Viento del Norte y preguntó por él.

—Se ha ido antes del salir del sol —fue la escueta contestación de León en Invierno.

Reemprendieron la caminata hacia la Roca, que

parecía tirar del grupo hacia sí porque todos llevaban la vista puesta en ella. Tenían ya muchas ganas de llegar al final del viaje.

Algunos enebros salpicaban la llanura, y en uno de ellos una pareja de águilas acometía entre chillidos rabiosos a un búho, posado en una rama. León en Invierno se dirigió al árbol e hizo zumbar su bramadera, que en poco tiempo espantó a las águilas. Cuando se perdieron de vista el búho también emprendió el vuelo, pero en sentido opuesto.

—¿Por qué has hecho eso? —le preguntó tímidamente Piojo.

—El búho es mi protector —dijo León en Invierno.

Piojo no volvió a hablar, pero el padre de Viento del Norte quiso aclararle las dudas que suponía que le rondaban por la cabeza. ¿El búho, protector de un hombre que llevaba plumas de águila en la cabeza?

—Caminante, tenemos aún jornada por delante y te contaré una historia que te entretendrá un rato. Yo salí de mozo con dos cazadores más, también jóvenes, una primavera ya muy antigua, aunque lo que me pasó no lo olvidaré jamás. Nos alejamos mucho más de lo prudente del campamento en pos de un rinoceronte que inesperadamente habíamos encontrado, solo, en el yermo. No nos había olido porque nos favorecía el viento, y la vista de los rinocerontes es muy mala, a más de que el pasto era muy alto. Recuerdo muy bien que estaba pelechando y que tenía el aspecto raro, como enfermo, de los animales en esa época, cuando mudan de piel. En cuanto nos topamos con el monstruo, y antes de que saliera huyendo, le clavamos tres de nuestras azagayas, pero no quería hincar la rodilla. Era duro de veras el condenado, aunque teníamos la convicción de que caería antes o después. Estábamos tan excitados con la idea de derribar un rinoceronte que lo habríamos perseguido hasta el mismísimo fin del mundo. Después de muchos días, un amanecer lo vimos acostado por fin junto a un mogote de roca. Lo creímos moribundo, y cuando nos acercamos para rematarlo se levantó y nos embistió. En realidad, nuestras azagayas apenas le habían arañado la piel y no había perdido casi sangre. ¡Qué ingenuos, qué ignorantes y qué insensatos fuimos! Furioso por que no lo dejábamos en paz corneó y mató a los otros dos como si espantara unas moscas y a mí me lanzó tan lejos que me partí una pierna. Corriendo a la pata coja me refugié en una grieta de la roca, lo bastante profunda y baja como para que el rinoceronte no pudiera llegar hasta mí con su cuerno. Al cabo de un rato de rondarme dando bufidos se alejó muy digno. Pude salir entonces de la grieta, pero me encontraba incapaz de andar. ¿Cómo podría volver al campamento? ¿Qué comería mientras se recomponía el hueso roto?

Piojo no había oído nunca hablar de alguien que se hubiera salvado en una situación así.

—La única carne que tenía al alcance era la de mis compañeros, pero antes prefería morir de hambre que quebrantar el tabú más grande de todos. Aparte de que, para evitarme tentaciones, vinieron los buitres y las hienas y dieron cuenta de los cadáveres de mis amigos en unos instantes, mientras yo me volvía a esconder en mi rendija, de la que solo sacaba la punta de la lanza. Te puedes imaginar lo horriblemente mal que lo pasé oyendo cómo crujían los huesos de mis camaradas en las fauces de las hienas. Yo podía haber sido uno de ellos.

—¿Y el búho te protegió? Pero ¿cómo? —murmuró Piojo.

—Después de que se marcharan todos los carroñeros y me quedara solo, y cuando más desesperado estaba, levanté la vista y vi un poco más arriba un gran nido en la roca. En su borde se posaba una pareja de búhos que parecía haber estado disfrutando de la carnicería. Y en ese momento me miraban a mí como preguntándose qué haría para salir del aprieto. Estoy salvado, pensé loco de alegría. Cuando los padres se alejaron para cazar, trepé hasta el nido y vi a cuatro hermosos pollos de color ceniza. Inmediatamente les robé la liebre que tenían para comer. Seguí haciendo lo mismo unos días hasta que se me ocurrió una idea mejor. Les crucé un palo pequeño en el pico, que les sujeté por detrás de la cabeza con un tendón del cosido de mi vestido. Los pollos no podían tragar con aquella traba y piaban de hambre, con lo que los padres cada vez traían más liebres, perdices y palomas. De cuando en cuando, naturalmente, yo les quitaba el palito para que pudieran comer y no murieran de hambre y se me acabara el suministro. Los pollos crecieron y cada vez necesitaban más alimento, y así los padres cazaban más bichos para mí. ¡Tenían un nuevo pollo que alimentar, y de buen estómago!

Y León en Invierno se acarició la barriga con satisfacción antes de seguir con su historia.

—... como llovía y el agua se acumulaba en los huecos de las rocas, no me faltaba de nada. Para el día en que los pollos echaron a volar yo ya podía andar. Cuando me presenté de vuelta en el campamento, nadie daba crédito a lo que veía. ¡Había sobrevivido y estaba más gordo que cuando me fui! Conté la historia y todos me felicitaron por mi talento; mi fama se extendió por toda la pradera. Desde entonces ayudo a los búhos siempre que puedo, aunque lleve las plumas de sus mortales enemigas las águilas, a las que de todos modos solo asusto y nunca hiero.

Piojo se fijó entonces en León en Invierno y se dio cuenta de lo mucho que se parecían el padre y el hijo en el temperamento, los gestos y la forma de hablar, pero no en el cuerpo. León en Invierno era bajo, compacto, de cara tosca, nariz grande, ojos pequeños y pelo espartoso, que se había vuelto cano. La hija, en cambio, había salido a la madre en el físico, pero no en el carácter.

Cuando se hizo de noche la Roca parecía ya al alcance de la mano. La rasa de su techo estaba desprovista de árboles, con excepción de unos pocos pinos y enebros que crecían dispersos y como asustados, con sus troncos y ramas maltratados por el viento y deformes. Pero en las orillas del río, que pasaba a mediodía la montaña, se erguían abundantes chopos, olmos y fresnos, y en la franja de terreno situada entre el río y la caliza había un bosque no muy denso de rebollos que se detenía al llegar a las peñas, a las que solo se aferraban con valentía las bravas encinas. En las vaguadas que tajaban la Roca predominaban en cambio los quejigos.

Acamparon, no obstante, y Piojo buscó a Gata, con la que solo pudo intercambiar algunas palabras. Habría hablado con ella hasta el amanecer, pero esa noche se dormía pronto. Le bastó con que, antes de echarse, Gata le diera simplemente las buenas noches para que su corazón se llenase de gozo.

Lo que le daba a ese vulgar «buenas noches» un valor especial, que en absoluto le pasó desapercibido a la madre de Gata, es que la muchacha estaba seria cuando pronunciaba esas dos palabras, y hasta que conoció a Piojo nunca había hablado así a alguien de su edad. Gata se reía en la cara de los chicos, aunque siempre sin maldad y sin crueldad: sencillamente los encontraba muy torpes. Podía impacientarse cuando los muchachos la miraban con insistencia o le decían tonterías. Podía estar irritada con lo que consideraba injusto, y muchas veces la dominaba su genio. Pero seria..., seria no había estado nunca con ningún chico. Y es que hasta conocer a Piojo, ninguno le había importado tanto como para tomárselo en serio. En esa ocasión, aquel «buenas noches», dicho desde el corazón, lo expresaba todo, y Piojo se durmió sonriendo.

La Roca

El paraje al que llegaron al día siguiente le pareció a Piojo un auténtico vergel comparado con la desolación del páramo en el que había discurrido su existencia hasta entonces. La mole de la Roca cobijaba la vegetación que crecía en la falda de la solana como una perdiz protege a sus polluelos. Se entendía que en aquel lugar los animales de montaña y de bosque permanecieran todo el año, y que en el invierno recibiera la visita de los prófugos de las alcarrias. Incluso en el tórrido verano, cuando la estepa se secaba y ardía en mil fuegos provocados por los rayos y alentados por el ábrego, había agostaderos de altura en la Roca donde se conservaba el pasto fresco. Y en las sombrías torcas de la amplia y calva rasa que coronaba la aplanada montaña se acumulaba la nieve que nutría el río subterráneo que afloraba al pie de la Roca.

Los miembros de la comunidad se dispersaron en varios grupos formados por familias extensas. Algunos ocuparon cuevas, otros poblados. Unos y otros se dispusieron a acondicionar sus hogares para los siguientes meses. La familia de Gata y Viento del

Norte se instalaba tradicionalmente en una cueva de la solana que tenía una gran entrada desde la que se veía el manantial que salía de la montaña, y que poco después se unía al gran río que venía del oriente, de unas montañas que, ahora podía verlas, culminaban en afiladas crestas y erizados picos, donde la brillante luz del mediodía se reflejaba en el espejo de los glaciares.

Piojo pudo apreciar que se encontraba en un muy amplio portalón. La entrada de la cueva estaba protegida de la intemperie por una enorme losa de piedra, y le preguntó a León en Invierno señalándola:

—Qué, ¿la obra de algún gigante?

Pretendía parecer serio, para no ofender las creencias del padre de Gata y Viento del Norte, pero a Piojo se le escapó una sonrisilla al final de la pregunta.

León en Invierno estalló en una carcajada contagiosa, que hizo que todos rieran a su alrededor. A Gata se le saltaban las lágrimas, y Piojo se sentía feliz de haber desatado tanta hilaridad. Cuando se le pasaron las convulsiones de la risa y se recuperó lo suficiente como para que le saliera la voz, León en Invierno contestó:

—Mira hacia arriba y encontrarás la explicación. Nuestro magnífico muro defensivo no es otra cosa que la antigua visera de la entrada, que se desplomó hace mucho tiempo.

Decididamente, pensó Piojo, nunca entenderé por qué a veces esta gente busca explicaciones naturales para lo que ven y otras veces recurren a poderes sobrehumanos.

Cuando las pupilas se le adaptaron a la penumbra de la caverna, Piojo pudo distinguir en el suelo algunos huesos que sobresalían: los restos de los festines de la temporada anterior. El piso era bastante liso y seco, con mucha arcilla y poca piedra, aunque aparecían diseminados algunos grandes bloques. A cada lado del portalón, una gran mancha negra anunciaba una galería que se metía en las entrañas de la montaña. En el muro del fondo había un caballo entero pintado en negro. A Piojo le parecía bonito, pero lo encontraba perdido en aquel lugar, como si se hubiera desorientado y buscara al galope su sitio en la pared.

Dado que nunca había estado en una caverna, Piojo estaba sobrecogido por aquel lugar y por su atmósfera. Sobre todo le maravillaban los carámbanos de piedra que colgaban del techo y que, como los de hielo que él conocía, rezumaban agua. Las gotas caían a veces sobre pináculos que crecían desde el suelo y ascendían para unirse con los carámbanos. En algunos puntos, el techo de la caverna parecía sostenido por una columna de piedra que tenía la misma textura que aquellos. Y había zonas de las paredes donde la roca madre estaba cubierta de una piel que adivinaba mojada y resbaladiza.

Mientras se montaban las tiendas y paravientos en la boca de la cueva y se encendían grandes hogueras, Gata se acercó a Piojo y le dijo:

—A la izquierda nace la Galería Sagrada, donde se realizan las grandes ceremonias que están reservadas exclusivamente para los cazadores. No me han permitido pasar, pero me han contado que hay líneas de puntos pintados en rojo y manos y cabañas del mismo color, y también animales como este caballo. Pero a mí no me importa nada no entrar ahí, porque las maravillas que me conmueven están en la otra galería, a la que no va nadie, pero que es donde habita de verdad el misterio. Anda, si quieres verla, vente conmigo.

Gata se preparó rápidamente una tea. Cuando estuvo lista, cogió de la mano a Piojo, y sin que este opusiera la más mínima resistencia ni esperara Gata que lo hiciera, se dirigió hacia la negra boca que se abría a la derecha. En todos los campamentos que Piojo había visitado en su vida, incluido el actual, el fuego era tabú para las mujeres, que no tenían permiso para encenderlo y tampoco para manejarlo. Gata había obrado con rapidez y discreción, pero aun así tampoco se había ocultado al preparar la antorcha; parecía como si los demás mirasen hacia otro lado cuando Gata se metía en la cueva, y le permitieran violar el tabú en esas circunstancias, pensando en la seguridad de la muchacha. Piojo, por este y por otros detalles, empezaba a formarse la idea de que la chica era discretamente irrespetuosa. O sea, hacía lo que quería pero tampoco alardeaba de ello.

La galería tenía una entrada ancha, pero enseguida se estrechaba, porque el conducto estaba taponado por grandes bloques caídos. Entre ellos quedaba un hueco muy pequeño, por donde a Piojo le parecía imposible que pasara un cuerpo humano. Pero Gata se metió decidida en aquel muro de piedras, mientras le decía a Piojo:

—No te preocupes, pasarás. He comprobado muchas veces que si cabe la cabeza, entra el resto del cuerpo.

Gata se deslizó por el hueco entre las piedras sin ningún esfuerzo aparente, como si lo hubiera hecho ya muchas veces. Piojo tuvo bastantes más dificultades para atravesarlo, pero finalmente lo consiguió, para su propio asombro. Había tenido que retorcer su cuerpo en posturas muy forzadas, y su piel se había arañado contra las aristas de las piedras, pero ya estaba al otro lado.

Y el otro lado era verdaderamente otro mundo, adonde ya no llegaba la claridad del exterior, y que solo la oscilante luz de la tea permitía escudriñar. Era un ámbito de tamaño cambiante, que a veces se estrechaba en gateras y otras se abría en altísimas galerías. En ocasiones caminaban cerca del techo sobre profundos acantilados. En otros lugares la luz de la antorcha apenas alcanzaba para entrever el cielo de piedra de aquel mundo subterráneo. Pero desde arriba del todo les llegaban débiles reflejos que a Piojo le recordaban las estrellas del mundo exterior. Había columnas de roca con formas muy diversas, que semejaban animales o plantas, y que proyectaban sombras aún más sugerentes cuando la antorcha pasaba cerca de ellas. A gatas, a rastras, en cuclillas y andando, Gata y Piojo avanzaban sin hablarse. El chico no preguntaba, y la muchacha no tenía nada que explicar. Ningún ruido rasgaba el silencio.

Era un mundo absolutamente ciego y mudo, y era un mundo húmedo. Era cosa de magia lo que pasaba en aquel orbe, porque aunque estaba limitado por todas partes por la roca, en el suelo, en las paredes y en el techo, no daba la impresión de ser las tripas, el hueco, de un mundo más grande. En realidad, parecía un mundo aparte del mundo de afuera. No era su interior, sus entrañas, sino más bien su reverso. Era como darle la vuelta a una manopla e invertir las dos caras. Y el mundo subterráneo era sin duda el lado más suave.

Y sobre todo, era el mundo de Gata. Piojo se había desorientado casi al principio del todo, porque las galerías le parecían todas iguales y al mismo tiempo todas diferentes. Pero Gata marchaba con una seguridad que le inspiraba confianza. Al fondo de una enorme sala, Piojo oyó el bullicio del agua y supo que había algo vivo en aquel mundo en que todo, los animales y las plantas, parecía petrificado.

Se acercaron al río subterráneo y Gata le contó que era el manantial que salía de la Roca para unirse al gran río. La muchacha había lanzado palos marcados a la corriente y su hermano los había recogido a la salida de la caverna. El agua corría por una pequeña galería de paredes y techo curvados. Fuera de la época del deshielo llevaba poco líquido, salvo que hubiera una gran tormenta, en cuyo caso el caudal aumentaba enormemente en cuestión de nada, y el agua llenaba por completo el conducto. Pero Gata sospechaba que cuando el río subterráneo estaba bajo se podía perfectamente seguir el curso de la perezosa corriente hasta el exterior con el agua por la cintura, o entrar desde fuera hasta donde estaban.

—Esta es una cueva con dos bocas —dijo—. Una para los hombres y otra para el agua.

Gata estaba en su ambiente, y Piojo apreció lo que significaba que le hubiera permitido penetrar en su mundo privado e íntimo, y que le hubiera conducido literalmente de la mano por él. Se sentía completamente dichoso por primera vez en su vida.

Piojo no era todavía un hombre, sino solo un muchacho maltratado, y tantas emociones juntas lo desbordaron, de la misma manera que el agua se sale de su cauce en las grandes avenidas. Se sentó en una roca y empezó a llorar, los ojos desbordantes de lágrimas y el cuerpo sacudido por los sollozos. El chico no sabía lo que le estaba ocurriendo. Se sentía zarandeado por algo más fuerte que él pero que estaba en él, y pidió auxilio con la mirada a Gata, que lo observaba, de pie, con ojos de asombro.

—¿Qué me está pasando? ¿Me estoy muriendo? —dijo entrecortadamente.

A Gata también se le humedecieron los ojos de azabache y se le quebró la voz cuando contestó:

—¿No lo sabes? No te estás muriendo. Solo estás llorando. ¿No habías llorado nunca?

Piojo movió la cabeza de un lado a otro para decir que no, porque ya no podía hablar. Se estaba asomando a sus propios abismos. Gata se acercó a él y lo abrazó largo rato ofreciéndole así una primera prueba de la suavidad de su piel. Luego le dio un beso breve en la boca. Solo posó sus labios, pero a Piojo le pareció que tenían sabor a futuro.

Cuando salieron al portalón de la cueva ya declinaba la tarde. Se habían olvidado del tiempo, o mejor, del tiempo en el que vivían los que estaban fuera, porque para Gata y Piojo la excursión había durado un instante, o quizás toda una vida.

Viento del Norte, recién llegado, fue el primero que los vio, seguramente porque era el único que miraba hacia los bloques que separaban los dos mundos. No estaba inquieto por la tardanza, no era la primera vez que Gata perdía la noción del tiempo en la profundidad y el silencio de una cueva. Lo que le alegraba y al mismo tiempo le preocupaba era la relación que veía construirse entre los dos chicos. Nunca había conocido a su hermana tan feliz y en Piojo había encontrado un posible buen amigo, pero no imaginaba la manera de romper el acuerdo público e inviolable entre las familias que sellaba el destino de Gata junto a Cielo Encendido. Por eso, como no veía cómo podía terminar todo aquello, y sospechaba que no sería de manera satisfactoria para su hermana y para su nuevo amigo, decidió hablar con Piojo en privado.

Lo cogió por los hombros y lo llevó fuera de la cueva. Gata se reunió con los demás pero no los perdía de vista. Un bando de torcazas picó hacia los bajeros, perdiéndose con estrépito en el sombrío del carrascal.

—Caminante —le dijo muy serio y al mismo tiempo con cariño—, nadie conoce lo que ha de venir, pero pueden pasar cosas que pongan en peligro nuestra amistad. Por eso, este es el momento de que anudemos un pacto hasta la muerte y aún más allá. Te contaré la historia del oso y el abejaruco, para que entiendas lo que quiero decir. Nosotros, los guerreros de esta tribu, la de los Hombres Verdaderos, usamos de historias para comunicarnos unos a otros nuestros sentires, porque las palabras adecuadas no salen de nuestra boca en esas ocasiones. Esta te la repetiré con las mismas palabras que empleó mi padre conmigo.

»Había una vez un oso que era muy amante de la miel y destripaba todas las colmenas que encontraba. Pero, ¡ay!, no es fácil dar con ellas andando por el suelo, y pocas veces podía saborear el dulce manjar.

»Había también un abejaruco...

—Espera, ¿qué bicho es ese?

—Es un pájaro de hermosas formas y maravilloso plumaje, lleno de tonalidades que incluyen todos los ocres, amarillos, azules y verdes, y también el blanco y el negro. El dios que lo creó tenía que ser un artista además de un sabio y tomó como modelo al arcoíris. Supongo que no te habrás topado nunca con el abejaruco en la estepa, porque es un ave de tierras más cálidas que raramente llega hasta las tierras altas. Pero se refugian en las solanas de la Roca, al resguardo de las friuras del norte y de las heladas que hacen temblar el páramo. Los abejarucos llegan aquí en la época de las flores y nos abandonan en el tiempo de los frutos. Ya falta poco. Construyen sus nidos en galerías que excavan en el talud del río y forman poblados compuestos por muchas parejas, cada una de las cuales cuida a sus pollos en la profundidad de una larga madriguera.

»El abejaruco come abejas que caza al vuelo y no miel, a diferencia del oso. Sabe localizar muy bien las colmenas, pero cuando lo ven, las abejas se esconden de su pico en el interior de su casa. Mientras los abejarucos rondan la colmena, las abejas no salen de ella en busca de flores, y a los pájaros no les queda más alternativa que pasar hambre o probar suerte en otra colmena.

»El abejaruco y el oso decidieron amistarse y trabajar juntos. El abejaruco localizaría la colmena y el oso la destriparía. Las abejas se enhuecan a veces en grietas de rocas, donde es muy difícil conseguir la miel. Los osos y nosotros los humanos lo tenemos algo más fácil cuando las abejas construyen su colmena en el interior de un tronco de árbol.

»De acuerdo con el trato, después de reventar la colmena la fiera se comería la miel y el ave las abejas. Y cerraron un pacto que sería indestructible.

»Pero los demás osos y abejarucos estaban celosos de la amistad entre el astuto pájaro y la golosa fiera, y se propusieron acabar con ella.

—¿Por qué? ¿En qué los perjudicaba?

—¿De veras eres tan ingenuo, Caminante? ¿Quién desea el bien de los demás? Total, que le dijeron al abejaruco que todo el mérito era suyo, y que el oso se aprovechaba de su trabajo. Naturalmente que el oso, que solo quería la miel y no las abejas, no le perjudicaba en nada al abejaruco, pero el ave terminó viendo al oso como una garrapata que se beneficiaba de su habilidad y de su trabajo.

»Al oso le dijeron que él hacía todo el esfuerzo, y que el abejaruco se reía de él y lo ponía en ridículo delante de los otros pájaros.

»Al final, el oso y el abejaruco terminaron odiándose, y su amistad pereció. Para satisfacción de los demás, ambos volvieron a pasar hambre.

»Yo soy fuerte como el oso y también me muevo a ras de tierra. Tú, Caminante, eres como el abejaruco, que vuela alto y es capaz de ver lo que el oso no percibe desde abajo. Barrunto que eres también viajero como este pájaro, que parte cuando los soles enhueran y los cierzos empiezan a zurrar de lo lindo. Y no es que sea tornadizo, es que no puede permanecer todo el tiempo con nosotros porque las abejas duermen cuando el sol está bajo. Pero siempre vuelve a visitarnos para el tiempo del empareje.

Viento del Norte hizo entonces una pausa, para darle tiempo a pensar a Piojo, aunque desde el primer momento el muchacho había entendido la moraleja de la historia. A Piojo le sorprendían continuamente aquellos guerreros que se llamaban a sí mismos los Hombres Verdaderos, con su mezcla de ingenuidad y sabiduría, de sensibilidad y de rudeza, y que tenían que recurrir a cuentos para expresar sus sentimientos más hondos. Pensó que tal vez todos los hombres fueran una extraña mezcla de elementos contrarios, como si en la naturaleza humana se combinaran el fuego y el agua, el aire y la tierra.

—¿Comprendes lo que quiero decirte, Caminante? Tú y yo somos muy distintos y a pesar de eso nos queremos, pero se avecinan momentos difíciles para nuestra amistad. No dejemos que nadie la destruya sembrando la enfermedad de la duda y de la desconfianza en nuestros corazones. Y ahora dame un abrazo.

Viento del Norte y Piojo se estrecharon. Piojo no podía imaginar que nada pudiera cambiar su opinión del amigo, pero adivinaba una honda preocupación en las palabras de Viento del Norte, y supuso que tenía que ver con sus relaciones con Gata. ¿Qué otra cosa, si no, podría poner en peligro su amistad?

Cuando le pareció que su hermano ya le había expresado a Piojo lo que le tenía que decir, Gata se les unió. Oscurecía ya, y Piojo esperaba que se avivaran los fuegos en la Gran Caverna y empezaran los preparativos para pasar la noche. Estaba demasiado excitado para tener hambre, pero le sorprendió no percibir todavía el tufillo de la carne puesta al fuego. Enseguida Gata lo sacó de su perplejidad.

—¡Por fin una fiesta después de tantas desgracias! Esta noche hay una importante celebración en Valhondo, con música y baile. Nos reuniremos después del poner del sol las familias que ocupamos las cuevas con las familias de las cabañas en la gran pradera junto al río Rumblar. Se trata de la Danza de los Lobos.

—¿En qué consiste la fiesta?

—Encendemos grandes hogueras en su honor.

—¿En honor de los lobos, nuestros rivales?

—No siempre lo fueron. Se rememora el día en que los lobos enseñaron a los Hombres Verdaderos a organizarse en grupos como ellos, a ayudarse, a cazar juntos, y sobre todo a obedecer: los hijos a los padres, los padres a los jefes. Los miembros del Tótem del Lobo ya están preparados para la ocasión. Luego cantaremos y bailaremos. Necesitábamos reírnos un poco, y los ancianos han acertado fijando para esta noche la conmemoración.

Empezaron a bajar la cuesta hacia el río, y Gata le iba a hablando a Piojo todo el camino. Los grillos parecían haberse vuelto locos.

—¿Ves esa pequeña grieta en el laderón, debajo de la ceja, a la izquierda de la pedrera? Es una caverna de osos. Nunca la ocupamos nosotros porque es muy baja, y también por no tener que enfrentarnos con ellos. Los osos se meten a dormir a finales de la otoñada, cuando han puesto mucha grasa en el cuerpo porque se han hartado de comer bellotas, avellanas, endrinas, arándanos y otros frutos del bosque. Salen con las flores, mucho más delgados, y a algunas hembras les siguen uno o dos cachorros nuevos. Los osos que se esconden en esa cueva son los más grandes, de los que suelen dormir en grupos. Los llamamos osos montaña. Hay otros osos por estos pagos, también grandes pero no tanto, que se retiran a pasar los días cortos de los soles bajos en solitario. Estos son más peligrosos que los osos montaña, porque cazan más y comen menos plantas. Afortunadamente no se ven mucho.

—¿También has recorrido esa cueva? —preguntó Piojo, aunque se imaginaba que la respuesta sería afirmativa. Con osos o sin ellos no debía de haber cavidad en la Roca que no hubiera inspeccionado Gata.

—Sí —contestó ella con naturalidad, sin ufanarse de sus conocimientos, sino más bien contenta por tener a alguien con quien compartirlos—, he visitado la cueva de los osos montaña en el tiempo de los soles altos, cuando ellos ya no están, y he visto las camas que excavan para dormir en la invernada y las marcas de sus garras en la pared. Impresionan sobre todo los huesos y calaveras de los animales que han muerto de hambre, de enfermedad o de vejez y que ya no han vuelto a ver la luz del sol. Las yacijas quedan lejos de la entrada, en una sala completamente oscura, al final de un conducto largo, estrecho y sobado por el roce de tantos osos con la roca durante muchísimas generaciones. Deben de utilizar la cueva desde que el mundo era muy joven. En mis exploraciones me guie por un punto de luz que descubrí al fondo de esa sala y que corresponde a una estrecha sima que conduce a la ladera. No es fácil pasar por ahí, desde luego es imposible para los osos, pero yo he conseguido salir de la cueva por ese pequeño boquete del techo.

Empezaba a tejerse la tiniebla entre los árboles mientras las fogatas se iban encendiendo en la pradera y los grupos se congregaban poco a poco a su alrededor para defenderse del cencio que les llegaba desde la ribera del Rumblar. De una gran tienda de pieles salían ruidos que correspondían a los danzantes que se preparaban para su exhibición.

Gata y Piojo iban, hablando y riendo, por delante de la gente que bajaba de la Gran Caverna. Todo el mundo los observaba, pero ellos no veían a nadie.

La Danza de los Lobos

Los hombres del Tótem del Lobo bailaban con movimientos sincronizados, dando a entender que estaban perfectamente organizados. El que hacía de jefe de la manada iba delante y de cuando en cuando emitía un aullido que era una señal de atención antes de cambiar de movimiento. A continuación se volvía, y todos lo hacían, o cambiaba el paso, o giraba a la derecha o a la izquierda, o empezaba a dar vueltas sobre sí mismo, y era inmediatamente seguido por los demás danzantes, que respondían con un coro de aullidos a la voz del líder. El orden era completo en aquella coreografía de hombres lobo, todos embadurnados de grasa y pintados con franjas blancas, negras, ocres y rojas, con la espalda y la cabeza cubiertas con una piel de su animal totémico, y el cuello rodeado por una ristra de colmillos de la fiera. Al final, después de mucho salto y de mucha maniobra ejecutada con férrea disciplina, el grupo se paró frente a los espectadores y el jefe de los hombres lobo trató de comunicarse a base de aullidos con los humanos, que no eran capaces de entender nada. Chango, el chamán más viejo, se situó entonces frente al jefe de los hombres lobo y ofició de traductor.

—El líder de la manada de lobos nos quiere comunicar algo muy importante. Dice que le damos pena los humanos, incapaces de cooperar entre nosotros, y siempre a la greña. Se nos va la fuerza en querellas, y nuestra vida es triste y miserable. Fallamos siempre en la caza por falta de organización, e incluso las ciervas enfermas o medio muertas de puro viejas se burlan de los pobres humanos. Hasta para comer un animal muerto nos preceden los cuervos y los buitres, y las hienas nos expulsan de la carroña cuando intentamos hacernos con unos tristes despojos. Somos un desastre, se lamenta el jefe de los lobos, y tenemos que alimentarnos de bellotas y de moras.

»El jefe de los lobos me comunica que están hartos de ver a hombres curtidos mascando huesos o buscando larvas en los troncos podridos. "¡Y os llamáis cazadores!", nos ha dicho indignado.

»Por fortuna para nosotros, los Hombres Verdaderos, los lobos nos han dado con su danza este ejemplo de cómo debemos comportarnos. Y esperan que hayamos entendido el mensaje.

Viento del Norte se volvió hacia Piojo y le comentó por lo bajo, entre risas:

—Demasiado bien para su gusto. Seguro que están arrepentidos de habernos ilustrado tanto, porque ahora somos nosotros quienes les quitamos las presas a los lobos.

El grupo de bailarines se disolvió, y cada uno fue a buscar a sus familiares. Entonces, los muchachos que aún no estaban casados ocuparon el lugar de los hombres lobo para bailar al ritmo de los troncos golpeados, las flautas y las hueseras. Un coro de voces juveniles cantaba:

Me cimbreo como la espadaña. Ajá, ajá, ja.
Me doblo como el mimbre. Ajá, ajá, ja.
Quiebro el cuerpo como el relámpago. Ajá, ajá, ja.
Zigzagueo como el ciempiés. Ajá, ajá, ja.
Camino con la elegancia de la grulla. Ajá, ajá, ja.
Soy elástico como el corzo. Ajá, ajá, ja.
Ajá, ajá, ja.

En cada frase, los bailarines imitaban el movimiento al que aludían. Se tumbaban boca abajo cuando le llegaba el turno al ciempiés y giraban a un lado y a otro; les recorría un escalofrío ondulante de la cabeza a los pies cuando se mencionaba al rayo; se inclinaban a cada lado con suavidad, los brazos pegados al cuerpo, al imitar a la espadaña; se encorvaban hacia delante, con los brazos colgantes, con el mimbre; daban pasos muy estirados cuando eran grullas y brincaban todo lo alto que podían al dar vida al corzo. Y todos los movimientos los encadenaban con gracia y suavidad. Los espectadores proponían nuevas imitaciones, algunas muy difíciles o estrafalarias, y los mozos y mozas trataban de representarlas con desigual fortuna, produciendo el jolgorio general.

Gata empujó a Piojo al baile. El chico cogió pronto el ritmo, para sorpresa de Gata, y pasó a ser una figura más en la fila de los muchachos. Después de varias danzas se formaron dos corros, uno interno con chicas y otro externo con chicos. Quedó sola una flauta, y cuando se callaba cada uno tenía que chocar las dos palmas con la pareja que tenía enfrente, y los últimos en hacerlo quedaban eliminados. Mientras sonaba la canción giraban los dos círculos en sentido contrario, y como los bailarines se tropezaban y caían con mucha frecuencia, los espectadores lo pasaban en grande. Al final quedaron solo dos chicos y dos chicas, entre los que se encontraban Gata y Piojo. Las chicas se quedaron paradas espalda contra espalda y los dos chicos giraban a su alrededor, preparados para chocar las palmas en cuanto cesara la música. Cuando eso ocurrió, Piojo estaba frente a Gata, y sus palmas se encontraron al instante, como por reflejo, sin pensarlo. Habían ganado. Entonces todos los eliminados empezaron a gritar cosas como:

—¡Que bailen ahora con la voz! ¡Veamos si son tan buenos moviendo la lengua como descoyuntando el cuerpo!

Rápidamente, Gata le explicó a Piojo que tenían que demostrar su ingenio intercambiando unas breves frases que se cantaban con una sencilla melodía que le tarareó.

Piojo empezó:

—Yo soy de viento.

Y los muchachos gritaban:

—¡Gata, a ver cómo lo atrapas!

Gata contestó muy digna:

—Pues yo soy de fuego.

Los muchachos se reían y chillaban:

—¡Caminante, cuidado que te quemas!

Piojo replicó:

—Yo siempre viajo.

Los chicos hacían movimientos con los brazos como si volaran.

—¡Es un pájaro que no para quieto! ¡Es muy volandero! ¡A este no te va a ser fácil cazarlo!

Gata se había encrespado con esos comentarios y le preguntó a Piojo mirándolo a los ojos:

—¿Y yo, qué, yo siempre espero?

De nuevo se encontraban solos Gata y Piojo, porque todos los demás habían desaparecido para ellos, pese a que chillaban a coro:

—Caminante, ponte a salvo, ¡la gata ha sacado las uñas!

Entonces Gata se saltó el turno y recitó su verso enérgicamente.

—¡No soy la roca en que tú te posas!

—Ya está la quimera armada —saltó un chico del corro. La audiencia estaba encantada con el diálogo, y cada uno hacía su comentario a grito pelado, pero Piojo no los oía. Solo pensaba en Gata. Se hizo luego un silencio mientras Piojo meditaba la respuesta. Por fin empezó su frase:

—¿Vendrás conmigo, serás mi...?

Y todos los mozos vocearon a coro:

—¡¡¡Esposa!!!

Estallaron las risas y se dio por terminado el diálogo. Era el momento de pensar en la carne que se asaba en los fuegos. Gata y Piojo recibieron muchas palmadas en la espalda y finalmente los dejaron solos. Sin mediar palabra, Gata cogió a Piojo de la mano y se lo llevó de allí. Viento del Norte, que estaba hablando con Estrella, su mujer, los siguió con la mirada. Y no fue el único que lo hizo.

Se sentaron junto al río ocultos a la vista de los demás, pero no tan lejos como para que no les llegaran, deshechos y mezclados, los ecos de la fiesta. Y fue Gata quien rompió el silencio.

—Caminante —dijo guasona—, si quieres pedirme al menos dame primero tu nombre.

—Ojalá pudiera hacerlo, pero no lo tengo. No soy nadie, ya te lo dije —respondió triste Piojo.

—¿Cómo, todavía no tienes un Nombre Verdadero? —Gata estaba asombrada—. ¿A qué edad se hacen hombres los mozos en tu tribu?

Piojo farfulló:

—Te digo que no tengo Nombre.

—Pero —Gata insistió; no había estado más seria en toda su vida— ¡no puedes vivir sin Nombre! Hace falta ser *alguien*. Y además —meditó alarmada— cuando mueras te disolverás en el aire como polvo al viento. ¿Por qué no tienes Nombre de Persona? No puedo imaginármelo. ¿Te lo han arrebatado? ¿Algún hechizo? El Nombre es nuestra posesión más preciada.

Había otra forma de quedarse sin Nombre: por culpa de una acción indecorosa, un comportamiento egoísta o cobarde, por ejemplo. La pérdida del Nombre se consideraba una gran desgracia y la mayor deshonra, y quien la sufría hacía todo lo posible por recuperarlo cuanto antes compensando su falta como fuera. En caso de cobardía no había otro remedio que dar pruebas de un valor exagerado, que a veces conducía a la muerte, que de todas formas se consideraba preferible a una vida, y una muerte, sin Nombre. Gata no pensó en ningún momento que fuera ese el caso del Caminante y por eso estaba tan extrañada. Piojo solo añadió:

—No tengo tribu, no tengo Nombre, no seré nunca un Hombre Verdadero.

El viento murmuraba en los chopos del río. Gata se estremeció. No entendía por qué, pero notaba que aquel muchacho se le metía por los más hondos adentros hasta llegarle a los huesos. Ya había descubierto, con asombro, que ningún pensamiento que no fuera él cabía en su cabeza.

—Caminante, cuéntame tu historia.

Y Piojo se la contó. Nunca antes había podido hacerlo con nadie y se sintió aliviado porque notaba que ella estaba realmente interesada y que no se burlaba de sus desgracias. Lo sabía porque, aunque él dirigía la mirada al río, también escuchaba atentamente su respiración. A Gata la invadía la congoja. El muchacho era tan ingenuo, a pesar de todo lo que había vivido, que le hacía sentir una ternura inmensa. No era nadie, como él decía, y en cambio se había convertido, de pronto, en la persona que más le importaba en el mundo. No sabía cómo había entrado en su vida, pero no quería que saliera de ella. Gata se sujetaba las ganas de abrazarlo con todas sus fuerzas, de apretarse a él y no soltarse, cuando oyó la voz de Viento del Norte detrás de ella:

—¿No queréis participar de la fiesta? Se va a acabar la comida y la carne está buenísima.

Gata y Piojo se levantaron al momento y empezaron a caminar hacia el fuego. El chico iba unos pasos por delante y Viento del Norte le dijo a su hermana al oído, pícaramente:

—Ten cuidado, Gata, cuando te vayas a los oscuros con un mozo que no sea tu prometido, tu marido dentro de nada, te lo recuerdo. Alguien podría estar vigilándote ahí mismo, tras las zarzas. No son todos ruiseñores los que cantan entre las flores.

Ella no contestó, absorta.

—Además, con este no juegues Gata, al Caminante déjalo tranquilo, ha debido de sufrir mucho. Será lo mejor para los dos.

La chica seguía sin oírle, hundida en sus meditaciones, y se le escaparon unas palabras.

—No puedo creerlo.

—¿Qué, Gata, que lo ha pasado muy mal el Caminante?

—No. No puedo creerme lo que me está pasando a mí.

Gata se sumió en el silencio. No es que no supiera qué decir, es que no sabía qué pensar. Su hermano la miró largamente sin que ella se diera cuenta de nada, tan absorta como estaba. Viento del Norte se quedó muy preocupado. Apenas se distinguían los soles de sus mejillas, parecían nublados.

Se unieron a los demás en la fiesta y luego se tumbaron todos juntos a la vera del fuego antes de que empezara a blanquear el cielo. Gata solo quería estar con Piojo, y este todavía no se atrevía a escuchar a su corazón. Viento del Norte, inquieto, no los perdía de vista. Y no era el único.

El Tótem del León

Al despertar en el campamento, cuando todavía no había terminado de nacer el día, Piojo se encontró a Viento del Norte en pie y desnudo, pintándose de almagre el cuerpo. Una silueta roja contra un disco del mismo color. A decir verdad, le costó trabajo reconocerlo. Parecía cubierto de sangre, algo así como una enorme serpiente desollada. Las amanecidas eran frescas y Piojo tiritaba.

—¿Qué haces? —le preguntó a duras penas porque le castañeteaban los dientes—. ¿Adónde vas?

—Me voy a cazar un oso. —El ocre untado con grasa parecía mantener caliente el cuerpo de Viento del Norte—. Mi madre pasa frío y necesita una buena piel para cubrirse. Ya sabes, abriga el pellejo si quieres llegar a viejo. —Siempre tan sentencioso, pensó Piojo—. Y yo deseo un buen collar de garras de osos, con los cuatro colmillos y los dientes colgando también. Además, he notado que las chicas ya no me prestan tanta atención como antes... —Ahora se reía abiertamente.

Piojo sabía que Viento del Norte era coqueto. No exactamente presumido ni vanidoso ni exhibicionista, sino más bien partidario de la belleza, empezando por la propia. Pero como Viento del Norte se reía a menudo de sí mismo, era fácil perdonarle la preocupación por su aspecto, que en cualquier otro habría resultado cargante. Por otro lado, sabía que los grandes trofeos de caza hacían tanto efecto, o más, en los otros cazadores de la tribu que en las mujeres. Si se salía con la suya y cobraba un oso adulto, y mejor aún si era un macho, Viento del Norte ganaría mucho prestigio.

—¿Puedo ir contigo? —preguntó Piojo. Estaba deseoso de aprender las técnicas del cazador, que nadie le había enseñado.

—Ni pensarlo. No quiero ayudantes en la cacería. Puedo quedar al oso yo solo.

Y mientras decía eso ufanándose muy tieso, miraba a los otros hombres del grupo, que según se iban despertando se acercaban al arrimo del fuego, revitalizado con una brazada de quejigo.

—Te prometo en presencia de todos que no intervendré. Ni siquiera me llevaré una lanza. Y te puedo ser útil para cargar con la piel del oso de vuelta.

Viento del Norte aceptó la propuesta de mala gana, comprendiendo que si se negaba a que hubiera testigos podrían levantarse sospechas sobre su proeza, como la de que se hiciera con los trofeos y la piel de un oso muerto de forma natural, o quién sabe qué.

Así que Piojo y su amigo se pusieron en marcha enseguida, antes de que se levantara demasiado el sol, que se iba tornando amarillo mientras el cielo viraba de rojo a azul. Aquella noche había helado por primera vez y pisaban cristales al andar, pero el ambiente se templaba con el viento solano y se disipaba el cejo que exhalaba el río. Viento del Norte estaba claramente contrariado al principio, pero pronto se le pasó el mal genio y se le soltó la lengua. Al poco rato conversaban animadamente.

Caminaron largo rato por la estepa reseca. Viento del Norte empezó a mirar el suelo cada vez con más atención hasta que finalmente señaló una huella muy clara, con la marca de cinco garras, impresa en el barro de un regato que apenas era un hilo de agua.

—¿La ves, Caminante? Es del gran oso aquerenciado en este territorio. Es su piel la que voy a conseguir. Fíjate qué grande y qué profunda es la pisada del regacho. Es un animal gigantesco, muy fuerte, muy avisado y al que es muy difícil acercarse, lo conozco bien de otras temporadas. Pero pronto le llegará su final, porque las huellas son frescas. Podemos ir detrás con tranquilidad —comentó observando el movimiento de las hierbas más altas—, porque le tomamos el viento y no se escamoneará. ¡Hoy la caza tiene buen barrunte!

Piojo se preguntaba cómo se las arreglaría para acabar con el monstruo que hollaba tan fuerte. Llevaba su larga lanza, más grande que él mismo, con su extremo bien aguzado. Antes de partir le había vuelto a sacar punta con una raedera de pedernal. Un arma realmente poderosa, la lanza; no se podía arrojar a mucha distancia, pero era una excelente pica para mantener a cualquier enemigo a raya. Aunque eso sí, hacía falta mucho valor para esperar el ataque de un león o de un oso. Y no se sabía de nadie que hubiera parado la carga de un uro o de un bisonte enfurecidos o heridos.

Viento del Norte portaba además un haz de cuatro azagayas, todas con punta de hueso, agavilladas con una cuerda de tripa. Estos venablos, mucho más livianos que la lanza, sí que eran buenas armas arrojadizas, y con la ayuda del propulsor, que sujetaba con el cinto, alcanzaban grandes distancias con buena potencia. Si daban en una presa mediana como la cabra, el rebeco o el corzo la traspasaban y acababan en poco tiempo con su vida. Con las bestias más grandes como los ciervos, los caballos, los renos, y no digamos los uros y los bisontes, la faena había que rematarla con la lanza. Los animales resultaban heridos por los venablos, y por lo general había que seguirlos mucho tiempo, a veces días, hasta que quedaban debilitados y los cazadores podían acercarse. Si el buey o el bisonte tenían aún mucha vida podían morir matando, defendiéndose a la desesperada contra el círculo de lanzas que lo cercaban y que se estrechaba en su torno.

A lo lejos un grupo de uros pastaba cerca de una tabla de aguas quietas que todavía humeaba una bruma fría.

—Los uros son siempre imprevisibles, y sus ciegas acometidas, imparables —le iba contando Viento del Norte a Piojo—. A un tío mío, un hermano de mi madre al que llamaban Terne porque iba siempre muy tieso y era muy duro y muy buen mozo, lo mató una vaca joven, casi una novilla. Terne la vio desde lejos, tenía una vista de lince, y, consciente del peligro que podía representar, nunca la perdió de vista. Estaban en la época de la paridera, y una vaca que acaba de ser madre es capaz de cualquier cosa, sobre todo si es primeriza. Terne se iba alejando de la vaca parida hacia un abedul de tronco grueso que crecía aislado en la pradera. La vaca no le quitaba ojo de encima, aunque a esa distancia el animal no podía fijarse bien. Pero venteaba con nerviosismo y olió hombre. Cuando Terne ya estaba junto al árbol, y el peligro parecía haber desaparecido, se arrancó la res. En un santiamén mi tío se subió al árbol y vio con tranquilidad llegar la embestida de la vaca recién parida. Pero en lugar de frenarse, el animal arremetió contra el tronco y lo sacudió con violencia. Pareció quedarse atontada y Terne pensó: ¡Qué bien! ¡Hoy comeré vaca y chotillo! Terne le clavó una azagaya en el costillar, pero eso no detuvo a la vaca, que siguió topando contra el tronco. Una segunda azagaya al cuello, y la vaca no se inmutó. Terne le acertó con la tercera en un ojo y empezó a preocuparse porque su enemigo se había convertido en una furia ciega. El abedul cedía a los golpes y solo le quedaba un par de venablos. Cuando llegamos nos encontramos a Terne muerto con las tripas fuera bajo el árbol tronchado. A su lado, también muerta, había una vaca atravesada por cinco azagayas. El ternero mugía desesperado junto a su madre. ¡Una pena!, mi tío, digo, no el ternero, que nos lo comimos para consolarnos. Terne fue todo un personaje, pero con muy mala suerte. Se habría salvado fácilmente si hubiera encontrado un buen cancho al que subirse, pero no había ningún peñasco de tamaño regular por allí. Dicen que yo he sacado su figura, ja, ja. Por cierto, ¡cuidado, por ahí, detrás de ti, viene corriendo una vaca!

Piojo hizo el gesto instintivo de protegerse y Viento del Norte explotó en una carcajada. Luego le pasó el brazo por el hombro y Piojo sonrió también. Eran amigos.

Siguieron andando y al rato pasaron junto a un bando de cigüeñas que picoteaban tranquilamente en una tolla. Viento del Norte comentó:

—Ya pronto se irán hacia el mediodía. —Y miró a su compañero de reojo.

Las huellas del oso conducían a Viento del Norte y a Piojo más allá de una loma tendida, por la que treparon sin esfuerzo. Cuando se aproximaban a su cima, Viento del Norte se lanzó al suelo y le hizo señales a Piojo para que hiciera lo mismo. Se arrastraron un poco y sus dos cabezas se asomaron enseguida al otro lado para ver con disimulo lo que pasaba. No había donde ocultarse porque el terreno era despejado. Se había entibiado ya el ambiente y el aroma recio de los tomillos embalsamaba el aire.

En el centro de una vaguada poco profunda había una ruda construcción de piedra y palos hecha con bloques de roca de irregular tamaño acarreados desde las cercanías y puestos precariamente unos encima de otros. La especie de choza tenía un hueco a modo de puerta baja para entrar y un gran oso de las cavernas estaba a punto de hacerlo.

—Vaya, esperaba que ya hubiera caído —masculló Viento del Norte—. Ahora tendré que terminar yo la faena.

Piojo comprendió al momento que la construcción era una trampa levantada la víspera por Viento del Norte mientras estuvo fuera, y que el cebo era de carne en descomposición, pero no podía entender cómo se haría con la enorme presa. El viento les seguía favoreciendo y hasta lo alto de la loma les llegaba un nauseabundo olor a podrido.

—Este oso no tiene un abejaruco sabio que lo guíe —le susurró Viento del Norte a Piojo con una sonrisa—. Prepárate porque pronto tendremos su piel.

Efectivamente, el oso entró y al momento se desplomó con estrépito el techo de la casa, que estaba formado por dos grandes lajas de piedra que soportaban otras rocas más pequeñas. La precaria cabaña quedó envuelta en una nube de polvo.

Viento del Norte se precipitó ladera abajo y cuando llegó a la trampa trepó con precaución por el muro hasta donde antes estaba el techo. Desde allí arriba miró, y Piojo entrevió los enérgicos movimientos con los que Viento del Norte clavaba la lanza con fuerza muchas veces. Luego el cazador llamó a Piojo para que se acercara. El oso estaba bien muerto cuando este acudió y Viento del Norte, pintado de blanco por el polverío, empezaba a apartar los bloques que tenía encima el cadáver. El techo lo había sujetado en inestable equilibrio un tronco, que a su vez tenía clavado a media altura un grueso palo en posición horizontal. Detrás del poste había una carroña putrefacta de cabra, y al abalanzarse el oso sobre ella había empujado el travesaño haciendo girar el tronco, con lo que se había desplomado el techo. La caída de las rocas sobre su cabeza no lo había matado, pero sí aturdido lo suficiente como para que no encontrara la salida y se dejara alancear desde arriba.

—¡Es genial! ¿No te parece? —le gritó Viento del Norte a Piojo—. Es igual que los armadijos que preparamos para defender nuestras despensas de los lobos, los linces y demás alimañas, solo que del tamaño adecuado para un oso. Vi rondar a este animal por la zona y se me ocurrió la idea de preparar una trampa gigante. Con lo ventor que era el bicho sabía que olería la carroña desde muy lejos y que acudiría el primero. Lo más difícil fue subir las lajas grandes hasta arriba, pero ha merecido la pena. Ahora no hace falta que vayas contando por ahí los detalles de cómo lo cacé. A fin de cuentas es verdad que lo maté con la lanza y corrí bastante peligro. Imagina que me caigo dentro de la cabaña, o que el oso se pone de pie y me alcanza con un zarpazo o, peor aún, me da una colmillada. Vamos ahora a por los trofeos, la piel y un poco de carne para el campamento, que este oso tiene los lomos lucidos y una buena tajada.

Piojo no dijo nada, y ayudó a Viento del Norte a despellejar el oso y arrancarle los colmillos y dientes de delante, con los que su amigo iba a elaborar un espléndido collar, añadiéndole las garras de la bestia. Pero en su interior el muchacho pensaba que había sido una forma más bien cobarde de acabar con tan formidable enemigo, y que el comportamiento de Viento del Norte había sido tramposo y desleal. No pudo elogiar el lance; no fue capaz. Él esperaba que su amigo se enfrentase al oso sin trucos.

Viento del Norte le notó la decepción y el reproche en la mirada, pero no hizo comentarios. Siguió trabajando sin abrir la boca, y cuando acabaron se pusieron en marcha en el más absoluto silencio. Llevaban consigo, además de la piel y los dientes, las manos y los pies del oso, para comerlos en el campamento con los demás, y celebrar con ellos la victoria. Tales partes eran golosina para aquellas gentes. Y además cargaba cada uno con una pesada pieza de carne.

El camino de vuelta que escogió Viento del Norte era diferente del de ida, y consistía en descender al río por una larga barrancada seca y luego remontar la corriente hasta el campamento. El vallejo se iba haciendo cada vez más profundo y los dos taludes más verticales y más próximos el uno al otro. Piojo percibió un olor que le puso los pelos de punta y todos los sentidos en guardia; enseguida le llegó la confirmación del peligro en forma de rugido de león. Por allí rondaba la bestia, pero Viento del Norte no parecía impresionarse. Seguían avanzando por la cañada, el hermano de Gata siempre en cabeza. Al poco, señaló un agujero en el talud de la solana, a pocos pasos de donde ellos estaban:

—Ahí está el cubil.

A Piojo le empezaron a temblar las piernas conforme se acercaban a la negra boca. Tenían que pasar muy cerca si querían continuar, porque no podían subir por el empinado talud contrario y esquivar el cubil. La única alternativa era desandar el camino y volver a la trampa cuesta arriba y con la carga encima, y luego regresar al campamento por el camino que habían seguido por la mañana. Pero

Viento del Norte no parecía dispuesto a retroceder, y ni siquiera soltaba los despojos, que debían de atraer al león tanto como la carne de los dos amigos. Desde dentro de la covacha les llegaban los ruidos de las tripas del felino.

Ya estaban a la altura del cubil y Viento del Norte apuntó con la lanza a la boca, por la que empezaba a salir la cabeza de una enorme leona. No era posible arrojar ninguna azagaya con fuerza en tan poco espacio, y lo único que cabía hacer era apoyar el extremo de la lanza en el suelo para que la propia leona se ensartara en ella. Si era capaz de aguantar impávidamente, a pie firme, la embestida, claro. El joven cazador no dejó de mirar en ningún momento a los ojos de la leona, casi cerrados por el sol que le daba de frente, y la gata volvió a abrir la boca. Su rugido retumbó en el carcavón. Viento del Norte le hizo señas a Piojo para que pasara por detrás de él. Piojo apenas podía mover las piernas. La leona sacó medio cuerpo fuera, luego el cuerpo entero y finalmente se agatilló para saltar, comprimiendo el muelle de sus patas traseras. Pero cuando ya estaban sus músculos tensándose, se clavó en seco mirando a Viento del Norte.

El cazador había sacado una estatuilla hecha de defensa de mamut de la bolsa de la medicina que le pendía del cuello y se la mostraba a la leona con la mano izquierda, al mismo tiempo que empezaba a susurrar palabras que Piojo no alcanzaba a comprender por más que se esforzaba. Al poco cayó en la cuenta de que no se trataba de ninguna lengua humana. Más bien las voces, aunque apenas murmullos, se asemejaban a los profundos ronquidos y jadeos de la leona. Esta parecía escuchar los sonidos con total atención. Dejó de rugir y se quedó en completo silencio, como para oír mejor.

Aunque su razón se negaba a admitirlo, los sentidos le decían a Piojo que la leona entendía lo que el humano le estaba diciendo, como si los dos hablaran el mismo idioma. Los extraños ruidos que salían de la garganta de Viento del Norte fueron aumentando de volumen, para finalizar la escalada en un poderoso rugido. Si no hubiera visto que lo había producido su amigo, Piojo hubiera jurado que procedía de la leona, que contestó de la misma forma. No había señal alguna de agresividad en el rugido del animal, que sonaba más a contestación a un saludo que a amenaza.

Sin volverle la espalda a la fiera, Viento del Norte y Piojo continuaron andando marcha atrás, hasta que la perdieron de vista. Entonces se dieron la vuelta y apretaron el paso para alejarse rápidamente del lugar. Piojo tardó mucho tiempo en producir la saliva suficiente para poder hablar. En cambio, Viento del Norte no parecía haberse inquietado lo más mínimo, y se puso a silbar alegremente una canción cuya letra jocosa Piojo había oído en el campamento, pero que no podía recordar en ese momento a causa de la conmoción que le había producido el encuentro con la leona.

Finalmente, Piojo le preguntó a Viento del Norte:

—¿Por qué lo has hecho?

—¿Yo?, ¿hacer?, ¿el qué?

—Pasar por delante del cubil.

—¿Por qué va a ser? ¿No está bastante claro? Porque era el camino más corto al campamento, y no quiero cargar todo el día con los despojos del oso.

—Pues no pasamos por aquí a la ida.

—Entonces íbamos ligeros y podíamos permitirnos dar un gran rodeo y evitar a la gata.

Piojo no siguió haciendo preguntas en la misma dirección, ante la manifiesta inutilidad del interrogatorio. Cambió pues de tema.

—¿Qué le has enseñado a la leona? ¿Y por qué rugías?

—Caminante, dentro de la tribu yo pertenezco al Tótem del León, como mi madre y todos los demás ancestros por línea materna. De hecho, nuestro primer antepasado, el fundador de la familia, fue el más soberbio león que haya existido jamás. Le he mostrado a la leona de antes el amuleto que prueba mi pertenencia al clan.

Piojo lo vio entonces con detalle; se trataba de una figurita de marfil de una criatura puesta en pie, de cuerpo mitad humano y mitad felino, con rabo, manos y pies, con garras y cabeza de león.

—Los sonidos que he pronunciado —explicó Viento del Norte— se han transmitido entre nosotros de generación en generación desde la raíz de la casta y advierten a cualquier león de que somos de la misma sangre y debemos respetarnos y prestarnos socorro mutuo. Por eso los de mi tótem nunca matamos leones, y siempre dejamos a nuestros hermanos al menos el diezmo de las presas que cazamos. Así, la leona que has visto pronto dará cuenta del oso que maté porque está en su territorio. No corría yo ningún peligro, como has podido ver. A ti, en cambio, no te conocía ella y por eso te he hecho pasar por detrás. Te miraba con ojos golosos.

Y sin decir ni una palabra más, como si lo que acababa de ocurrir fuera lo más corriente del mundo, se puso a silbar otra vez, sin dar señales de alegría o de alivio por haber superado el difícil trance, ni tampoco manifestar orgullo por no acobardarse ni perder la cara ante la fiera. Pero los soles de sus mejillas brillaban con fuerza.

Piojo, atónito, seguía intentando recordar la letra de la canción que Viento del Norte silbaba, hasta que por fin le vino a la cabeza. Decía:

Si los creadores del mundo hubieran querido que fuera muy
[fuerte para cazar, me habrían hecho oso.
En el Tiempo de los Sueños.
Si los seres primigenios hubieran querido que fuera
[muy ágil para cazar, yo sería león.
En el Tiempo de los Sueños.
Si hubieran querido que fuera infatigable en la cacería,
[me habrían hecho lobo.
En el Tiempo de los Sueños.
Si hubieran querido que volara para cazar y picara sobre
[mi presa desde el cielo, yo sería águila.
En el Tiempo de los Sueños.
Pero los dioses, ellos sabrán por qué, me hicieron humano,
[y solo me dieron el talento para cazar.
En el Tiempo de los Sueños.

Y la canción terminaba con una orgullosa afirmación que hacía sonreír a los que cantaban:

Pero el valor no me lo dieron los dioses en el Tiempo
[de los Sueños.
El coraje lo pongo yo.

Cuando llegaron a la Gran Caverna la tarde estaba vencida. Fueron de inmediato rodeados por sus ocupantes, que daban grandes muestras de alegría y de excitación al ver los trofeos del oso cazado. Todos preguntaban atropelladamente, y Viento del Norte no podía explicarse con tanto barullo. Se encendió una gran fogata y el héroe del día pudo explayarse en el relato mientras se asaba la carne de la fiera en el fuego, con la gente de la cueva sentada a la redonda, expectante y excitada. Sus padres y Gata lo miraban con orgullo. Eso sí, omitió el detalle de la trampa, y contó que siguieron al oso a contrapelo del viento hasta el hondón, y que allí le dio muerte a lanzazos. Viento del Norte miraba al principio a Piojo con recelo, pero al ver que asentía con la cabeza y confirmaba la versión, aunque sin entusiasmo, se fue relajando, al tiempo que adornaba más y más la cacería. Hasta le dio a Piojo un pequeño papel como rastreador. Sin embargo no mencionó siquiera el encuentro con la leona en la valleja.

El acontecimiento era tan importante que se planeó hacer una fiesta en el mismo campamento de la noche anterior, en la gran pradera junto al río Rumblar, para que pudieran celebrarlo otros grupos. Todavía hacía buen tiempo, tenían abundante caza y había ganas de diversión. Ya llegaría el frío y con él las largas noches junto al fuego, sin separarse ni un paso de las llamas.

Se hizo muy tarde con tanta cháchara, y de la cueva no podían escaparse Piojo y Gata sin que resultara demasiado embarazoso para la familia, ya que Cielo Encendido estaba presente, por lo que se echaron con los demás, deseándose tiernamente un buen descanso.

El primer sueño

Piojo estaba agotado por la caminata y las emociones. Durmió profundamente, sin apenas moverse ni cambiar de postura; siempre de lado y con las rodillas flexionadas. No se despertó en ningún momento hasta que Gata lo agitó con brusquedad. Ya había amanecido. Al cerrar los ojos atravesó una puerta que lo llevó a un mundo igual al suyo, con el mismo aspecto al menos, pero donde las cosas sucedían de otra manera y tenían diferente lógica. Su espíritu se había transportado al otro lado de la realidad.

Mientras su cuerpo encogido permanecía como muerto en la oscuridad de la cueva, y ni siquiera se percibía su respiración, Piojo caminaba en su sueño por una dilatada y luminosa pradera. Ningún propósito movía sus pies, que avanzaban sin esfuerzo. Era verano y mediodía. El sol, colgado sobre su cabeza como un enorme fruto del cielo, brillaba con fuerza, pero Piojo no sentía calor. Un ábrego blando inclinaba levemente las panojas de los espartos, pero Piojo no recibía su abrasadora caricia.

Su sombra tendría que ser muy corta, porque el sol estaba en lo más alto de su camino, y sin embargo era alargada y cambiaba constantemente de posición. Caprichosa, tan pronto se tumbaba a su izquierda, como a su derecha, delante o detrás. Intrigado, Piojo se detuvo a contemplarla. Ahora la tenía a la izquierda, pero el sol seguía inmóvil sobre él, como si se hubiera parado a observarlo. Piojo movió un brazo, a modo de saludo, y su sombra también saludó. Piojo dobló su cuerpo en una reverencia, y también esta vez su sombra le obedeció, inclinándose como si respondiera ceremoniosamente al saludo. La sombra no tenía rasgos en la cara, no podía tenerlos, pero Piojo habría jurado que sonreía con una boca y unos ojos de no-sombra. Piojo levantó entonces una pierna... y su sombra salió corriendo como si huyera a toda velocidad de algo espantoso.

Cuando su sombra se perdió en la lejanía, Piojo, todavía perplejo, se volvió para ver qué temía. Y vio un león macho enorme, que se acercaba tranquilamente hacia él. La llanura no ofrecía ningún refugio a Piojo. Cuando llegó a su lado, el león se sentó. Piojo se dio cuenta de que el macho era viejo y estaba lleno de heridas y cicatrices, como si hubiera luchado durante toda su vida. Entonces echó a correr con todas sus fuerzas en la misma dirección que había tomado antes su sombra, sin albergar otro pensamiento en la cabeza que el de escapar de la fiera. Extenuado, se paró al cabo de un rato que se le hizo eterno.

En el otro mundo, el mundo oscuro de la caverna, el cuerpo de Piojo se encogió un poco más, y en la pradera refulgente del sueño su cuerpo se giró con aprensión para saber dónde había dejado al león. Esperaba verlo muy pequeño y muy lejano, pero lo encontró de nuevo sentado a su lado, aunque sin dar muestras de haber hecho ningún esfuerzo. El pecho del león no se agitaba como el suyo después de la agotadora carrera. Piojo se entregó, se dio por vencido, y el lacerado animal se puso de nuevo a cuatro patas. Era imponente a pesar de todas sus llagas. La fiera abrió la boca y Piojo cerró los ojos. Y entonces oyó:

Huyes a toda velocidad de lo que más necesitas.
Quien más te atemoriza será quien te salve.

Piojo abrió los ojos y su mirada se encontró con la del león, que tenía la boca cerrada. ¿Habría hablado él? Imposible. Pero las palabras que había oído le tranquilizaron y ya no se sintió presa del pánico.

El león empezó a alejarse subiendo una cuesta muy tendida, y la cobarde sombra volvió al lado de Piojo. Cuando estaba a unos doscientos pasos, en lo alto del lomazo, la bestia se volvió hacia Piojo y con una potentísima voz rugió palabras humanas:

—Tus memorias eran verdaderas.

Y entonces Piojo se despertó y se vio en el campamento de la cueva. Relumbraba el día y Gata lo sacudía con fuerza tirándole de los hombros y le decía:

—¡Despierta, despierta!

—¿Qué pasa?

—Has tenido una pesadilla. ¿Qué soñabas?

—Una historia muy rara, Gata, pero que me parecía completamente real. Nunca había tenido un sueño así. No era algo del pasado, como cuando soñaba con mi madre, sino que, de alguna extraña forma, me parece que el sueño está relacionado con el mañana.

—Pues si el Sabio Escéptico no se avergüenza de pedir ayuda a quien sabe más que él de los misterios de la vida, resulta que mi madre entiende de sueños. ¿Te gustaría contarle el tuyo?

Gata llevó a Piojo ante su madre, llamada Noche de Invierno porque había nacido una áspera pero bella noche de luna, mientras la helada caía lentamente del cielo estrellado. La madre de Gata tenía fama de interpretar bien los sueños, capacidad y prestigio que a su vez había heredado de su difunta madre Nevasca, que también había venido al mundo en medio de una recia ventisca de nieve. La madre de Gata escuchó pacientemente el relato de Piojo, pidiéndole a veces alguna precisión.

—¿Y dices que bajaba del cielo una gran lumbre, pero que no te sollamaba?

—Sí. El sol estaba a poca altura sobre mi cabeza pero no me quemaba.

—¿Y dices que el león tenía el cuerpo cubierto de úlceras y cicatrices, como si hubiera luchado muchas veces a vida o muerte a lo largo de su vida?

—Sí. Pero a pesar de la edad y de las heridas parecía poderoso y dueño de sí mismo.

Piojo se distrajo discurriendo sobre el dicho «a vida o muerte»; meditaba que no era una verdadera disyuntiva, y que sería mejor decir «a vida y muerte», porque siempre que se lucha sin piedad alguien vive y alguien muere. Y a veces no sobrevive ninguno de los dos combatientes, y entonces sería «a muerte y muerte». Hasta que Noche de Invierno lo sacó de su ensimismamiento:

—¿Y dices que le viste hablar?

—Bueno, en realidad yo tenía cerrados los ojos cuando habló y pronunció esas frases tan sorprendentes. —Y entonces Piojo cayó en la cuenta de que era imposible tener los ojos cerrados dentro de un sueño, que siempre se ve algo cuando se sueña, y comprendió que por eso le había parecido la aventura del león tan real—. Luego, cuando se despidió, sí que le vi mover la boca, y entendí bien lo que decía... Aunque me pareció que más que hablar, rugía.

—A ver, repíteme las palabras del león.

Y Piojo lo hizo sin titubear ni detenerse a pensar, porque se le habían quedado tan grabadas que no se le borraron después de despertarse, cuando volvió a este lado de la realidad que se llama vigilia.

—Las cosas que nos ocurren cuando estamos despiertos —meditó Piojo en voz alta, como colofón al relato— nos parecen normales porque creemos conocer las causas que las producen, y eso es así porque siempre suceden en el mismo orden. A la nube le sigue el relámpago, y a este el trueno, y nunca se ha visto que ocurriera a la inversa y que oyéramos el trueno antes de ver el relámpago. Del mismo modo el niño crece para hacerse adulto, y no al revés, como tampoco el sol se despierta por donde se ha metido a dormir. Pero los sueños siguen otras reglas que no nos parecen imposibles, aunque no las entendamos cuando estamos despiertos, porque, si no, no nos asustaríamos como lo hacemos cuando soñamos que nos amenaza un peligro. Igual que al morir, al soñar también *atravesamos la niebla*.

Absorta, Noche de Invierno no atendía a las reflexiones de Piojo y se concentraba en mirarle fijamente a los ojos, para lo que le había hecho bajar la cabeza, que sujetaba con sus manos, hasta ponerla a su altura. Ambos estaban de pie, Piojo algo encorvado porque era bastante más alto que la madre de Gata. A través de las pupilas, la interpretadora de sueños podía penetrar en la oscura cueva de su cráneo y ver los espíritus que se agitaban allí. Después de unos instantes, se pronunció:

—Has soñado bien, Caminante. Muy pronto lo sabrás.

Y sin decir una palabra más, se dio la vuelta y se marchó con el aire de quien está seguro de conocer un importante secreto.

—¿Qué te pasa, Caminante mío? —dijo Gata—, te veo murrio y aliquebrado.

Estaban sentados en silencio uno al lado del otro, contemplando hipnotizados una luna de nácar. La noche estaba de suave. Gata, encogida, se abrazaba las piernas. Piojo apoyaba la cara en el cuenco de sus manos, con los codos hincados sobre las rodillas. Había pasado el día junto a ella, pero todo el ticmpo estuvo inquieto. Sentía que lo observaban furtivamente y barruntaba algún peligro grave. Cuando por la noche el festejo del oso llegó a su punto álgido y todos brincaban y gritaban, aprovechó para escabullirse al río con ella. Pero la sensación de estar siendo vigilado le seguía acompañando. Se volvió un par de veces con rapidez, pero solo descubrió el ojo insomne del búho y los iris fosforescentes del gato al acecho.

—Me siento como un ternero solitario en el páramo, mugiendo de terror en mitad de la tormenta —contestó Piojo.

Gata se emocionó una vez más ante la sinceridad humilde del chico, porque lo notaba abrumado, aunque hiciera grandes esfuerzos por aparentar entereza. Pero al menos tenía el coraje de confesar su miedo.

—No te preocupes. Tú siempre triunfarás, por poderoso que sea tu enemigo. —Gata le miró a los ojos mientras le hablaba y para ello tuvo que girar la cabeza hasta casi poner su cara delante. Piojo no la veía: escrutaba la negrura de la noche.

—¡A quién voy a vencer yo, que no tengo familia ni tribu!

—Pero tienes algo mejor, que es tu inteligencia. Contra ella no puede nada la fuerza bruta.

—¡Ojalá fuera así!

—Fue, es y será siempre así. Y para demostrártelo déjame que te cuente una historia.

—¿Es una conseja?

—No, es una historia de mi familia. De un antepasado al que llamaban Garzo, porque tenía los ojos más azules que se hayan conocido jamás. Llegó a una edad muy avanzada despejado y juncal, y hasta el mismo día de su muerte fue siempre reconocido como el jefe de la tribu. Estaba ya muy cansado al final, pero antañón y todo nunca perdió la fuerza de sus ojos, que eran punzantes como los de un águila, un águila de ojos garzos.

—¿No sería con ellos, supongo, como se convirtió en jefe?

Gata percibió que Piojo empezaba a olvidarse de sus angustias y sonrió.

—No, impaciente. Ya te he dicho que fue con su fina inteligencia, aunque tampoco le faltaba braveza, eh, no te vayas a creer.

—A ver, cuenta, cuenta.

—Pues cuando desapareció el anterior jefe, Roca Enhiesta, extraviado en una ventisca, pretendió ocupar su lugar Oso, un hombre gigantesco de una fuerza descomunal, que había nacido tan enorme y lleno de pelos que a todos ponía miedo. En la tribu no lo querían, pero nadie se atrevía a enfrentarse a él.

—Pero ¿cómo? ¿Ni siquiera entre varios intentaron acabarlo?

—Sí que lo intentaron, sí, pero todos fracasaron y pagaron con su vida, porque Oso era invulnerable a las lanzas. Simplemente rebotaban en su cuerpo.

—Así no habría quien pudiera con él.

—Pues sí que lo hubo, y fue mi antepasado Garzo, que a más de arriscado y galano, como todos en la familia —Gata se lo estaba pasando bien—, era muy listo.

—Veo que sois expertos en osos en tu familia. —Piojo estaba pensando en Viento del Norte—. Pero no se me ocurre cómo tu antepasado pudo vencer a este. ¿Le puso quizás una trampa?

—¡A ver si no vas a ser tan espabilado como yo creía! —Gata sonreía al decirlo—. Pero no hace falta que te quiebres la cabeza discurriendo que enseguida te lo cuento yo. Garzo, un día en que Oso había zarandeado a una muchacha, que se convirtió más tarde en su esposa, fue y le dijo al animal aquel en presencia de toda la tribu:

»—Eh, tú, grandullón, que todo lo que tienes de bestia lo tienes de feo y de estúpido. Mañana terminaré contigo en combate.

»Oso se reía las muelas, pero Garzo ni se inmutó, y le citó para cuando el sol estuviera en lo más alto. Casi todo el mundo en la tribu pensaba que mi tatarabuelo se había vuelto loco, pero los que lo conocían estaban más bien intrigados por cómo saldría Garzo del atolladero.

—Y yo también lo estoy. ¿Seguro que es una historia real y no una patraña para dormir niños?

—Aquí el único niño que se va a dormir eres tú, pero la historia es totalmente cierta. El sol golpeaba con furia desde lo alto del cielo a la hora del duelo y soplaba un ábrego abrasador. Garzo fintaba y clavaba una y otra vez, pero su lanza siempre rebotaba en el pellejo de Oso.

Piojo se iba metiendo cada vez más en la historia, embrujado por las palabras de Gata, que gesticulaba con gracia. Tenía la misma habilidad que su hermano para la narración. Mientras escuchaba, Piojo jugaba con un palo en la arena. Solo una vez levantó la cabeza, alerta, porque creyó oír un ruido extraño, como un chocar de colmillos. Gata seguía hablando.

—El gigante atacaba también, pero la descomunal clava que blandía nunca encontraba carne. Garzo luchaba desnudo, y sus movimientos eran fluidos como los de un león, recuerda que somos de su misma sangre. Oso siempre vestía una larga pelliza, que le llegaba hasta las rodillas, del animal de su nombre, para parecer aún más terrible, pero que lo entorpecía y acaloraba. Finalmente, harto de tanto baile de Garzo y de tanto sudor propio, arrojó la piel, aunque no se notó mucho. —La mirada de Gata era ahora burlona—. Porque él casi tenía más pelo que el oso. Al verse libre de trabas se sintió ágil y embistió con todas sus fuerzas. Garzo lo esperó a pies juntos, inclinándose a la derecha, y cuando llegó le hizo un quiebro, hurtándole el cuerpo y atravesándolo con su lanza a la altura del ombligo. El monstruo murió con los ojos abiertos de asombro y de incredulidad.

—Ah —exclamó Piojo emocionado; lo había atrapado completamente la historia—, así que tenía un punto débil.

—Sí, era el ombligo.

—¿Y me puedes decir, Gata lista, cómo lo sabía Garzo? ¿Oso era tan estúpido que lo iba pregonando?

—Ni siquiera Oso lo sabía. Una vez más, ¡gracias a su inteligencia! Y también a su paciencia. —La mirada de Gata era ahora pícara—. ¿No has oído nunca decir que la paciencia es la principal arma del cazador, más que la lanza y la azagaya? Garzo había seguido a Oso, sin que este lo viera, durante cinco días. El último de ellos, Oso se bañó en una poza, para lo cual se desnudó. Cuando salió del río se sacudió el agua como los animales y se tumbó a tomar el sol en una peña. Garzo lo estuvo observando atentamente. Las moscas lo molestaban en los ojos y él se las sacudía con la mano. Al cabo de un rato, Oso hizo algo que Garzo tardó un poco de tiempo en comprender, pero que cuando cayó en la cuenta lo llenó de júbilo: ¡Oso dio un grito de dolor y luego estrujó con rabia una avispa que le acababa de picar en el ombligo!

—¡Ja, ja, ja! ¡Tú sí que eres lista, Gata mía!

Piojo se abalanzó sobre Gata e intentó pellizcarle el ombligo. Ella se resistía y le respondía de la misma manera. Rodaron por el suelo peleándose. De pronto se quedaron sentados y serios y enseguida sus labios se juntaron. Gata los despegó al rato y dijo en un susurro mientras le cogía al chico la cara con las manos:

—No tengas miedo, mi amor.

Se besaron de nuevo y cuando se abrazaron solo hubo un cuerpo. Para Piojo, por primera vez, la vida tenía sentido y era maravillosa. Perfecta. Como si hubiera nacido para amar, para vivir aquel momento, como si todo lo anterior fuera una preparación para ese beso. Aunque por un camino tortuoso, Piojo había llegado a su destino.

Gata vio de pronto contestadas todas sus preguntas. Necesitaba desesperadamente a Piojo, de día y de noche, pero no sentía que depender así de un hombre la volviera más débil o la sometiera o la hiciera perder una parte importante de sí misma.

No era un hombre, era él.

Y Piojo comprobó que toda la piel de Gata tenía la misma increíble suavidad.

Pasó solo un instante en el río, pero tan intenso que les pareció un trocito de eternidad a los jóvenes amantes, y que fue un rato muy largo en el campamento. Ya no les llegaban los ecos de la fiesta. Todos se habían dormido. Una garduña chilló y le contestaron otras dos.

—¿Has hecho tú eso? —Gata le dirigió a Piojo una pregunta que tenía una respuesta obvia, mientras se acercaba para verlo mejor. En la arena había un dibujo de un bisonte venteando—. Nunca había visto algo tan maravilloso, tan vivo a pesar de no moverse. El caballo de nuestra cueva es mucho más feo y sin embargo a todos nos parecía imposible de mejorar. ¿Sabes también pintar?

—No he pintado nunca ni tampoco he grabado en piedra. Sé hacer tatuajes de signos y me entretengo dibujando animales en la arena. Sobre todo bisontes.

—¿Por qué bisontes?

—Porque me inquietan. Son los más humanos de todos los animales. Lo noto en su mirada. Estoy seguro de que piensan y sienten como nosotros.

—¿Me podrías tatuar aquí ese mismo bisonte? —Gata le señaló la cara anterior del muslo derecho, a media altura, en una zona que normalmente cubría el vestido. Ni los hombres ni las mujeres podían tatuarse animales, era tabú, y solo les estaban permitidas ciertas figuras geométricas, más el sol y la luna.

—No lo he hecho nunca, pero me encantará. —A Piojo le sorprendió una vez más la audacia de la chica y su falta de respeto por las viejas leyes de los hombres.

El chico llevaba siempre consigo un morral de piel

de corzo sin raspa, cosida con correína hecha de las tripas del animal, y de él sacó el punzón de hueso y el pigmento. Trabajó un buen rato sin hablar, muy concentrado, procurando no hacer daño. Gata no se quejó ni una sola vez, pero de cuando en cuando su cuerpo se contraía por los pinchazos. El bisonte era como el que antes había grabado en la arena.

—Ahora ninguna irá tan bien adornada como yo —dijo la chica al final—, aunque nadie lo sepa.

Gata pagó a Piojo su trabajo con otro beso, este de un sabor distinto de los anteriores: el del orgullo. Los dos muchachos sabían que tenían que volver con los demás, y lo hicieron silenciosamente y cogidos de la mano. Se descansaba aquella noche al raso alrededor de las brasas porque las cuevas estaban bastante lejos y no merecía la pena caminar de noche. La luna iluminaba el paisaje con una luz pálida que convertía los bultos de los durmientes en inmóviles figuras de cera. Se tumbaron juntos y Gata se durmió al poco. Piojo no pudo hacerlo porque llevaba todo el día mascando un plan.

La Muerte Blanca

A la salida del lucero del alba Piojo se acercó a Viento del Norte y lo despertó. Por señas le pidió que lo siguiera fuera del campamento, para no levantar a nadie y mantener la conversación en secreto.

Viento del Norte se sorprendió al ver a Piojo junto a él, tan espabilado y tan alterado. Al principio le costó entender lo que le decía, pero enseguida pasó de la sorpresa a la incredulidad, y de esta al enfado.

—Tienes que ayudarme, Viento del Norte —le susurró Piojo—. A mí y a Gata. Queremos unirnos para siempre y solo se me ocurre una manera de conseguirlo: matar a la propia Muerte Blanca y lograr que la tribu me otorgue el permiso para desposarme con Gata. No será difícil con una pérdida tan reciente. Todos respirarán aliviados y me concederán lo que sea, a mayores si solo se trata de cambiar un mal matrimonio por otro mejor.

—Pero ¿qué dices? ¿Matar a la Muerte Blanca? ¿Casarte con Gata? ¿Es idea tuya? ¿Has perdido el juicio? ¿Estás soñando todavía? ¿Eres sonámbulo? Vuelve a dormirte, anda.

Piojo no se ofendió por el tono irónico que empleaba Viento del Norte. Casi le divertía su incredulidad porque estaba muy seguro de que llegaría a convencerlo pronto.

—No he hablado en mi vida más en serio. Creo que sé cómo acabar con la Muerte Blanca. Sea lo que sea esa criatura, es del mismo color que la nieve, y por eso no la vemos. Pero hay una forma de hacer que deje de ser invisible. Consiste en atraerla hacia los paredones de pizarra, donde su figura destacará por contraste. Yo haré de cebo. Usaré la bramadera con la que vosotros creéis espantar a la fiera. A mi parecer, más bien la convoca con su zumbido y la hace ir a por carne humana. Quizás os conviniera más el silencio. De todos modos, al oír el zumbido, la Muerte Blanca me seguirá y tú a ella por las huellas. En cuanto veas una figura blanca aparecer en la pizarra, grita para avisarme y envíale una azagaya. Yo me daré la vuelta y la recibiré con la lanza. Espero atravesarla y que te dé tiempo a traspasarla con más dardos hasta que caiga. No sé si yo seré capaz de aguantarla el tiempo necesario, pero clavaré la lanza en la nieve y la sujetaré con toda la fuerza de mi desesperación.

»Si no lo consigo y muero, al menos tú me vengarás y conmigo vengarás a las demás víctimas de la Muerte Blanca. Puedes entregar el cuerpo de la fiera a las familias. Con el mío... —dudó—, haced lo que os parezca.

Viento del Norte le contestó airado, y en sus palabras había un rastro de desprecio. Los soles tatuados en sus mejillas despedían llamaradas.

—El matrimonio entre Gata y Cielo Encendido,

nos guste o no, es inevitable, y eres un insensato si has hecho creer a mi hermana que la puedes liberar de su compromiso con tus fantasías de gran cazador. Me temo que no has matado en toda tu vida ni siquiera una lagartija. Puedes embaucar a una moza, aunque no entiendo qué ha podido ver Gata en ti, pero a la Muerte Blanca ni siquiera la verás antes de morir. Y yo no estoy dispuesto a correr la misma suerte que tú.

—Viento del Norte, yo...

—Pero bueno, Caminante, ¿es que todavía no se te ha metido el juicio en los adentros o más bien te burlas de mí? Pues hasta el día de hoy no se ha reído nadie del hijo de mi madre y mucho menos un pollo con el cascarón al culo. No sé quién te crees que eres para imaginar que puedes lograr tú lo que no se han atrevido a hacer los más valientes y curtidos cazadores de nuestra tribu. Yo solo veo en ti a un chaval atolondrado, que ha venido a alterar la tranquilidad de nuestra vida.

—Yo creía que estabas de nuestra parte, Viento del Norte. ¿Y toda aquella fábula que me contaste del abejaruco?

—Te encontré solo en la pradera y te amparé. Me dabas pena y además me caíste bien a primera vista porque me parecías noble y digno de mi confianza. Por eso te ofrecí venir a nuestros fuegos y beber nuestra agua y comer nuestra caza. Yo soy así. Todo corazón. Al principio no me disgustaba que te hablaras con mi hermana y hasta me hacía gracia, sobre todo por los celos rabiosos que pasaba Cielo Encendido, pero no sueñes con cambiar lo que ya ha sido convenido. Todo estaba bien atado antes de que tú llegases y vivíamos tan contentos.

—Confía en mí, amigo, abatiré a la Muerte Blanca y se solucionarán los problemas, o moriré en el collado y también desaparecerán tus quebraderos de cabeza porque ya no me verás más.

—¿Qué dices? ¿Pretendes que te crea? Tú no eres capaz de matar una rabona, o una perdiz. Si quieres marcharte dilo sin más, es lo que te estoy aconsejando por el bien de todos.

Piojo se sintió alarmado y angustiado por primera vez cuando vio que sus palabras no hacían ninguna mella en Viento del Norte. Entonces le miró a los ojos y le dijo:

—Solo tienes que esperar para saberlo. O regreso después de haber acabado con la Muerte Blanca, o cuando volváis a la pradera en la próxima primavera encontraréis mi esqueleto en el paso de montaña.

—O ni lo uno ni lo otro, si haces caso de mis consejos. Escucha con atención que no hablo solo por tener boca. Cielo Encendido se hizo humo después de vuestra escapada de anoche, y habrá ido a buscar ayuda para saldar las cuentas que tiene contigo. Conviene que sepas que pertenece a una sociedad secreta, la de los Enemigos de la Luz, y que son muchos sus miembros.

—No me importa.

—Pues debería. Todo el mundo los teme porque están bien organizados y son implacables. Te recomiendo que te quites de en medio cuanto antes, si no quieres desaparecer a sus manos sin dejar rastro. Hay cosas con las que no se juega, y no se puede desafiar así como así a rivales tan poderosos. Tenía que habértelo dicho más claramente antes, pero no creía que las cosas llegaran tan lejos entre tú y mi hermana. Ya le daré yo a Gata cualquier excusa para explicar tu huida, aunque si de verdad te quiere entenderá que no tenías la más pequeña oportunidad. Debes largarte cuanto antes.

Piojo no terminaba de convencerse. ¿Cómo había podido cambiar tanto su amigo? «Eres más variable que un armiño, pardo en verano y blanco en invierno», solía decirse de los que mudaban mucho de parecer, pero Viento del Norte había pasado del blanco al negro en una misma estación, en unos días en realidad.

—No pienso desaparecer. Haré lo que te he dicho —dijo finalmente.

—Nunca he conocido a alguien tan loco como tú, Caminante. No me quieres escuchar. Ahora dudo de todo lo bueno que pensé de ti, y de la amistad con la que creía que me correspondías. Pero ya no quiero perder más tiempo contigo. No hace mucho te ofrecí mi caza y mi agua con palabra de Hombre Verdadero, y ahora quiero que me liberes del compromiso adquirido. A cambio te estoy salvando la vida. Cielo Encendido y sus indeseables amigos te buscarán por todas partes para destazarte, y por muy grande que sea el mundo te aseguro que no habrá un solo rincón donde puedas ocultarte de ellos durante mucho tiempo.

—No tendré por qué hacerlo si acabo con la Muerte Blanca.

—No sigas porfiando. Huye ahora que puedes

de la Roca, atravesando el Desierto de los Demonios Danzantes. No sabemos qué hay al otro lado, porque nadie ha venido a visitarnos desde esa comarca, al menos no en las últimas generaciones. Dice la tradición que cuando fueron creados los seres humanos, en el Tiempo del Ensueño, un dios malvado puso allí un pueblo que se come la carne de sus semejantes. Al otro lado del desierto está el único lugar donde no te buscarán los Enemigos de la Luz, aunque es posible que termines en el estómago de esos caníbales. En todo caso, mi pobre hermana no te verá muerto. Yo me vuelvo a nuestro campamento. Tú lárgate ahora mismo al desierto. Así que ¡apeonando!

Piojo lo miró entristecido, porque contaba con su ayuda. Había creído entender el mensaje de la jornada de caza que había pasado con Viento del Norte, reforzado con el cuento de Gata de esa misma noche. Es honorable utilizar el ingenio para luchar contra la fuerza bruta. El valor no es lo mismo que la bravuconería ni la temeridad, y le debía la lección a los dos hermanos, que parecía que se hubieran puesto de acuerdo. Por otro lado, el plan le era arriesgado pero realizable, y además la vida que estaba en juego era solo la suya. Y si no podía compartirla con Gata prefería perderla dignamente.

—Viento del Norte, si no quieres venir conmigo te suplico, a cambio de devolverte tu palabra de Hombre Verdadero, que repitas mi plan, tal como te lo he contado, a Gata.

Viento del Norte no contestó. Al lado yacían su lanza y sus azagayas. La lanza era más alta que él, y estaba adornada por tres plumas de ave, una blanca, otra negra y otra roja, que colgaban de una tira de cuero que se enroscaba en una muesca de la madera, cerca de la punta.

—¿Me prestarás por lo menos tu lanza? —preguntó Piojo.

Y sin esperar respuesta la tomó y se puso en camino.

Al alejarse del campamento en busca del Paso de la Muerte Blanca una hoguera atrajo su mirada. Estaba separada de las demás, y las llamas no se habían muerto como en las otras fogatas sino que brincaban alegres. Junto a ellas no vio un cuerpo yacente, sino a un hombre sentado que lo miraba fijamente, mientras los resplandores de la hoguera bermejeaban su rostro. Piojo sintió el escalofrío de un miedo antiguo antes de conocer su causa. Aquella figura esquelética y desgarbada le resultaba demasiado familiar. El Viejo había vuelto a buscarlo, pero por primera vez no sintió temor ante él. Iba a enfrentarse a un peligro mucho mayor.

Cuando Piojo volvió a la Roca desde el Paso de la Muerte Blanca, ya no llevaba lanza. La luna casi estaba llena y permitía la marcha por terreno despejado. Solo habían pasado unas noches, pero el muchacho asustadizo, aunque valiente, que se fue a buscar a la Muerte Blanca se había transformado en un hombre que caminaba muy erguido, con paso firme y mirada decidida y serena. Algún resorte sutil, pero formidable, se debía de haber disparado en su interior para producir una metamorfosis tan completa en el exterior.

Al llegar donde el suelo dejaba de ser de tierra y se convertía en piedra, y la llanura se plegaba en montaña, Piojo creyó divisar la silueta de un hombre que lo miraba como si le estuviera esperando, pero cuando trató de fijarse más la figura desapareció.

Entró en la arboleda y oyó el lastimero ulular del cárabo, guu... gu-gu-gu-gu. Pronto le contestó otro cárabo. Siguió andando, y cantó un tercero. Y luego un cuarto. Piojo no prestó atención al concierto porque solo pensaba en lo que le había sucedido y en el futuro feliz que se abría ante él.

No había recorrido aún ni la mitad del camino que lo separaba de la cueva donde esperaba encontrar a su Gata cuando oyó una fuerte voz delante de él:

—Aquí termina tu camino.

Y un momento después se sintió rodeado por un coro de carcajadas, que lo cercaban por todas partes. También oyó un siniestro entrechocar de colmillos. En su ensimismamiento se había metido en la boca del lobo, y el lobo, lo supo inmediatamente por el áspero timbre de voz y por el ruido que hacía su collar, se llamaba Cielo Encendido. Piojo se sintió doblemente estúpido, porque, además de caminar ciego como un topo y sordo como un macho de urogallo, estaba totalmente desarmado.

De sus enemigos solo podía ver sus lanzas, hechas de largos palos aguzados de clara madera. Sus portadores llevaban el cuerpo completamente pintado de negro, y se movían como sombras bajo la pálida luz de la luna, la Luz de los Muertos, la última que habría de ver Piojo en vida.

Se acercaba amenazante la lanza que empuñaba la voz de Cielo Encendido, y Piojo se veía obligado a retroceder hacia otra lanza que se mantenía firme a su espalda, apuntándole directamente, unos pasos más atrás.

La lanza que tenía delante se detuvo, y la odiosa voz volvió a sonar. Cielo Encendido prefería herir mortalmente a Piojo con la palabra a traspasarlo con la punta del arma.

—Haz versos ahora, Caminante, para que admiremos un poco tu ingenio. Habíamos pensado matarte, por entrometido, pero se nos ha ocurrido una idea mucho mejor. Solo te cortaremos lo que te cuelga y así podremos seguir disfrutando de tu arte. Eso sí, del de la lengua tan solo, porque tus otras habilidades van a terminar aquí mismo. Te pondremos una correa al cuello y te llevaremos de sirviente a todas partes. Y ese es el destino que te espera solo en el caso de que te pongas de rodillas ahora mismo y nos supliques perdón, porque tentado estoy de darte muerte sin más miramientos. Me contengo porque te prefiero capón y dócil antes que muerto honorablemente. No quiero luchar contra espíritus ni contra dulces recuerdos.

Piojo se volvió a despedir de la vida una vez más, la tercera en tan poco tiempo, y concentró sus pensamientos en Gata, en quien deseaba vivir después de su muerte. Esperaba que un fin digno, a manos de los temidos Enemigos de la Luz, serviría al menos para que Viento del Norte le hablara a Gata bien de él.

Habría deseado tener una lanza en las manos y algo contra lo que apoyar la espalda, y morir como el jabalí cuando se acula contra la tronca y se defiende a navajazos de los lobos que lo acosan, metiéndoles el miedo en el cuerpo. Incluso el tejón planta cara al lince si tiene la espalda protegida. Pero estaba inerme y rodeado.

Ante la ausencia de respuesta por parte de Piojo, que no rogaba ni gemía, la lanza de Cielo Encendido avanzó decidida a matar. En su retroceso hacia la pica que le amenazaba por la espalda, Piojo tropezó con una raíz y se precipitó al suelo de espaldas. La caída sobre el blando tapiz de hojas sonó como si un violento encontronazo contra una piedra le hubiera partido en dos el cráneo. Pero, extrañamente, Piojo no había llegado a tocar el suelo con la cabeza.

Al verlo tendido, y suponerlo atontado o muerto por el golpe en la cabeza que había oído, Cielo Encendido se abalanzó sobre su odiado enemigo para atravesarlo, al tiempo que Piojo extendía los brazos en el suelo. Para su sorpresa, su mano derecha se encontró con una lanza; entonces se giró a medias con ella sobre su costado izquierdo y la apuntó hacia Cielo Encendido en el instante en el que este se abalanzaba sobre él...

La lanza del enemigo se clavó en la tierra, pero sobre la de Piojo cayó un cuerpo que se ensartó en ella. El horrible grito que se oyó, de dolor, de rabia y de miedo, fue contestado al momento por un rugido de valor y de orgullo. Junto a Piojo y Cielo Encendido, caídos en el suelo, vivo uno, el otro muerto, se levantaba la figura de un imponente guerrero que se protegía con un escudo de madera forrado con piel de bisonte y que golpeaba el aire fieramente con una pesada maza tinta en sangre, la misma clava con la que había partido antes el cráneo del hombre que sujetaba la lanza dirigida a la espalda de Piojo.

El formidable guerrero de la maza mantenía a raya a sus enemigos, y parecía disfrutar con ello. Era un león rodeado de lobos, pero la iniciativa era suya porque cada paso al frente que daba era respondido por un paso hacia atrás de sus contendientes, que nunca habían visto a nadie bailar así la Danza de la Muerte. Piojo se preguntaba quién sería su inesperado salvador, y de su misma boca salió la respuesta:

—Piojo, huye, no podré sujetarlos por más tiempo.

Así que era el viejo Maestro, que volvía a ser Ira. Había recuperado su dignidad y eso lo hacía irreconocible. Por fin era el hombre que podía haber sido si la desgracia no se hubiera ensañado con él, o si él no se hubiese rendido, si hubiera pensado que la mala suerte es una corriente poderosa, sí, pero no invencible. Porque sus peores heridas eran las del alma, y cuando las olvidó por un instante, los costurones y las cicatrices que cubrían su cuerpo se convirtieron en las señas de su valor y en su tatuaje de guerrero. Su mirada brillaba de furia, sus labios estaban contraídos en un gesto de determinación y los movimientos de su cuerpo eran enérgicos y armoniosos. Ira era en aquellos momentos superior, uno a uno, a todos los que le acosaban.

Acostumbrado a obedecerlo sin rechistar, Piojo salió corriendo sin pensarlo un momento. Pero cuando estaba a cien pasos de distancia, creyó oírle gritar algo que lo frenó en seco.

—¿Qué? —preguntó con desesperación.

El Maestro, o mejor Ira, volvió a gritar, pero como le daba la cara a los adversarios que lo acosaban, Piojo no pudo confirmar lo que había creído entender la primera vez.

—¿¿¿Qué??? —gritó aún más fuerte.

Entonces, Ira volvió la cara en dirección a Piojo, y con toda la fuerza de sus pulmones gritó, instantes antes de que una lanza le atravesara el cuello y le ensartara la voz:

—¡Piojo, tus memorias eran verdaderas!

Ira cayó al suelo y las sombras se echaron como lobos sobre él.

Piojo apretó a correr, pero mientras sus piernas lo llevaban cada vez más lejos y su respiración se agitaba, algo daba vueltas dentro de su cabeza. El viejo le había contado, aquella única noche en la que le habló de su pasado, que los cuatro amigos, los Sin Nombre, se pintaban la cara de diferente manera cuando iban a entrar en combate para poder reconocerse desde lejos y seguirse con la vista, ya que eran ellos los que coordinaban el ataque de todo el grupo, cada uno al frente de su sección. El propio Ira se pintaba la cara de rojo, Castigo lo hacía de negro, Venganza de ocre y Murciélago de blanco. Unos momentos antes, Piojo había distinguido perfectamente la silueta del viejo Maestro en el guerrero que acudía en su socorro y hasta sus movimientos le parecieron inconfundibles, aunque la dignidad recuperada los hubiese transformado. No tenía ninguna duda de que era él, su antiguo amo. Pero no había distinguido los rasgos de su cara, ¿por qué? ¡Porque la llevaba pintada de blanco! ¡De blanco y no de rojo! Y entonces lo entendió todo, y le pareció que había tenido siempre la verdad delante de los ojos y que había estado muy ciego. No era Ira el protagonista de las calamidades que le fueron desveladas aquella lejana noche. No era de los sentimientos de Ira de los que hablaba el amo. No era por Ira por quien lloraba el viejo. No era la herida de Ira la que sangraba. No era Ira quien se había salvado en el río, arrastrado por la corriente.

Siguió corriendo, mientras en el interior de su mente repetía en silencio una despedida y una promesa:

—Mientras yo viva, tú no morirás... Murciélago.

Al amanecer, Piojo estaba al otro lado del río y de los álamos, frente a la gran estepa que separaba la Roca del horizonte. No habría podido alcanzar la Gran Caverna aunque hubiera querido, supuso, porque los enemigos que le daban caza le habrían cortado el camino. Y además, si hubiera llegado antes que ellos, ¿quién le habría creído? Su propio amigo sería el primero en reírse de él.

Si volvía después de haber matado a Cielo Encendido solo podía esperar que acabaran con él y, lo que era peor, también con Gata. Era mejor no comprometerla más. Partir al desierto y volver al año siguiente a la Roca. Para entonces ya habrían encontrado en el collado, en el paso de la primavera, la prueba de su valor, y el consejo de ancianos lo comprendería y lo perdonaría todo. Volver como un héroe y recuperar a Gata. Y también a Viento del Norte. Solo tenía que esperar un año. Solo un año.

Todo era plano hasta donde se juntaban la tierra y el cielo, que la aurora teñía de rosa. En grupos de dos o tres, giraban en la inacabable llanura altísimos torbellinos de polvo. Los Hombres Verdaderos le habían dicho a Piojo que aquellos surtidores de arena eran los Demonios Danzantes, los espíritus de los viajeros que se habían perdido en la inmensidad del desierto y estaban condenados a dar vueltas para siempre sobre sí mismos, moviéndose sin descanso para no llegar nunca a ninguna parte. Piojo los contempló un instante, con los ojos entornados, y se puso en marcha, deprisa, hacia el horizonte.

El Desierto de los Demonios Danzantes

En su confuso pensamiento cada vez ocupaba más espacio una terrible idea: Viento del Norte le había empujado a atravesar el Desierto de los Demonios Danzantes porque sabía que era imposible conseguirlo. Viento del Norte, su mejor, su único amigo, había acabado con él. Un sufrimiento atroz antes de morir, ese era el regalo de despedida del hermano de Gata. Era irónico, pensó con rabia y amargura. Después de una vida desgraciada, al final encuentro un amigo y un hermano, y me mata. Su corazón rebosaba indignación y rencor porque la sed le secaba también el corazón y cada vez le costaba más trabajo creer que Viento del Norte le hubiera enviado al desierto con la buena intención de que se salvase y volviese más adelante.

Le habría gustado hablar con Gata por última vez en la Gran Caverna antes de partir. Tenía miedo de lo que su hermano pudiera contarle. Ahora ya no se fiaba nada de Viento del Norte y temía que tratase de hacer que Gata renunciase a él. Algo le decía que Viento del Norte se había convertido en su enemigo mortal, pero no porque le fuera a atacar para darle muerte, sino porque trataría de matar su recuerdo en el corazón de Gata. Y Piojo prefería mil veces que acabaran con su vida a que Gata se olvidase de él.

Nadie muere del todo hasta que no muere la última de las personas que lo han amado a uno, había dicho el chamán en el triple funeral. Piojo sabía que con la pérdida de su propia vida también moriría su madre, porque no recordaba haber amado a nadie más antes de Gata. Y ahora deseaba conservar también el recuerdo de su antiguo amo, a quien después de todo debía la vida por partida doble: por haberlo adoptado, primero, y por haberlo salvado, recientemente. A Piojo le angustiaba el temor de que Viento del Norte, con un relato torcido de los hechos, lo arrancase del corazón de Gata, y entonces, si él muriese en el desierto, moriría completamente ya que no podría vivir en nadie. Pero también, a veces, lo iluminaba, como un fogonazo, la esperanza de que en la primavera, en el Paso de la Muerte Blanca, Gata lo entendiera todo. Y seguía su camino.

Al principio, en los primeros días, Piojo había conseguido algo de agua para beber escarbando con un palo o una piedra en el cieno cuarteado de los lagunazos secos; no mucha, y sucia, pero suficiente para sobrevivir.

Luego, el ambiente se hizo tan seco que, a pesar de las bajísimas temperaturas que arrecían la noche, ni siquiera se formaban los velos de escarcha que le habrían permitido lamer las plantas para obtener algo de líquido al amanecer. Y además, no había apenas matojos en aquel páramo sobre los que pudiera tejerse la carama. En su doloroso viaje al corazón del desierto primero desaparecieron los encanijados enebros y los retorcidos pinos blancos de transparente copa, luego las matas de sabinas, espinos negros, aladiernos, coscojas, aulagas y romeros, para terminar desvaneciéndose hasta los tomillos. Las atochas, los alberdines, las banderas, las avenas, los cardos, las efedras y las ontinas fueron también raleando, y el paisaje se desnudaba más y más. Y como para exacerbar su sed, el suelo del páramo empezaba a cubrirse de cristales de yeso. El sol era muy intenso y se multiplicaba en ellos, quemándole los ojos. Piojo iba teniendo una visión cada vez menos clara de su entorno. Más adelante, en el verdadero desierto, las blandas curvas de los barjanes suavizaron el paisaje, pero todo estaba muerto alrededor y el reflejo del sol en la ardiente arena lo deslumbraba aún más. Las liebres y los sisones, las avutardas, las calandrias, los aguiluchos, los alcotanes y otras aves que había visto los primeros días en la estepa se esfumaron y no volvió a ver una cogujada en el suelo ni una alondra colgada del cielo. Ya no quedaban señales de vida, pero en el calcinado Desierto de los Demonios Danzantes, bajo el sol reverberante, el paisaje inanimado bailaba su danza macabra.

Ahora estaba completamente abatido. Caminaba en derechura hacia el mediodía, subiendo y bajando por las jorobas de arena, pero no había ninguna señal de vida en esa dirección, ni en ninguna otra. Los gigantescos surtidores de polvo que giraban enloquecidos eran lo único que tenía movimiento allí. Todos los caminos llevaban a una muerte inevitable.

A la caída de la tarde sucedió, sin embargo, algo que le devolvió la esperanza y lo reconfortó. Primero el aire le trajo un vocerío de aves. Miró al cielo y vio una bandada de chorlas que volaba recta hacia poniente, hasta que se perdió en el horizonte. Piojo sabía que las chorlas acuden a los bebederos antes de la puesta del sol y decidió encaminarse en la misma dirección. Al rato vio volver a los gárrulos pájaros camino de los dormideros, recortándose contra el enorme disco rojo.

A pesar de la buena señal, Piojo no ignoraba que las chorlas recorren enormes distancias entre los bebederos y los comederos donde pasan el día y duermen. Así y todo, decidió aferrarse a esa última ilusión. La siguiente tarde volvió a ver el bando de chorlas, con sus apuntadas alas, su pecho negro y su remar enérgico, pero se perdían en el horizonte con su guirigay, por lo que dedujo que el charco al que iban debía estar muy lejos.

Piojo decidió gastar las pocas fuerzas que le quedaban en la siguiente jornada, y morir de una vez si no llegaba a su objetivo. Pero a pesar de su determinación y su coraje, su marcha era muy lenta a causa de su extrema debilidad. Le pareció que un par de torbellinos lo seguían a distancia como aves carroñeras o como hienas con la intención de engullirlo en cuanto diera muestras de debilidad. Sin dejarse desanimar por las adversidades, Piojo pisaba con fuerza impulsado por su orgullo, porque el temor al fracaso que suponía perderse en el desierto superaba al de la propia muerte. Un viento abrasador hacía humear las crestas de las dunas. Al declinar la tarde un agotado Piojo, tumbado cara al cielo, esperaba con impaciencia el bando de chorlas, que pasaron decididas hacia el bebedero con su chorrllss, chorrllss, chorlllss, por encima de su cuerpo tendido. Piojo se incorporó y las vio estirar su vuelo hacia el sol poniente, mientras les gritaba desesperado:

—Bajad ya, bajad, malditas.

Finalmente, las vio picar hacia el bebedero, pero para su desesperación estaban todavía muy lejos. La noche fue, una vez más, heladora, terrible. No había leña para hacer fuego y Piojo se despertó arrecido, rígido, con las manos engarfiadas a pesar de habérselas envuelto en pieles. Se puso mecánicamente en movimiento, pero no ardía ya la llama de la esperanza en su interior. En sus condiciones físicas necesitaría aún dos días de marcha para llegar hasta el agua, en el caso de que fuera capaz de seguir un rumbo. Ya casi no podía distinguir los perfiles de las cosas. Estaba perdiendo la poca vista que le quedaba. Finalmente, al mediodía cayó exánime boca arriba, y empezó a morir. Lo último que vio, muy turbiamente, antes de cerrar los ojos, fue a los dos diablos danzantes que se acercaban amenazadores, como si estuvieran hambrientos. Le pareció que bailaban de alegría. Percibía la luz del sol a través de los párpados, pero ya nada le importaba. Su cuerpo estaba tan quemado como el terreno en el que se encontraba. Los remolinos se cernían sobre él. Con el agotamiento se le fue la desesperación y el odio, y se quedó a solas con Gata. Luego su imagen también desapareció para dar paso a la negrura total, y Piojo pensó: Esto es la muerte.

—No está muerto.

Piojo sintió que entraba un regato caliente por su garganta mientras oía estas palabras. Alguien le levantaba la cabeza pasándole una mano por la nuca, mientras vertía un chorro de agua sobre su boca.

—¿Puedes moverte un poco? —dijo una voz masculina, como de un hombre de mediana edad—. Más vale que puedas, porque si no es así estos te matarán. Has llegado muy lejos tú solo en el desierto, Caminante, pero ni siquiera has recorrido la mitad del camino. Tengo la impresión de que todavía queda lo más duro. Nadie puede cruzar el Desierto de los Demonios Danzantes excepto ellos, porque son los únicos que se saben la Canción. A veces incluso ellos mismos se desnortan y tienen que volver a cantarla en su incomprensible lengua llena de chasquidos hasta llegar al lugar en el que están. No entendemos su lengua, pero la Canción sigue siendo muy muy larga, Caminante, a pesar de lo mucho que tenemos andado. Ayer la entonaron de nuevo para hilvanar el camino y se detuvieron bastante lejos de la mitad. Todavía queda mucho y el campo cada vez está más asurado. ¡Qué digo! Ni siquiera hay campo desde hace días, todo es arena. Las mañanadas no pueden ser más secas aquí, no hay escarcha que las blanquee, aunque haga mucho frío por la noche.

El chorro dejó de caer y Piojo extendió los brazos para apretar el zaque del agua, pero lo encontró fláccido.

—No aprietes, que no escullará más el odre, Caminante —dijo otra voz, esta de mujer mayor—. Pero presiento la cercanía de un pozo, porque ellos miran todo el tiempo fijamente en la misma dirección intentando atisbar algún rastro de vida, alguna señal de agua. El paisaje es siempre igual en estos desamparos. No hay matas ni piedras señeras que sirvan de guía. No me imagino cómo arrumban. Su canción debe de ser mágica.

—Más vale que te pongas en pie —apremió la voz de varón—. Si ellos piensan que no puedes seguir la marcha te despacharán aquí mismo. Caminante, nunca me había tropezado con alguien más socarrado que tú, ni más despeado, pero como sea tienes que levantarte y caminar; no serías el primero que ellos atestuzan delante de nuestros ojos sin piedad con la clava, o le rebañan el gargavero por no poder andar.

—Estaba en agraz cuando lo conocimos, esperemos que haya granado con este sol del desierto —fue el comentario de la mujer.

—Y que no se haya marrotado con las heladas de las noches —añadió el hombre.

Piojo trató de abrir los ojos, pero tenía los párpados pegados y no podía ver nada. Después de intentarlo con todas sus fuerzas sin resultado se llevó las manos a la cara para separar los párpados con los dedos. Entonces descubrió con angustia que estaban abiertos. Podía palpar las niñas de sus ojos. Nada se interponía entre sus pupilas y el mundo, pero tenía delante una negra cortina. Se había quedado ciego por completo.

—¿Quiénes sois? —preguntó Piojo, aunque las dos voces le resultaban algo familiares.

—De la tribu de Gata —contestaron ambas gargantas al mismo tiempo, como si se hubieran puesto de acuerdo.

—Y sabemos quién eres tú —prosiguió el hombre—, Caminante, lo que hiciste y la razón por la que te viste obligado a huir. Pero ¿quién te aconsejó cruzar el desierto? Desde luego nadie te iba a seguir por estos secarrales, y mirado así era la mejor forma de ponerte a salvo, pero tiene el inconveniente de que ninguno de los nuestros ha atravesado jamás los médanos, ni tampoco se le ocurriría hacerlo a una persona cuerda. No tenemos una Canción para el Desierto de los Demonios Danzantes, y no hay memoria de que nadie la poseyera en las generaciones anteriores. Y sin Canción no se puede hacer el camino. Nunca hemos sabido con certeza quién vivía al otro lado del desierto, ni si existía alguien. Teníamos la leyenda de los humanos que comen otros humanos, pero muchos pensaban que en las dunas se acababa el mundo y que no había más allá tierras, ni ríos, ni animales, ni plantas, ni estrellas, ni hombres.

—Pero desgraciadamente el mundo no se acaba en los barjanes del desierto, y hay hombres al otro lado —terció la voz cascada de la mujer—. Aunque llamarlos Hombres Verdaderos, personas auténticas iguales que nosotros, es demasiado decir. Son horribles de aspecto, aúllan como los lobos cuando gritan, graznan como cuervos cuando hablan y parecen salidos de una pesadilla. Son la imagen misma de la Muerte. Ellos sí que poseen una Canción para cruzar el desierto, y lo han hecho esta vez para atacarnos. Debe de ser muy nueva o muy vieja esa Canción, porque nosotros llevamos visitando la Roca desde los tiempos de los abuelos de los abuelos de los más viejos de nuestra tribu y nunca habíamos sufrido un ataque.

Piojo pensó entonces en Gata y se llenó de angustia. Su ánimo se encogió. El hombre siguió hablando con tristeza:

—Aparecieron de improviso los Inhumanos y nos esturrearon como si fuéramos una bandada de perdigones huérfanos. No llegamos a presentar ninguna resistencia y cada uno cortó hacia donde pudo para tratar de ponerse a salvo solo o con sus críos.

—Fue una matanza horrible, y vosotros corríais tanto o más que nosotras. Y aún más los jóvenes cazadores. ¡Qué vergüenza! —sollozó ella.

—No nos esperábamos un ataque desde el desierto, mujer. Los Inhumanos eran más y estaban bien organizados. Y, a mayores, se presentaron al alba.

—¿Y qué? ¿No habíais puesto centinelas, o los pilló dormidos la alborada, pedazo de inútil?

—Calla, mujer, cómo se ve que tú... Pasó algo muy raro esa noche. Había una luna enorme y muy blanca, acuérdate, rodeada de un enorme cerco negro que ocupaba la mitad del cielo. Nunca habíamos visto algo semejante. Y los lobos aullaban de una forma extraña, que metía miedo, como si se estuvieran llamando y organizando para un ataque. Y todos nos quedamos dormidos profundamente, supongo que también los centinelas, bajo aquella luz enferma.

Piojo los interrumpió, muy alterado:

—¿Y Gata...? ¿Le pasó algo a Gata?

—No lo sé —dijo el hombre.

—No lo sé —repitió la mujer—. Cada uno se preocupó solo de sí mismo y de los suyos. Hubo muchos muertos entre los nuestros, pero también muchos se salvarían, supongo, internándose en los espesares del bosque. Por muy bien que ellos buscaran, seguro que las brozas escondieron a la mayoría de los que ganaran el apretado del monte.

En ese momento se oyeron gritos desabridos en tono muy imperativo y Piojo sintió que cuatro manos amigas lo ponían de pie y lo empujaban. Él solo podía pensar en Gata y en la suerte que habría podido correr en el ataque. Se dejó llevar por sus desconocidos protectores, pero se tropezó en la negrura de su ceguera y cayó.

—¿Qué te pasa? ¿Es que no ves? —oyó gritar a su lado a una tercera persona.

Por fin veía bullir el agua y escuchaba su cristalino murmullo. Estaba muerto de sed y completamente solo. Había recuperado ya casi toda la vista y tenía enfrente un torrente. La corriente discurría alegre en el vado antes de despeñarse violentamente ladera abajo y encajarse en una umbría angostura. Piojo se echó de bruces y sació su sed dando grandes tragantadas; luego sumergió la cabeza y el pecho para refrescarse y se sintió revivir. Qué habrían hecho con los prisioneros, se preguntó entonces. Veía las huellas del grupo en la arena. Le habría gustado también saber cómo eran los enemigos que nunca vio y la pareja que le ayudó. No asociaba con caras las voces del hombre y de la mujer que le atendieron, pero luego escuchó a tres prisioneros más, todos hombres, que sí podía imaginar porque los conocía mejor. Los cinco eran supervivientes de un grupo bastante más numeroso de cautivos que había ido perdiendo miembros en el desierto. También llevaban, según le dijeron, a un muchacho de su misma edad, del que no llegó a oír otra cosa que gemidos. Estaba muy enfermo y le costaba mucho trabajo andar. Cuando no podía más lo transportaban sus compañeros de desventura a la espalda, turnándose, o cogido de los brazos y los pies entre dos personas cuando se aproximaba el final del día. Muchas veces habían suplicado por su vida a los captores, que estaban siempre dudando entre rematarlo para que no entorpeciera la marcha o dejarle sufrir mientras cargaran con él los otros desgraciados.

Cuando llegaron al oasis al que se dirigían las chorlas, tras las que iba Piojo antes de caer exhausto, la expedición hizo un alto. El sol estaba acostándose y los atacantes decidieron pasar la noche junto al agua. Había algunas plantas y la mujer mayor hizo con ciertas hierbas y raíces de juncos un ovillo que empapó en agua y luego exprimió sobre los ojos de Piojo. Este notó cómo las gotas refrescaban sus córneas resecas y enseguida le llegó desde la nariz su acre sabor.

—El ojo no está quemado, y se te curará poco a poco.

Pero los días pasaban y su vista no mejoraba.

Como sus pies estaban destrozados, durante largos trechos los hombres también cargaban con él. Caminaron dos semanas más por el desierto, y entonces creyó percibir sombras.

—Empiezo a ver contornos, pero aún no distingo siquiera los rasgos de tu cara —le dijo con alegría a la mujer mayor, que se había convertido en su protectora.

—Pues mantén el ánimo bien firme y no desfallezcas porque tu salvación puede estar cerca. Ya te dije que recuperarías la luz de tus ojos. Y entretanto yo he estado cavilando un plan para ti.

—Ah, ¿sí? ¿Cuál?

—Lo sabrás en su momento, cuando corresponda ponerlo en práctica.

Tres días después, a la atardecida, murió el otro chico. Los salvajes enemigos lo patearon hasta cerciorarse de que no quedaba vida en él. Nadie se ocupó del cuerpo durante la noche, y permaneció tirado, boca abajo, sobre la arena y entre los prisioneros, que estaban demasiado agotados como para honrar al cadáver con ceremonia alguna; a sus amos les fastidiaba perder un prisionero después de haberlo arrastrado hasta allí y no le dirigieron una sola mirada. Los captores se calentaban en fuegos y dejaban juntos a los seis prisioneros en la fría oscuridad. No los vigilaban muy estrechamente porque, aunque alguno escapara, ¿adónde iba a ir en aquel desierto, sin saberse la Canción y agotados como estaban todos?

—No sabemos lo que van a hacer con nosotros estos monstruos si llegamos vivos al otro lado del desierto —le dijo al oído la mujer a Piojo—, pero seguro que nada bueno. ¿Ves algo?

—Al mediodía, con la máxima luz, reconozco siluetas.

—Caminante, tienes una buena oportunidad ahora de probar fortuna. Tus posibilidades se me hacen escasas, pero albergo todavía menos esperanzas para nosotros. Pon la máxima atención, escucha bien, hijo. Hoy te han sangrado mucho los pies, y las bestias que nos llevan se han percatado. No tendría nada de extraño que mañana te tuviéramos que llevar un buen rato a cuestas. Así que cargaremos con el muerto, y tú te quedarás tumbado boca abajo en el lugar que él ocupa ahora. Os parecéis de espaldas lo suficiente, y, además trocaremos las ropas. Cuando estén dormidos, esta noche, haremos el cambio. Más adelante diremos que tú has muerto y nos desharemos del cuerpo del pobre muchacho, procurando que no le vean la cara. Espero que tengas vista suficiente como para hilvanar los rastros, aunque sea a cuatro patas. No creo que quede mucho camino porque la copla que canturrean es ya muy corta cuando se paran y además se les ve contentos y excitados, como si estuvieran a punto de llegar a su poblado. Por detrás de nosotros llegarás a los pozos y podrás beber cuando nos vayamos. Irás recuperando también la vista, y cuando llegues al final del desierto, al lugar en el que acampan ellos, si has sobrevivido, intenta hacer algo por nosotros. Eres nuestra única esperanza. Mucha suerte, Caminante.

—Os seguiré hasta donde os lleven si tengo fuerzas. Lo juro por lo más sagrado.

—Hay una última cosa, muchacho. —La voz sonaba tremendamente triste—. No te lo hemos dicho antes porque pensábamos que no te ibas a librar de la muerte y era mejor que no sufrieras en balde los pocos días que te quedaban. Pero ahora es posible que sobrevivas y tienes que saberlo. No hace falta que vuelvas jamás a pasar por esto, no tienes que atravesar el desierto otra vez. Gata está muerta. La vimos todos con la cabeza abierta y cubierta de sangre, junto a sus padres, muertos también. Lo siento mucho, pero quizás tengas una vida por delante. Procura olvidar.

Tercera parte

El regreso

Ojos Glaucos

Habían pasado cinco años desde que cruzara el desierto y ahora él estaba sentado contra un poste. Pero no podía levantarse e irse porque sus muñecas estaban atadas entre sí por detrás del madero con tiras de cuero, y además tenía las piernas estiradas y los tobillos sujetos a una estaca clavada en el suelo. Esos amarres apenas le dejaban moverse, pero por lo menos estaba incorporado y era capaz de ver lo que pasaba a su alrededor.

Se encontraba en el extremo de una muy amplia cabaña de madera, rodeado de guerreros de aspecto imponente que llevaban el cuerpo tatuado de la cabeza a los pies. Las figuras grabadas en la piel representaban seres monstruosos y terribles armados con garras, cuernos y colmillos. También había soles, lunas y signos que no era capaz de interpretar. Se adornaban con plumas que colgaban del pelo y collares de dientes y de garras. Muchos tenían la nariz, los carrillos, los labios y las orejas atravesados con huesos. Otros portaban máscaras coloreadas de rojo, amarillo, blanco y negro; estaban hechas de madera, de enea, de junco o de cuero, y sus rasgos recordaban a animales carniceros, como la marta, la nutria, el tejón, el glotón, el gato, el lince, el lobo, el oso o el león. Máscaras de fieras a las que las aberturas de los ojos y de la nariz o las muecas de su boca daban expresiones amenazadoras. Tenían aquellos guerreros un aspecto terrorífico y parecía obvio que ese era el efecto que deseaban producir; el de que pareciera imposible que fueran seres humanos como los demás.

La cabaña era la Casa de la Palabra de la tribu, el lugar donde se reunía el consejo que gobernaba a todos los clanes. Aunque dentro de la habitación no había mujeres ni niños, sus miradas curiosas se adivinaban a través de las paredes de troncos y turba. Además del rumor de sus comentarios apenas susurrados, como contrapunto le llegaban también alegres cantos de calandrias desde el exterior, que casi podía ver revolando y persiguiéndose.

La Casa de la Palabra era de planta rectangular, no tenía ventanas ni chimenea y se sostenía sobre dos troncos de enebro, uno en cada extremo. Lo habían atado a uno de ellos. Por encima del tejado vegetal, hecho de piornos, los postes estaban tallados en forma de cabezas de seres fabulosos, pintadas de colores, los tótems de la tribu. El suelo era tierra apisonada con una muy ligera caída hacia el lado en el que estaba inmovilizado. La pendiente no era ni mucho menos constante, sino bastante irregular, con baches y pequeños montículos. En el centro había un enorme hogar excavado en el suelo en el que ardían gruesas ramas de pino. El humo inundaba la estancia y se derramaba al exterior por los numerosos agujeros de las paredes y del techo, a través de los cuales el sol enviaba sus azagayas de luz, que acribillaban la cabaña.

El ambiente era mágico y espectral en aquel lugar, con las llamas en el centro de la estancia, los infernales guerreros agitándose y gritando presas de la excitación, el humo invadiéndolo todo y una constelación de puntos de luz en derredor.

En la pared contraria, al otro lado de la Casa de la Palabra, había una pila de cráneos humanos. Todos estaban decorados, aunque de maneras diferentes. Algunos habían sido pintados directamente, pero en otros casos al hueso lo cubrían tiras de corteza semejando piel. Las cuencas orbitarias las ocupaban remedos de ojos, como piedras de colores o bolas de madera pintadas. Pero ninguno conservaba restos de tejidos o de cabello porque las cabezas habían sido descarnadas cuidadosamente: primero se hirvieron en el agua contenida en una piel y calentada con cantos ardientes recién sacados del fuego, y luego los tendones se cortaron con cuchillos de piedra para separar los músculos y la lengua. La base del cráneo era la única parte donde el hueso estaba modificado: habían ampliado el orificio de salida de la médula para extraer los sesos. En el lugar del cuero cabelludo algunos cráneos llevaban un casco de color pardo tejido con fibras vegetales secas.

Sabía que le estaban haciendo un gran honor encerrándolo en esa cabaña con todos aquellos cráneos decorados. Era trágicamente halagador que considerasen su cabeza lo bastante importante como para formar parte de la colección, y se preguntaba por qué.

No creía posible que lo hubieran reconocido, después de tanto tiempo como había transcurrido desde la otra vez que pasó por allí.

No comprendía lo que decían sus guardianes, pero sus gestos eran bien elocuentes. Uno de ellos, que parecía ser el jefe por sus ademanes autoritarios, le señaló los cráneos que ocupaban la cima de la pirámide. Eran unos ejemplares muy adornados. Fijándose mejor, comprendió, por el diferente esmero puesto en la decoración de los cráneos, que la colocación de los mismos en la pila no era casual, y que cuanto más arriba estaban más importancia tenían.

El caníbal tomó los dos cráneos situados en lo más alto, uno en cada mano. Al que sostenía en su izquierda le habían querido dar un aspecto feroz. Varios de sus dientes faltaban y su lugar lo ocupaban los de una hiena. Entendió por los gestos y las inflexiones de voz del caníbal que se trataba de un gran enemigo de la tribu, quizás de un afamado jefe rival. En la escenificación de la historia intervenían cada vez más hombres y así pudo imaginarse mejor lo que le querían contar.

El jefe enemigo era muy poderoso y los guerreros le tenían mucho miedo. Poseía sin duda poderes sobrenaturales porque cuando lo tenían rodeado desaparecía. Esto lo fingía uno de los caníbales, que hacía de cacique enemigo, atravesando el humo de la hoguera, como si se esfumara. La niebla era, al parecer, su aliada, y por eso nunca lo conseguían atrapar. Finalmente, lograron sorprenderlo mientras dormía y entre todos lo acribillaron con sus lanzas.

Pero no fue posible vencerlo por medios naturales. Habían conseguido que se durmiera profundamente ganándose a la luna llena, a la que el jefe había ofrecido uno de sus propios niños, precisamente el único varón, que, por los gestos que hacía, todavía mamaba. El sacrificio había complacido a la luna grande, que con su luz plateada había mantenido al jefe enemigo paralizado, como muerto, sumido en un profundo sopor. Los caníbales representaban muy bien su pantomima y podía seguir sin problemas el hilo del relato. Un disco de corteza pintado con ceniza hacía de luna llena, y por las muestras de respeto que le dedicaban imaginó que era la divinidad principal de los caníbales. En aquella función, cuando la luna era elevada por los brazos de un guerrero, todos los demás aullaban a coro como lobos.

Después de matar a su enemigo se repartieron su cuerpo con gran alborozo. A un guerrero le dieron el hígado, a otro el corazón, a otro los riñones, los testículos fueron para otro, y la cabeza con los sesos le correspondió al jefe de los caníbales, aquel que tan grande sacrificio había hecho en beneficio de la tribu. Los demás guerreros se repartieron el resto del cuerpo.

A continuación el jefe se fijó en el cráneo de su mano derecha, que había ocupado antes la cima de la pirámide en difícil equilibrio sobre el de los dientes de hiena. Su expresión pasó súbitamente de la alegría más salvaje a la pena más honda. Comprendió por sus miradas y caricias que no se trataba de un enemigo, sino de un benefactor de la tribu, seguramente un antiguo jefe muy querido por todos, un héroe legendario al que, por el color añejo que presentaba el hueso, no habrían conocido ninguno de los presentes. Sin duda aquel cráneo se utilizaba en las grandes ceremonias, porque en muchas partes estaba pulido y brillante por el sobo recibido a lo largo de generaciones. Este cráneo no estaba pintado, sino como tatuado a base de incisiones en el hueso. Las figuras monstruosas que lo cubrían eran las mismas que llevaba el jefe en su calva y en su cara; claramente se había inspirado en ellas, aunque el color utilizado era el negro en el vivo y el ocre en la calavera.

El jefe y sus hombres interpretaron diversos episodios de la vida del fabuloso antepasado, al que atribuían poderes sobrenaturales. Abatía un mamut él solo, ponía en fuga a una manada de leones, acababa con la vida de media docena de guerreros enemigos, y en todo momento la falsa luna llena lo observaba y lo protegía desde las alturas del techo de la cabaña, donde la habían colgado. Dedujo que la lanza que portaba era un regalo de la diosa madre de los caníbales, y que tenía propiedades mágicas que la hacían infalible.

Aquel cacique mítico había recibido una revelación de la luna llena y se había convertido en el fundador de la tribu de los antropófagos. La Luz de los Muertos lo iluminó y, siguiendo sus sabias disposiciones, había establecido el rito de comer carne humana para asimilar las virtudes de los difuntos, fueran amigos o enemigos. Alguna gente lo siguió, pero a la mayor parte de su tribu le repugnó la práctica del canibalismo, por lo que el Fundador y sus partidarios fueron expulsados del campamento. Sin embargo, con la ayuda de su protectora celeste, los caníbales habían prosperado mucho desde entonces, y al final casi todos sus antiguos compañeros se habían unido a ellos.

Cuando el Fundador murió, sus seguidores practicaron con su cuerpo el ritual del vínculo, tal y como él les había enseñado, de modo que todos sus discípulos lo incorporaron a su propia persona, y cuando estos murieron a su vez, y fueron comidos, lo transmitieron a la siguiente generación, y esta a sus hijos, y así sucesivamente. El Fundador, decían los caníbales con sus gestos, no había desaparecido, sino que se perpetuaba en los miembros de la tribu. Todos eran él y él estaba en todos.

Cuando terminó de hablar, el jefe depositó los dos cráneos en lo alto de la pila con reverencia y cuidado para que no se cayeran; el del jefe enemigo abajo y el del mítico caudillo ancestral encima.

Desde que lo capturaron la noche anterior, en ningún momento lo habían cambiado de postura, ni desatado para comer, o siquiera aflojado las ligaduras; solo alguna que otra vez le habían dado de beber. Por la representación que había presenciado pensó que se aproximaba el momento en el que su cráneo pasaría a formar parte de la colección de la tribu. Quizás ocurriría al día siguiente. O tal vez le esperase una noche sin alba. Se preguntaba qué lugar ocuparía él en la bien clasificada montaña de cráneos-trofeo de enemigos admirados y de despojos de antepasados ilustres.

La entrada de la cabaña daba hacia donde el sol estaba empezando a caer. La puerta se abrió entonces una vez más y vio, solo con girar la cabeza, una figura a contraluz. Pero esta vez no se trataba de la silueta de un guerrero, sino del perfil de una joven mujer de figura espigada, larga y rizada melena rojiza y piel clara. Vestía un sencillo blusón de piel de venado, del mismo color encendido que su cabello, que le llegaba a medio muslo una vez ajustado a la cintura con un ancho cinturón de colores. Calzaba botas de ante con flecos. Era muy hermosa, o mejor, resultaba terriblemente seductora, y él no podía apartar sus ojos de ella. Cuando aquella mujer entró, los guerreros guardaron silencio, expectantes. Se movió con elegancia, ingrávida, hacia el poste contra el que se apoyaba y le dio la vuelta despacio, sin dejar de contemplar al prisionero con la mayor concentración. Un pliegue vertical le fruncía graciosamente el ceño. Cuando se situó a su espalda, aquella mujer le cogió las manos y escrutó las palmas. Asintió levemente con la cabeza como si confirmara sus sospechas. Luego se encaró con él:

—Hola, Estrellas en las Manos, has cambiado bastante desde que nos vimos —le dijo, y su tono era al mismo tiempo suave y firme. El surco del ceño había desaparecido y los labios dibujaban ahora una sonrisa burlona pero cariñosa. La voz de aquella mujer casaba perfectamente con su aspecto físico: era profunda, flexible y llena de intención. Parecía una prolongación de su cuerpo.

Él se sorprendió de que le hablara como si se conocieran, y de que además lo hiciera en una de las lenguas de los Pueblos de la Meseta. Pero la joven le repitió el saludo en media docena de lenguas más. Y daba toda la impresión de saber aún más.

La mujer esperó un rato para ver qué efecto producían sus palabras en el semblante del cautivo. Mientras tanto, permanecía en cuclillas con su cara a un palmo de distancia. Su expresión era serena e inteligente y estaba presidida por dos esmeraldas. Aquel rostro, y la estilizada figura, ahora plegada, daban a la mujer una gran autoridad. Pasaron unos momentos, en los que ella asistía divertida a las cavilaciones del prisionero, que se reflejaban en los gestos de la boca —se mordía el labio inferior— y en los movimientos erráticos de los ojos.

—¿Tan poco efecto te hice, o es que yo he cambiado aún más que tú? —Y la mujer soltó una sonora carcajada.

Él mostró extrañeza al oír esas palabras, pero luego cayó por fin en la cuenta y supo con quién estaba hablando.

—Hola, Ojos Glaucos, ya me acuerdo, pero cuando nos vimos tú eras poco más que huesos y unos enormes ojos verdes. Y fue solo un instante, unos pocos latidos, lo que duró nuestro encuentro. Y no cruzamos una sola palabra. Esta vez la mirada se me ha extraviado por las curvas de tu cuerpo y ha tardado en asomarse a esos dos ibones que tienes en la cara. Estás espléndida y es una pena que solo pueda mover la lengua en esta situación.

Él también se reía ahora francamente. Había olvidado lo dramático de su situación ante la perspectiva de jugar una partida de ingenio con su inesperado rival.

—Siempre tan galante, incluso en el poste y a punto de perder la cabeza... y el resto del cuerpo

—respondió ella mirando a la pila de cráneos de enfrente—. Ya veo que tu fama de poeta está bien justificada, Artista.

—Ojos Glaucos, tú sabes mucho de mí, pero yo no sé nada de ti, ni siquiera tu nombre. ¿Por qué me llamas Estrellas en las Manos? ¿Y cómo es que hablas tantas lenguas? ¿Eres la mujer de algún guerrero importante y por eso te han dejado entrar en la cabaña de los hombres?... Aunque tengo la impresión de que esta gente te respeta demasiado para ser simplemente la esposa de alguien. Por cierto, ¿qué hace una mujer tan lista como tú viviendo con estos animales? Cuéntame tus secretos, me muero por oír una buena historia y además no tengo nada que hacer esta tarde.

—Yo tampoco tengo prisa, y menos hoy, cuando por fin ha venido a mí la única persona con la que de verdad puedo conversar. Llevo cinco soles esperándote. Pero no hay mucho que contar sobre mi vida, y el nombre que me pusieron es lo de menos. Me gusta más el que tú me has dado, poeta.

»Siempre me sentí diferente de los demás. Mis preocupaciones eran otras, mis juegos distintos, mi idea del mundo no tenía nada que ver con la suya. Yo percibía cosas que les estaban vedadas a mis hermanos y a mis amigos. No me interesaba lo evidente, lo visible, sino lo oculto, lo misterioso, lo que no se puede atrapar con los sentidos. A los otros muchachos yo les parecía especial, pero no me rechazaban, porque era de carácter dulce y mi rareza no les inspiraba temor. Y nada cambió cuando me hice mayor. No es que el resto de la gente me parezca inferior, yo nunca me he creído más que nadie, sino que simplemente me aburren sus vidas repetidas, iguales a las de sus padres, y a las de los padres de sus padres. Idénticas a las que tendrán sus hijos y los descendientes de sus hijos. Por eso yo no me he casado. Hasta ahora no he encontrado a un igual.

—No me extraña nada.

—Soy lo que la gente llama una hechicera, pero yo no me considero tan fuera de lo común como se me suele ver. Simplemente tengo curiosidad por la naturaleza, y he descubierto algunos de sus secretos. Pocos en comparación con todos los que guarda, pero asombrosos para una persona normal que no sabe nada acerca de cómo funciona el mundo. También he viajado bastante, y por eso poseo muchos hablares, y me he encontrado a otras personas como yo de las que he procurado aprender. Siempre me han acogido bien en todas partes, porque los que somos diferentes no estamos enfrentados por las querellas que dividen a las tribus, y que, en realidad, son disputas de niños.

—¿Y tienes poderes extraordinarios? Me gustaría que me sorprendieras con algún buen truco.

—Dicen que los tengo, y puede que sea verdad. No van a estar todos equivocados. Cuentan que sé hacer bailar a las serpientes, y que cuando danzan para mí también los rayos culebrean en el cielo y rasgan las nubes para producir la lluvia si hace falta. Lo han visto. Y al igual que me obedecen las serpientes, también puedo dirigir los rayos hacia donde me plazca. Por eso me temen, porque puedo partir a quien quiera con uno.

—¡Vaya! ¡Con lo dulce que pareces y tienes veneno como las víboras!

—Y supongo —ella hizo como si no se enterase— que habrás oído que las hechiceras nos hacemos invisibles cuando nos da la gana, lo que, desde luego, puede ser una gran ventaja. El día más largo de todos, y precisamente con el último rayo de luz, nosotras las hechiceras recogemos, en los lugares oportunos y secretos, las flores de los helechos. Tú que eres tan listo y tan observador, ¿las has visto alguna vez?

—Pues no. ¿Y tú?

—¿Y entonces cómo crees que se multiplican estas plantas? Pues se trata de flores muy especiales, que son invisibles siempre, excepto en ese breve instante en que se despide el sol. Los helechos echan grana enseguida, por eso hay que darse mucha prisa en recolectar las flores, que van a la bolsa y dejan de verse, pero no de tocarse, y más adelante, en cualquier momento, la hechicera que se come una se vuelve invisible por un rato.

—¡Qué interesante!

—Ah, ¿pones cara de incrédulo? ¿Quieres que te haga unas demostraciones? ¿Con las culebras, con las flores mágicas o con las dos cosas?... Tal vez más adelante, pero ahora escucha.

—Soy todo oídos.

—Cuando nos encontramos tú y yo, hace cinco soles, te miré las palmas de las manos. En ellas hay siempre signos que ayudan a conocer a las personas y permiten anticipar lo que les espera. No porque ya esté decidido el camino que van a seguir sus vidas, sino porque cada uno suele aspirar a ser lo que es para sentirse a gusto consigo mismo. A la gente le impresiona mucho que le adivinen el porvenir, y mi habilidad para hacerlo me ha dado mucha fama, pero en realidad es muy fácil, basta con saber cómo es alguien para predecir lo que hará. Todo hombre debe acatar al que lleva dentro.

»Tú tienes las manos llenas de estrellas, Artista. El espacio que queda entre las líneas de las palmas parece el firmamento. Nunca había visto nada igual y no lo he vuelto a ver. Por eso supe que eres extraordinario y que ibas a dejar una huella imborrable de tu paso por la tierra. No dudes de que será así.

»He seguido tus pasos durante todos estos años y por eso sé que te llaman Artista. Hace cinco soles demostraste que eras el más listo, y pronto tendrás ocasión de dar pruebas de tu arte. Y dejarás un testimonio de tu talento que durará tanto como las rocas.

Él sonrió amargamente para sí, y murmuró:

—Lo que es yo, ni siquiera he cambiado nada en el arte del tatuaje, si es que se le puede llamar así. La gente quiere que repita siempre los mismos motivos. El ser humano es, sobre todo, tradicional.

—Todas las tradiciones las inició alguien —replicó la bruja—, y tú tendrás alguna vez tu oportunidad. ¿Qué otra pregunta me habías hecho, Artista? Mmm. Ahora recuerdo. Que por qué convivo con despreciables caníbales que son peores que bestias. Veamos. Para empezar te recuerdo que tú ya has probado la carne humana. ¿O es que no te acuerdas? Han pasado cinco soles pero no es una cosa para echar en olvido.

»Además, los caníbales no son peores que los demás pueblos que existen, y después de todo yo nací y me crie entre ellos. Y a mí no me van a comer... viva, mientras que si fuera de otro pueblo correría ese riesgo. Pero no, hablando en serio, la carne humana no forma parte de nuestra dieta. No cazamos habitualmente personas como si fueran cabras o ciervos.

—¿Ah, no? ¿No sabemos tan bien?

—A ver, ¿qué hacéis vosotros con las personas mayores o inválidas? Las dejáis atrás cuando estáis en movimiento para que acaben en el estómago de los lobos. Decís que se sacrifican por el bien de todos, porque no se puede detener la marcha del grupo en el yermo, y sabéis que algún día os tocará a vosotros quedaros solos en mitad del camino y presentar el cuello desnudo a los lobos para que acaben cuanto antes con vuestra débil existencia. El tiempo que dura una gran hoguera encendida, mientras mantiene alejadas a las fieras, ese es el plazo que os dais para repasar vuestra vida y prepararos para la otra.

»A vuestra manera, abandonar a los padres ancianos, o a un compañero herido o enfermo, se convierte en un acto noble que engrandece a la tribu y al sacrificado.

»Para nosotros, los feroces caníbales, vuestro comportamiento es espantoso, y nunca dejaríamos a un ser querido abandonado a las garras y a los colmillos de las fieras. Cuando nuestros padres se hacen mayores llamamos a nuestros amigos de otro campamento para que se los lleven. Por el camino los matan, cuando están confiados, de un golpe de maza por la espalda, sin que sufran, y se llevan sus cuerpos. Honran luego a nuestros padres asimilando su sustancia y haciéndola propia, y nos devuelven sus calaveras limpias para que las conserven sus hijos y puedan comunicarse con ellos y recibir sus consejos y su ayuda mientras vivan.

—Pues yo os puedo dar todos los consejos útiles que queráis, pero estando vivo. Muerto soy poco hablador.

—Calla. Y si lo miras bien, comernos su carne es nuestra manera de honrar a nuestros enemigos vencidos, en lugar de dejar que sean pasto de las hienas como hacéis vosotros. ¿No tenéis acaso un cuento en el que los pájaros, después de presenciar una batalla, comentan muy sorprendidos que los seres humanos son unos animales muy extraños, porque se asesinan entre ellos y ni siquiera aprovechan la carne de los muertos? ¿Qué, Artista, no te parece que digo la verdad?

Él contestó, socarronamente:

—La verdad depende de quién la cuente. Y con esos ojos que te gastas, a ti hay que creerte siempre. Vaya, me parece que me has convencido por completo, voy a solicitar que me admitan los caníbales en su noble tribu. A fin de cuentas, yo ya he probado la carne humana, ¿no? Aunque, ahora que caigo en la cuenta, ¡cómo me van a aceptar entre los comensales si yo soy la comida!

La hechicera aceptó el cumplido con una sonrisa y siguió:

—No seas cínico, Artista, que tú también tienes ojos de decir la verdad. Pero ya termino con la historia de nuestra tribu. Hace ya varias noches salió una expedición de guerreros para atacar al pueblo de los

Hombres Águila, que vive al otro lado del Desierto de los Demonios Danzantes, en una montaña enorme y llena de cuevas que llaman la Roca. Es una tribu muy saludable a la que ya atacamos hace cinco soles, cuando tú pasaste por aquí la vez anterior. Pero no ha bastado con incorporar su carne a la nuestra para alejar la enfermedad que nos hace trastabillar y sucumbir.

El cautivo se sobresaltó al oír la noticia y abrió la boca para decir algo, pero la hechicera, con un enérgico gesto, le mandó callar hasta que terminara con su explicación.

—Nuestro pueblo, a pesar de su terrible fama, es pequeño, y por eso estamos expuestos a que cualquier calamidad acabe con todos. Y últimamente nos ataca un misterioso mal que se lleva muchas vidas por delante. La gente se debilita y pierde el equilibrio y luego muere. Es una desgracia que amenaza con erradicar nuestra raza. Nadie conoce la causa, y si el muerto es un varón ocurre a menudo que la familia la toma con la viuda. Supongo que esto no te sorprenderá mucho, ¿verdad? De todo tenemos siempre la culpa las mujeres. De los males extraordinarios y de los cotidianos.

»Pero como la maldición solo parece afectarnos a los caníbales, y no a nuestros enemigos, yo he propuesto que dejemos de comer la carne humana por lo menos durante un tiempo, y que nos limitemos a limpiar y conservar los huesos de nuestros muertos y los de nuestros enemigos más valerosos, despreciando los músculos y los sesos.

—¿Quiere eso decir que no me vais a comer? Yo

no soy vuestro enemigo. Pero, no sé por qué, me malicio que va a haber festín a mi costa y que terminaré socarrado.

—Aciertas, pero es una pena que se eche a perder un mozo tan garrido. Tu cerebro, amigo, va a ser el último que se consuma en mucho tiempo, y por eso te preparan una ceremonia especial. Espero que la aprecies. Aunque lamento decirte que yo no lo probaré; nunca he querido gustar la carne humana. Ya ves, soy la rara entre los raros.

—Me hace mucha ilusión ser tan importante y tan recordado el día de mañana —contestó él, en el mismo tono zumbón—, pero háblame de la expedición de caza a la Roca. Si ya no os coméis a la gente, ¿para qué cruzáis el desierto? Más motivos tienen ellos para la lucha, después de lo que les hicisteis hace cinco soles, que vosotros.

La hechicera habló entonces con tristeza:

—Ellos no pueden vengarse de nosotros, por mucho que lo deseen, porque no conocen la Canción para cruzar los médanos, y sin ella es imposible atravesar el desierto. Nadie lo ha conseguido nunca, ni siquiera tú, acuérdate. Pero no es por una cuestión de rivalidad por lo que los atacamos otra vez, aunque siempre estaremos más seguros si nuestros vecinos nos temen y nos respetan, y renuncian a pasar el desierto. El miedo a nuestros tatuajes y nuestras máscaras, y la repugnancia que les producimos por el hecho de ser antropófagos, es lo que ha permitido hasta ahora la supervivencia de un pueblo pequeño como el nuestro y rodeado de enemigos. Pero esta vez el motivo es diferente. Es una cuestión de vida o muerte.

—¿Y no puedes alejar tú la peste? ¿No eres tan buena saludadora?

—Me temo que no alcanzan mis saberes tan lejos. Necesitamos mujeres. Nuestra raza declina a causa de la maldición y nos hace falta sangre fresca. Los guerreros han partido para conseguir esposas con las que asegurar el mañana de la tribu.

El cautivo creyó llegado su momento de hablar.

—Esa es también la razón por la que me puse yo en marcha y vine aquí. Tuve un sueño en el que vi con toda claridad que Gata estaba en la Roca y que luchaba contra muchos guerreros desesperadamente y yo acudía a salvarla. Y esos hombres llevaban las máscaras y los tatuajes de tu tribu. Como sabes muy bien no conozco la Canción, y por lo tanto no puedo atravesar los arenales, me es del todo imposible, pero una vez, hace cinco soles, tuve un sueño tan especial como este, que luego se cumplió. Y ahora me dices que los guerreros de tu tribu marchan hacia la Roca, y compruebo que por segunda vez he soñado bien porque los atacantes no querían matar a Gata, sino capturarla viva.

La hechicera se asomó con curiosidad a los pozos de sus ojos y murmuró, seria:

—El sueño todavía sigue ahí.

Al inclinarse la mujer para mirar el fondo de sus pupilas, él vio de cerca sus ojos glaucos y se preguntó si sería cierto lo que se decía de las hechiceras: que las niñas de los ojos de esas mujeres especiales crecían y menguaban con los ciclos de la luna, como también se contaba que les ocurría a los gatos. Aquella noche había luna grande y los discos verdes que lo escrutaban le parecieron inmensos.

—Pues ya me dirás cómo se va a realizar la parte del sueño en el que tú salvas a esa Gata. Supongo que se trata de alguna antigua amiga tuya que te ha dejado trastornado. Sé hacer un ungüento de bulbos para combatir el veneno de la víbora, pero me parece que tu picadura es incurable —continuó la hechicera, ahora con un tono divertido.

—No tengo ni la más remota idea, pero a lo mejor tú sí. De todos modos, y sin contar con el insuperable problema de cruzar las dunas, ya sabía yo por experiencia que suponía un enorme riesgo pasar por aquí, pero no hay otro modo de acercarse al Desierto de los Demonios Danzantes. He viajado por las noches, y me he escondido durante el día. Ayer llegué hasta vuestro bosque pintado, pero me sentía protegido porque la luna estaba profundamente hundida en la negrura de las nubes. Lo pasé y salí a terreno despejado. Marchaba plenamente confiado hasta que de pronto, en un instante, el cielo se limpió misteriosamente y me encontré rodeado de enemigos a plena luz de la luna grande. Todo fue tan rápido que no me dio tiempo a reaccionar, aparte de que me pesaban los brazos y me sentía como paralizado, sin fuerzas.

La mujer intervino:

—Artista, la Luz de los Muertos es nuestra aliada, y nosotros somos su pueblo. Yo supe, también por un sueño, que volvías a pasar por donde lo habías hecho cinco soles antes, y te tendí la trampa con la ayuda de nuestra Madre Luna. Me moría de ganas de conversar contigo... y tengo una proposición que hacerte.

Él gruñó:

—Habla, la consideraré con el mayor interés; francamente, no tengo muchas ofertas en este momento.

La atractiva bruja continuó como si no hubiera oído el sarcasmo:

—Tú y yo somos especiales porque nacimos distintos de los humanos que nos rodean. Una vez, en uno de mis viajes, conocí a una tribu que tampoco era como las otras. Para empezar saludaban sacando la lengua, lo que al principio me resultó muy cómico, aunque terminé olvidándome. Todas las costumbres les parecen normales a los que las practican y extravagantes a los demás. Nosotros enseñamos la palma de la mano diestra para mostrar que no vamos a atacar con la pica ni a lanzar la azagaya, pero su gesto quiere decir que no nos van a morder, o sea, que no son fieras sino humanos.

—Lo recordaré si me los encuentro —contestó irónicamente el prisionero, mientras se preguntaba adónde quería ir a parar Ojos Glaucos.

—¿Piensas viajar mucho sin tu cabeza? Bueno, me estoy yendo del tema y a ti no te sobra el tiempo. El caso es que venían de muy al norte, y se dirigían poco a poco hacia aquí porque decían que su mundo se estaba helando y que ya no podían seguir viviendo como antes. Espero que tengan suerte en su largo viaje y que algún día los veamos llegar y los dejemos establecerse entre nosotros.

»Me contaron que en su país el paisaje era siempre igual y al mismo tiempo siempre cambiaba porque era plano y estaba cubierto por la nieve. No existían montañas ni árboles que obligaran a levantar la vista. No había rocas, la tierra era blanda, no tenía esqueleto. Eso hacía que su mundo fuera siempre el mismo. Pero la nieve y el viento cambiaban la piel de la tierra de un día para otro, y lo que ayer era un montículo hoy se convertía en una vaguada y al revés. Por mucho que viajaran por aquel territorio nunca encontraban un hito fijo que les sirviera de referencia. El cielo no tenía una sola grieta en el horizonte. Sin señas que arrumbaran solo podían fiarse del sol para ennortarse y, por la noche, de la estrella fija. Y si había nubes...

—¿Y el viento? ¿No había uno dominante?

—No, porque cambiaba constantemente. A causa de la ausencia de piedras señeras a su alrededor, aquella extraña tribu no tiene dioses concretos, con nombres, con vidas, como son los de los demás pueblos. O mejor dicho, no tienen historias de la creación del mundo, porque no existe nada permanente en el paisaje en lo que apoyar los relatos. Carecen de canciones para entender el paisaje, porque no hay ríos, ni montañas, ni cuevas, ni árboles, en los que hayan ocurrido sucesos importantes en tiempos ancestrales, cuando la tierra se estaba construyendo. No pueden ver la huella de los seres antiguos, el resultado de su acción. Su mundo es plano e inestable, porque está hecho de nieve y de viento, no de roca como el nuestro.

»Y como no conocen espíritus creadores cuyas historias contar, tampoco precisan de chamanes que los invoquen. No tienen a quién acudir en demanda de ayuda, pero tampoco nadie a quien temer. Y no necesitan ponerse en manos de intermediarios porque nunca se dirigen a los dioses para que intervengan en los asuntos prácticos y cotidianos de los miembros de la tribu.

—Eso que salen ganando.

—Pero no quiere decir que se trate de un pueblo zafio y sin espiritualidad. Al contrario, son la gente más sensible y creativa que he conocido jamás. En lugar de chamanes hay entre ellos unas personas, hombres y mujeres, a las que llaman Soñadores. Son personas que miran hacia dentro de sus propios corazones, y los de los demás. A falta de dioses cuyos signos interpretar para adelantar el mañana, ellos tienen sueños, visiones, las más de las veces cuando están dormidos, y en ocasiones excepcionales mientras están despiertos. Esas visones son las que guían a la gente en sus vidas, porque no tienen modelos que imitar.

»No se es un Soñador por herencia familiar, ni supone ninguna ventaja práctica serlo. Simplemente se saben diferentes y se reconocen y comunican entre ellos de una forma misteriosa, incluso a través de las inmensas distancias de su interminable mundo.

»Tú y yo somos Soñadores, Estrellas en las Manos, y los dos lo sabemos. He aquí mi propuesta: quédate a mi lado y yo conseguiré que mañana mi gente no te coma. Te salvaré la vida a cambio de que la compartas conmigo. Siempre me he sentido muy sola y es porque nunca he estado con alguien que me entendiera. Por fin te he encontrado, por fin nos hemos encontrado, Estrellas en las Manos. Estamos de suerte.

Él la miró con tristeza.

—Me parece que no me has escuchado, Ibones en los Ojos. Yo he venido aquí para cruzar el Desierto de los Demonios Danzantes. Si no me pongo en camino esta noche, nada me importará mi vida. Así que podéis disponer de ella como os plazca. He mencionado el nombre de una mujer, Gata, y es solo ella quien me hace soñar. Tengo que ir a su encuentro.

»Pero no te sientas despreciada, amiga mía, porque de verdad que eres única. Tu proposición es tentadora y me siento honrado, pero no puedo aceptarla de corazón. Además, ¿te parece digno que salve mi vida atándome a una mujer? No es amarrado a un poste como deberías haberme cortejado, no me tases tan bajo. Esa propuesta tenías que habérmela hecho estando yo libre y con la lanza en las manos.

La hechicera se echó a reír con tanta alegría y despreocupación que todos los presentes, que seguían con atención la conversación, aunque no entendían nada de lo que se decía, se rieron también con grandes aspavientos.

Luego su expresión cambió y habló muy seriamente. La tarde iba avanzando y la oscuridad se apoderaba del interior de la cabaña. Cuanto más débil era la luz y peor se distinguían sus rasgos, más brillaban las esmeraldas de la cara, igual que si tuvieran luz propia. Aquella mujer poseía una belleza que no parecía de este mundo. Atado como estaba al poste, sentía el vértigo de los pozos verdes de sus ojos y experimentaba con fuerza el deseo de precipitarse en ellos.

—Estrellas en las Manos, hay otra cosa en la que

ese pueblo del norte de que te hablé cree, y de hecho es su única creencia verdadera, aunque yo no acierto a entenderla. Ellos dicen que todo lo que le pasa a la tierra se queda grabado en ella, que nada se pierde en realidad, que todo permanece. Que la tierra tiene memoria y conserva el recuerdo de cuanto acontece, como si se acordara de ello. Es como si las huellas en la arena no se borraran jamás.

»Y creen también, por eso mismo, que algún día vendrá alguien que recuperará nuestra historia. Y que cuando ya no haya renos, ni bisontes, ni mamuts, ni uros, ni caballos, ni cabras, ni leones en este territorio que ahora pisamos, alguien averiguará que lo han habitado. Y aunque los glaciares desaparezcan, y el hielo del invierno se funda en los días largos de los soles altos, vendrá alguien que reconocerá en las rocas el correr del antiguo hielo.

»Y esas personas especiales que existirán dentro de incontables generaciones y que reconocerán nuestra historia en las señales que permanecerán, sin duda serán Soñadores como nosotros, el mismo tipo de Soñadores, aunque los llamen de otra manera. Serán personas diferentes, como tú y yo, que se harán preguntas acerca de lo que no es visible, de lo que está oculto, y descubrirán los secretos de la naturaleza.

—¿Y cómo será eso? —dijo él, pero esta vez preguntaba de verdad, no se estaba riendo de las palabras de la mujer; su tono no era sarcástico, sino ingenuo, casi infantil.

—No lo sé, Estrellas en las Manos. Ellos creen que en lo más crudo del invierno las palabras que se pronuncian se congelan en el aire, como el agua, como el aliento que sale de la boca y se hace humo, y así se conservan durante todo el invierno, hasta que en la primavera se funden los hielos y entonces pueden escucharse si se presta la debida atención. Supongo que de alguna manera lo que hacemos y decimos también quedará congelado en el tiempo. Pero no para siempre.

De pronto el cielo se incendió fuera y la cara de la mujer se volvió carmesí. Miró al hombre atado al poste con una mezcla de cariño y de compasión y terminó, solemne:

—Pensando en que nuestras vidas serán conocidas algún día voy a ayudarte para que quede memoria de que no todo era malo entre los caníbales. Usaré mis poderes y esta noche te liberaré para que puedas reunirte con tu Gata; aunque ello vaya en perjuicio de mi propia gente, sé que no cambiará nuestro futuro, para bien o para mal. Ten confianza y no desesperes, porque algo prodigioso va a ocurrir. Pero no lo será más que tu amor por una mujer que no ves desde hace cinco soles.

Y la hechicera se levantó sin esperar respuesta alguna. Con ella se fueron todos, excepto un guerrero que dejaron de guardia junto a la puerta, dentro de la cabaña.

Poco a poco la luz roja del atardecer se fue apagando y acabó llegando la noche. Al principio todo estaba oscuro dentro y al preso le llegaban desde fuera los gritos de los caníbales que comían y se reían en el campamento. Él estaba en la casa comunal, la Casa de la Palabra de la tribu donde se reunían los hombres para hablar y celebrar consejos. Era la más grande y la construían entre todos. Las viviendas particulares eran simples chozos en los que apenas cabían los miembros de la familia a la hora de dormir. El fuego lo solían encender fuera cuando el frío no era excesivo.

Luego cesaron las voces, pero la cabaña se iluminó con una luz espectral, la blanca Luz de los Muertos. Mil luciérnagas se encendieron en las paredes y en el techo. A través de los agujeros que daban antes paso a los rayos de sol se colaba ahora la tétrica claridad de la luna. El cielo estaba completamente raso. Aún tenía mucho tiempo para meditar sobre cómo se había tropezado con los comedores de hombres por segunda vez en su vida.

El segundo sueño

Porque había sido precisamente a aquel mismo lugar adonde había llegado cinco años antes, huyendo de los Enemigos de la Luz, después de que él matara a su implacable rival Cielo Encendido y de que su amigo, su hermano, Viento del Norte le retirara su ayuda y lo tomara por mentiroso.

Cuando cruzaba el desierto desde la Roca solo el recuerdo de Gata lo sostenía, y desde entonces la lumbre de la esperanza no se había extinguido jamás. Estaba seguro de que, fuera lo que fuese lo que Viento del Norte le hubiera contado, Gata no habría dejado de creer en él en los pocos días que pasaron desde su marcha hasta el ataque de los comedores de hombres. Habría muerto, seguro, amándole y pensando en él. *Sabía* que Gata lo amaba. En aquel preciso momento, en algún lejano lugar, *al otro lado de la niebla*. Del mismo modo que *sabía* que Gata lo amaría siempre, también *sabía* que él la amaría a ella mientras tuviera vida, y aun después de la muerte.

Le hubiese gustado mucho volver y visitar su tumba, pero era imposible cruzar el Desierto de los Demonios Danzantes sin poseer la Canción. Lo sabía muy bien por experiencia. Si no lo hubieran encontrado los caníbales, estaría muerto. Ellos eran los únicos que sabían cantar, en su extraña lengua de pájaro, la Canción.

Conservaba el recuerdo de Gata con total nitidez, sin que ninguno de sus contornos se hubiera vuelto borroso, como si la acabara de dejar, como si no hubiera pasado tanto tanto tiempo. Como si la imagen de Gata estuviese tatuada en su alma. Y porque sus rasgos físicos y de carácter le recordaban tanto los de ella, no podía odiar verdaderamente a Viento del Norte. Al hermano que lo había enviado a la muerte.

Los primeros años la veía casi continuamente en el interior de su cabeza, con su pelo corto, negro y liso, con sus ojos rasgados, con su piel trigueña, con sus formas graciosas y redondas, con su ropa sencilla y sin adornos, con sus movimientos flexibles, fáciles y armoniosos como los del animal de su nombre, el nombre más bello de todos.

Gata sonriendo pícaramente, con la boca y los ojos; Gata enseñando su dentadura perfecta en la explosión de júbilo y de felicidad de una carcajada; Gata seria mirándole de hito en hito; Gata enfadada echando chispas por los ojos; Gata sentada en el suelo con los brazos rodeando las rodillas; Gata caminando entre las altas y doradas hierbas de la estepa en el verano; Gata absorta, transportada y ajena en la cueva con una antorcha en la mano, como un espíritu de las profundidades de la tierra; Gata bailando y moviendo las caderas; Gata abrazándolo; Gata acariciando su cabello y él descansando la cabeza en el regazo de ella; Gata besándolo...

¡Sus posturas! Le encantaban las formas de Gata, pero lo trastornaban sus posturas. Ninguna mujer podría jamás comer, ni sentarse, ni mirar, ni andar, ni reír, ni dormir, ni hablar, ni mucho menos besar o abrazar como lo hacía Gata.

Las entrañas le dolían cuando la recordaba, en mil momentos y actitudes diferentes, y creía volverse loco. ¡Unos pocos días de convivencia habían podido producir imágenes suficientes para llenar toda una vida!

Por las noches era mucho peor, pero no a causa de los profundos y dulces sueños en los que la veía y disfrutaba de su compañía sin que nada empañara esos instantes de felicidad, sino por aquellos otros momentos de duermevela en los que la frontera entre la realidad y la fantasía se difuminaba y lo soñado parecía estar, físicamente, al alcance de la mano. Entonces buscaba angustiosamente a Gata y se revolvía igual que un jabalí herido sin poder encontrarla, pese a tener a flor de piel la sensación, punzante, de que ella estaba allí, a su lado. Era luego, cuando se disipaba completamente la niebla del sueño y podía ver con claridad que estaba solo, cuando más se desesperaba y maldecía su suerte. Únicamente en alguna ocasión que otra en la que enfermó gravemente y el fuego lo consumía, la impresión de estar con ella era tan fuerte que después del delirio se sentía confortado y agradecido a los espíritus que le habían enviado la fiebre y con ella a Gata.

Gata no podía haber cambiado *al otro lado de la niebla*, y se la imaginaba como una adolescente que solo era un proyecto de mujer. Su pelo ya sería para siempre corto, su boca llena de dientes, su carne turgente y su piel tirante, su talle breve y su sonrisa pícara e inocente al mismo tiempo.

No se daba cuenta de que él ya no era el mismo. Se había convertido en un hombre, y su piel era más áspera y sus hombros más anchos y sus músculos más duros y más marcados, y una barba entre rubia y rojiza le ocultaba el rostro; aunque el pelo crespo seguía siendo castaño, ahora le cubría el cuello. Y sobre todo, andaba, respiraba y hablaba de una manera completamente diferente.

Tenía un soberbio aspecto, esbelto y fuerte, la representación viviente de un hombre seguro de sí mismo. Parecía alguien capaz de conseguir cualquier cosa que se propusiera. Pero la dulzura de sus ojos pregonaba que todo lo que perseguía eran sueños.

Eran su semblante y su voz graves, y pese a que cantaba y recitaba con maestría sin igual las canciones y versos que él mismo componía, y que hacían las delicias de las muchas mujeres que lo escuchaban suspirando, nadie lo había visto reír nunca completamente despreocupado. Las letras eran pícaras, o risueñas o festivas, pero la música sonaba melancólica. Y asomaba a veces un destello triste en su pupila que lo hacía todavía más misterioso y encantador.

Y seguía sin tener un Nombre Verdadero. Había olvidado ya el de Piojo, y no pensaba en sí mismo con ese nombre, ni se llamaba a sí mismo con esa palabra. En realidad, no se daba ningún nombre cuando hablaba interiormente. Lo conocían como el Artista, como le había recordado esa mujer, pero el nombre que escuchaba más veces era otro: forastero, extranjero, extraño. Y era sin duda el que más le convenía, porque solo había pertenecido en su vida a una tribu y a un territorio, que se llamaban Gata.

Necesitaba visitar el lugar donde Gata reposaba, porque esperaba que así su espíritu encontrase algo de paz en los años que le quedaran antes de *atravesar la niebla*. Se imaginaba la escena y eso le hacía sentirse bien. Pero era imposible cruzar el Desierto de los Demonios Danzantes sin conocer la Canción.

Cuando cruzó el desierto, cinco años antes, dejando atrás los chorros de polvo de los Demonios Danzantes girando y moviéndose sin rumbo como enajenados, y sin atreverse a mirarlos para no volverse también él loco, estaba exhausto y medio muerto de hambre y de sed. Las tierras a las que llegó siguiendo las huellas de los caníbales y de sus víctimas eran empinadas y verdes. En los fondos de los valles había árboles y corrían ríos caudalosos. Bebió en un torrente y sintió instantáneamente un gran alivio. El rastro de huellas que pasaba por el vado lo llevó, dos días más tarde, hasta un bosque de altos pinos despejado de brozas. Un sendero hecho por muchos pies penetraba en él. A la entrada del pinar había tres filas de lanzas clavadas, apuntando hacia el viajero amenazantes, como si quisieran invitarle a volver sobre sus pasos. Las rodeó y siguió andando. Pronto se sintió observado por docenas de ojos enormes, blancos, rojos y negros, que se movían y lo seguían con la mirada. Estaban pintados en los árboles y cada uno se componía de muchos trazos que pasaban de un tronco a los vecinos. Había también líneas rectas y curvas que componían conjuntos que cambiaban de forma cuando se acercaba a ellos. El bosque estaba animado, o embrujado, y sintió miedo, pero supo que entraba en un territorio habitado y siguió, alerta y desasosegado; tenía que encontrar a la gente que le había ayudado en el desierto.

Al rato de salir del pinar, aliviado, vio un campamento lleno de actividad y de hombres profusamente tatuados. Por prudencia se mantuvo oculto un tiempo, espiando, y luego empezó a acercarse. Necesitaba urgentemente hacerse con alimento para no perecer de inanición. Hasta ese momento todo lo que había podido conseguir eran algunas moras y bayas, junto con alguna que otra fresa. Tenía que mantenerse vivo para poder seguir amando.

Estudiando el campamento, sin atreverse todavía a entrar, descubrió con repugnancia lo que se cocinaba. El bullicio era grande, como si fueran a celebrar algo muy importante. Fijándose vio que de unas grandes hogueras sacaban, con la ayuda de unos largos palos que utilizaban como pinzas, unas piedras aplanadas que tenían puestas al fuego. Forraron luego con las losas calientes tres hoyos alargados que habían excavado en la tierra y, a continuación, para su horror, depositaron cuerpos humanos descuartizados en el fondo del horno, los cubrieron de hojas, pusieron una nueva capa de despojos humanos y la taparon con un techo de lajas recién traídas del fuego. Echaron tierra encima y la cubrieron con una hoguera baja, para producir brasas.

En un extremo del poblado había una gran cabaña comunal, la misma en la que se encontraba él ahora. Los guerreros entraban y salían de ella. Supuso que podría encontrar alimento dentro, que tal vez hubiera una despensa bien provista de caza si tenía suerte. Necesitaba urgentemente comer algo para recuperar las fuerzas.

Pero ¿cómo moverse por el poblado de los caníbales? En un relámpago iluminador concibió la idea de disfrazarse de uno de ellos. Como tenían el cuerpo completamente tatuado todos le parecían iguales. No podía tatuarse en un instante, pero sí podía pintarse las figuras que representaban los tatuajes, y esperar que nadie se diera cuenta. Confiaba en que, a cierta distancia, la pintura y el tatuaje no resultaran muy diferentes. Muchas veces, jugando, había utilizado una mezcla de carbón, savia de algunas hierbas y agua para fabricar una tinta, bastante persistente, con la que pintar falsos tatuajes a los niños, que todavía no tenían edad para recibir el honor de ser marcados para siempre con el punzón. Contaba con todos los elementos necesarios a su alrededor.

Por otro lado, había observado que muchos de los caníbales se saludaban, enseñando la palma de la mano derecha, como si no se conocieran y que el número de los reunidos era mucho mayor que el que cabía esperar por la cantidad de chozas visibles. Las cenizas y leños quemados de grandes hogueras situadas en el exterior del campamento confirmaron su sospecha de que para la ocasión habían acudido miembros de otras bandas de la misma tribu caníbal, y que habían dormido al aire libre. Se sintió más seguro entonces. No lo descubrirían por ser un forastero siempre que su falso tatuaje fuera creíble.

Se acercó a los restos de una de las hogueras extinguidas de los invitados, la más alejada de la zona donde en ese momento se concentraba la mayoría de los caníbales, alrededor de los hornos, para disfrutar del macabro festín. Tomó un carbón, lo molió y lo disolvió en un minúsculo charco de agua que había en una roca, en el que aplastó las hierbas, y con una pluma que encontró prendida en un arbusto se pintó en el cuerpo, con toda la pericia de la que fue capaz, una imitación de tatuaje. Cubierto con él creyó algo más en su plan, pero no demasiado.

Se enfrentaba al gran problema de que no podía falsificar el tatuaje en la zona de la espalda y en la cara, ya que no tenía modo de verse esas regiones de la piel mientras se pintaba las figuras, pero procuró taparse por detrás con las pieles que llevaba por vestido, y que habían pertenecido al muchacho muerto durante la caminata de los cautivos por el desierto. El muchacho de su misma edad que con su muerte le había salvado la vida. Cortó también un trozo de una de las pieles y se fabricó una máscara sostenida con un precario armazón de ramas. Luego la decoró a conciencia y quedó satisfecho del efecto. Impulsado por la desesperación y por el hambre se dirigió a la cabaña grande. El corazón se le salía por la boca cuando vio venir de frente a uno de los caníbales. Le temblaban tanto las rodillas que temió desplomarse, pero bajó la cabeza y siguió adelante. Cuando se cruzaron, el caníbal ni siquiera lo miró.

Atravesó por fin la puerta de la cabaña. Lo tranquilizó la oscuridad que reinaba dentro, pero enseguida le puso los pelos de punta el espectáculo que vio. Un cadáver humano en avanzado estado de descomposición yacía sobre una plataforma levantada sobre el suelo, por cuatro patas, hasta la altura de los hombros de una persona. El aire de la habitación estaba cargado de un espeso hedor. El cadáver llevaba una espléndida máscara de madera y el cuerpo estaba cubierto de flores. El banquete caníbal se celebraba en su honor. Debía haber sido un gran jefe. Los jugos orgánicos producto de la putrefacción chorreaban por los postes y aquellos que parecían ser sus familiares los lamían con muestras de profundo respeto.

Había una mujer mayor atada a un poste por una soga apretada al cuello, que parecía la viva imagen de la desesperación. Como si le reprocharan la muerte del gran jefe, los que rendían tributo al difunto le escupían o la golpeaban. Debía de ser la viuda. Había llegado a tal punto de embotamiento de los sentidos y de insensibilidad ante el dolor que ya no reaccionaba frente a bofetadas y patadas. Su semblante era completamente inexpresivo.

Para espanto del falso antropófago fue invitado a beber de un cuenco de madera que contenía un líquido nauseabundo exudado, supuso, del muerto, y eso resultó demasiado para él. Haciendo como que no se percataba de la invitación —no habría podido rehusarla sin ofender gravemente a los deudos— salió de la cabaña poseído por el asco. Junto a unos arbustos lo acometieron unas náuseas que sacudieron todo su cuerpo, pero que no arrojaron nada fuera de él, ya que el estómago llevaba mucho tiempo vacío. Se encontraba en un estado de debilidad extrema, mareado y a punto de desmayarse. Tenía que recuperar fuerzas como fuese o perecería allí mismo y pasaría a ser parte del festín.

Alguien a su derecha lo tomó por el hombro y lo llevó al centro del poblado, donde estaban los hornos en los que se asaban los cuerpos humanos. Él seguía mareado, y apenas se enteraba de nada. Se sentaron y otra persona, situada a su izquierda, le pasó un buen trozo de carne envuelto en hojas de acedera. No se lo pensó dos veces y le clavó los dientes como si le fuera la vida en ello. Y es que en realidad la vida se le iba. Masticó mecánicamente y se fue encontrando cada vez mejor. El sabor de la carne era dulce y tenía un gusto que no conocía, pero aquello le iba devolviendo la energía por momentos. Con la fuerza volvía también la consciencia, y se terminó la porción de carne sin ignorar que era músculo de un ser humano, aunque no supiera, ni quisiera saber, de qué parte del cuerpo.

Cuando pudo levantarse se acercó a los fuegos donde repartían la carne, como si fuera a pedir otra ración, pero siguió andando y los dejó atrás. Al pasar junto a ellos no pudo evitar el mirar los cuerpos desmembrados de las víctimas. Las cabezas recibían un tratamiento aparte para conservarlas y estaban juntas. Contó cinco y al mirarlas, pese a estar cubiertas de sangre y sin ojos, las encontró familiares.

Había en la ribera del río, más allá del campamento, un grupo de niños jugando con el agua. A los menores no se les permitía participar en el rito del vínculo.

Su intención era cruzar el río; sabía muy bien que el agua le borraría las imitaciones de tatuajes, pero confiaba en que los críos no dieran la voz de alarma, o que para cuando lo hicieran él ya estuviera a salvo al otro lado.

En las inmediaciones de la ribera le salió a recibir una chiquilla que corrió confiada a sus brazos para jugar con él. De puro cariñosa le tiró la máscara y se encontraron cara a cara. La cría estaba a punto de entrar en la adolescencia, y era clara de piel y con el pelo largo, rizado y jaro, alta para su edad y esbelta, y con unos maravillosos y asombrados ojos verdes. No dijo nada, aunque rápidamente se percatara de que se había confundido de persona y de que algo raro pasaba. Estaba mojada y donde sus dos cuerpos habían entrado en contacto empezó a correrse la pintura del falso caníbal. La muchachita siguió sin abrir la boca, pero le tomó las manos al desconocido y miró con atención las palmas. Sus ojos de esmeralda se abrieron todavía más hasta parecer dos océanos.

Los otros niños, que estaban atentos a lo que pasaba, empezaron a chillar. Los hombres del poblado se alarmaron y algunos fueron hacia el río. Se arrojó entonces a las aguas y nadó con fuerza contra la corriente durante un rato que se le hizo eterno. Sus brazos parecían gaviotas chapoteando para levantar el vuelo. Finalmente, salió limpio al otro lado. Los caníbales se percataron del engaño y empezaron a aullar como posesos. Se lanzaron venablos contra él, pero la distancia era excesiva y la puntería escasa, como pocas eran las ganas de cruzar el río y perseguir al intruso después de la grandiosa comilona. El fugitivo desapareció rápidamente en el bosque.

Mientras corría recordó de qué le sonaban las cabezas de las víctimas. Eran las de sus compañeros de cautiverio en el desierto. Ya no podría rescatarlos. Cuando huyó del campamento de su Gata, en la Roca, los caníbales debían de estar pasando el desierto en el otro sentido y por la única ruta posible. No se cruzó con ellos porque él seguía el rumbo equivocado, que conducía a la muerte. Luego, a la vuelta del ataque, los caníbales con los prisioneros lo alcanzaron, desfallecido, cerca del oasis al que le estaban llevando las chorlas. Y podría ser la primera vez que los caníbales cruzaban el desierto en muchísimo tiempo, porque nunca se había oído hablar de ellos entre los Pueblos de la Meseta. Salvo la mención que hizo Viento del Norte de una antigua leyenda, casi del todo olvidada, sobre los extraños y salvajes pobladores, comedores de hombres, del otro lado del Desierto de los Demonios Danzantes.

Pasaron cinco años sin que se diera casi cuenta, porque su tiempo no era el presente, sino una mezcla entre el pasado recordado y el futuro soñado. Porque aunque la cabeza le decía que perdiera la esperanza de reencontrarse con Gata en esta vida, antes de *atravesar la niebla*, el corazón le gritaba que sus caminos, a un lado y otro del desierto, se dirigían hacia el mismo punto.

Sin propósito fijo recorrió territorios inmensos entre las montañas de los comedores de hombres y un mar cálido donde nacía el sol. En el interior encontró poca gente. La mayor parte de las bandas se movían por la plana costera, por donde circulaban también las manadas de caballos y de bisontes. Era también allí, al nivel del mar, donde crecían más árboles, y en las masas boscosas cazaban ciervos y uros. Al pie de los ceñudos acantilados, casi al alcance de las olas, había muchas cuevas que servían de refugio a los humanos, y en las roquedas abatían cabras. También sorprendían con la marea baja a las focas en las oquedades en las que entraba el mar, y se vestían con sus flexibles pieles.

Otros grupos preferían, como los rebecos, remontar los valles que bajaban al mar, pero nunca ocupaban mucho tiempo las cuevas más altas porque hacía demasiado frío en las cumbres como para vivir en ellas, excepto en los breves veranos. Estos montañeses tenían una caverna sagrada, llamada la Cueva Madre, con entrada en forma de vulva de la que partía un corredor recto hacia las entrañas de la montaña. Cuando los días se hacían muy cortos, en el tiempo de los soles bajos, se encaminaban una noche, la noche más larga, en procesión solemne, con teas en las manos, hasta la Cueva Madre. Una vez allí depositaban hojas de piedra caliza con grabados y pinturas de todos los animales que vivían en el país, sin olvidarse de las fieras. Al día siguiente la luz penetraba hasta el fondo de la gruta, lo que solo ocurría una vez cada sol, y fecundaba el vientre de la Cueva Madre donde se habían dejado las efigies de los habitantes de la región. Así, decían los miembros de la tribu, se renovaría la vida y los hombres, los únicos que no aparecían representados en las plaquetas, tendrían comida y podrían perpetuarse. Los montaraces estaban convencidos de que sin ese rito anual se produciría una catástrofe.

No hubiera podido, de quererlo, permanecer con los grupos que conoció, formar una familia y convertirse en un cazador más. Ningún jefe de campamento le ofreció un nombre de Persona, o de Ser Humano, o de Hombre Verdadero, como se llamaban a sí mismos. Y de este modo nunca tuvo que rechazar la invitación a quedarse, y se alegró de no verse obligado a ofender a nadie. Se presentaba en los campamentos como experto en tatuajes y pronto se empezó a extender la fama de su buen hacer entre las tribus. Todos lo alababan por su arte, pero en el fondo lo consideraban un extraño, un forastero. Tatuaba a cada uno con los símbolos de su tribu, y él mismo no llevaba ningún tatuaje porque no tenía tribu. Nunca, en ningún fuego, lo tuvieron por uno de los suyos. Y era, además, un peligroso rival para los cazadores, no en la captura de presas, sino con las mujeres. No hacía falta que las mozas, y hasta las casadas, dijeran nada para que se desataran los celos en los hombres de los campamentos. Tenía tanta dulzura, tanta melancolía y tanta inteligencia y determinación en la mirada que ellas no necesitaban ver otra cosa que sus ojos para desearlo. A pesar de eso bajaban la mirada, y quedaban reafirmadas. Los ojos de las mujeres brillaban en su presencia, los de los hombres centelleaban, y los de él acariciaban a las mujeres y desarmaban a los hombres.

Así, vagabundeó siempre de un fuego a otro, de un paisaje a otro, hasta que todos los campamentos y todos los hombres le parecieron iguales, habitasen el paisaje que fuera. Los clanes que visitaba le mostraban sus santuarios, al aire libre o en el interior de cuevas, donde grababan y pintaban animales, así como manos y signos extraños con forma de techo de cabaña o de punta de azagaya. También pronto todos los santuarios le parecieron el mismo. Ninguno destacaba sobre los demás.

Con frecuencia los pueblos que visitaba, al descubrir su habilidad fuera de lo común con el punzón, le pedían que pintase o que grabase algún animal en sus lugares sagrados, pero él casi nunca accedía. No sabía cómo explicarlo, pero por lo general le parecía que la bestia que querían que representase no se iba a sentir «cómoda» en la roca, que fue exactamente lo que había pensado del caballo pintado en el portalón de la Gran Caverna, cuando lo vio con Gata.

Las figuras que le enseñaban guardaban una estrecha relación con los mitos de los pueblos que las habían hecho y con las ceremonias que se practicaban delante de ellas, pero tenían muy poco que ver con las formas de la pared de piedra que era su soporte.

Algunos animales estaban realmente muy bien pintados en ocre y negro, y refulgían, lustrosos bajo la pátina de agua que cubría la pared, a la luz de las antorchas. Pero incluso a aquellas figuras que le sorprendían por su realismo y su movimiento, los encontraba fuera de sitio. Como él no pertenecía a ninguna tribu, no se identificaba con las historias que se narraban en los santuarios, y por eso veía las representaciones con otros ojos.

—Yo solo puedo pintar lo que me pida la roca, y no es el animal que vosotros me solicitáis.

Así solía responder a las muchas peticiones que recibía para decorar cuevas o rocas. Y cada vez se sentía más satisfecho con sus negativas porque se daba cuenta de que cuando el pueblo que había hecho el trabajo ya había desaparecido para siempre, o sus mitos se habían desvanecido en el tiempo y ya nadie practicaba rito alguno en su presencia, los caballos, los uros y los ciervos se perdían en las paredes de las cavernas, mirando en todas las direcciones sin encontrar un sitio en el que dormir en paz su sueño eterno. Vagando para siempre, entre tinieblas, sin poder encontrar su lugar. Como él.

Y de todas las bestias que ansiaba que los bultos de la roca le pidieran pintar, o grabar, la que nunca conseguía imaginar en una pared era precisamente la que más le atraía desde su niñez: el bisonte. Seguía siempre que podía a las manadas de estos animales y fijaba en su memoria sus perfiles y sus posturas, cuando estaban parados y cuando se lanzaban al galope. Pero sobre todo le intrigaba la mirada del bisonte, tan poderosa y tan tímida, tan misteriosamente humana, y se preguntaba cómo se podría trasladar a la piedra.

Finalmente, una noche tuvo un sueño en el que veía a Gata en la Roca con un tronco ardiendo en la mano, rodeada de enemigos espantosos que intentaban apoderarse de ella, no matarla, curiosamente, pero sí llevársela a alguna parte para siempre, y Gata se resistía como el animal de su nombre y aquellos salvajes que la acosaban, pero que no le arrojaban sus azagayas, ni la golpeaban en la nuca con una maza; sin embargo, atravesaban sin piedad los cuerpos de otros y aplastaban sus cabezas, y todo era en aquella escena movimiento y confusión y gritos y miedo y violencia y rabia, y él se dio cuenta perfectamente, todavía dentro del sueño, porque era una visión muy precisa, casi como si estuviera allí, de que los que caían muertos eran todos viejos y viejas y de que no había hombres jóvenes para defender a las mujeres, a los niños y a los ancianos, y de pronto se le echaron encima cinco guerreros a Gata, como si se hubieran concertado, y uno de ellos se quemó con la antorcha y retrocedió y gritó, pero los otros la derribaron y ellos cayeron también, o se tiraron sobre la mujer para reducirla, porque Gata seguía mordiendo y arañando y lanzando patadas y gritos desde el suelo, y todo el grupo quedó envuelto en una nube de polvo. Y él corrió hacia ella para salvarla, pero no avanzaba apenas por más esfuerzo que hacía, como si sus pies estuviesen hundidos en el suelo, o las piernas le pesaran como si fueran de piedra, y a Gata ya no la veía, sepultada por los cuerpos de sus enemigos. Pero poco a poco se fue acercando, con enorme sufrimiento y angustia, cuando de pronto se volvieron hacia él unos guerreros y le apuntaron con sus lanzas interponiéndose en su camino, y entonces se despertó completamente bañado en sudor y en un gesto instintivo echó mano de su lanza para pelear por Gata.

Tenía un recuerdo vívido de lo soñado, y entonces cayó en la cuenta de que aquellos guerreros le resultaban conocidos, y era porque se trataba de los caníbales que había conocido cinco años antes, con sus mismos tatuajes y colgantes de dientes y de garras, y huesos atravesados y máscaras, y los mismos gritos bárbaros y estremecedores. Los mismos seres inhumanos.

El recuerdo de Gata no se había borrado de su mente en todo el tiempo que hacía que no la veía, pero se había ido haciendo menos perentorio, menos acuciante, como si hubiera pasado a formar parte de su naturaleza, y por lo tanto ya no había una búsqueda sino una presencia constante. Pero al ver en el sueño a Gata en la Roca y al parecerle la escena tan auténtica, y tan real el peligro que corría, supo que estaba viva, aunque no pudiera explicárselo, y decidió que tenía que ir allí, a la Roca, pasando por el territorio de los comedores de hombres y atravesando el Desierto de los Demonios Danzantes, aunque no supiera la Canción. Extrañamente, la alegría de saber viva a Gata era la de una confirmación, porque algo dentro de él se había siempre negado a aceptar su muerte.

Una vez, hacía cinco años, había tenido un sueño profético, y la madre de Gata le aseguró que había soñado bien. Y fue verdad. El viejo león que vio con los ojos cerrados era el viejo Murciélago que lo salvó de los Enemigos de la Luz. Esta vez también estaba seguro de haber soñado bien, aunque se tratara de algo muy distinto, más bien como una visión. Nunca había sentido lo mismo estando dormido y sabía que no era un sueño normal, un producto de la fantasía y del deseo. No, era cierto.

Estaba completamente determinado. De alguna forma, que no podía imaginar, acudiría al rescate de Gata.

Y así fue como llegó hasta el poste en el que estaba atado, a la espera de ser devorado al día siguiente, salvo que la hechicera hubiera dicho verdad y algo extraordinario estuviera a punto de producirse en mitad de aquella serena noche que presidía el disco completo y lívido de la luna, con un enorme halo negro a su alrededor. Pero él sabía que había soñado bien y eso le tranquilizó. Atravesaría el desierto y liberaría a Gata.

La Canción del sendero

De pronto, en un instante, se hizo la noche dentro de la noche. La lechosa claridad de la luna desapareció como por embrujo, y la habitación se quedó completamente a oscuras. El prisionero no podía ver ya la silueta del guardián que estaba apoyado en la puerta, y al que sabía, por los estruendosos ronquidos que emitía, dormido desde hacía mucho rato.

Entonces, un rayo cayó sobre el palo del extremo de la cabaña donde estaban los cráneos, el contrario al poste en el que estaba atado, y el trueno pareció reventar toda la construcción. El tronco ardía entero, desde la cabeza tallada que lo remataba hasta el pie, arrojando luz sobre la estancia, y el prisionero y el vigilante recién despertado miraron hacia allí y pudieron ver algo increíble.

Como si fuera empujada por detrás, la cabeza del jefe ancestral que culminaba la pirámide de cráneos empezó a moverse, y terminó por caer de la pila. Ya en el suelo echó a rodar, cogiendo velocidad a lo largo de la suave rampa que iba de uno a otro extremo de la cabaña. El venerado cráneo, con el impulso que llevaba, remontaba las elevaciones que se encontraba en su camino y rodeaba los baches, como si tuviera vida propia y fuera capaz de elegir la mejor ruta, que además, y al no ser la calavera una esfera perfecta, era necesariamente una línea sinuosa. En un par de ocasiones estuvo a punto de precipitarse en un hoyo, pero en el último instante, cuando ya parecía que caía dentro, lo sorteó y, tras salvar una considerable distancia y atravesar, levantando cenizas, los restos del hogar que ocupaba el centro de la estancia, acabó llegando hasta el poste al que estaba amarrado el prisionero. El cráneo, de un bote, se colocó, él solo, encima de sus piernas. En ese instante el prisionero se dio cuenta de que se habían soltado sus ligaduras.

Cautivo y vigilante se quedaron paralizados por la sorpresa durante unos momentos, pero enseguida se oyeron golpes en la puerta, que les hicieron salir de su estupor. El guardián se levantó y la abrió para encontrarse frente a la hechicera, que pidió paso enérgicamente. A continuación, la mujer le preguntó al guerrero qué había pasado, y este, muy excitado, le contó que un rayo había lanzado el cráneo del caudillo mítico hacia el preso. Fueron llegando poco a poco los hombres del poblado y a todos les repitió la historia el guardián, eso sí, más y más adornada y exagerada e interrumpida por muchos saltos y gritos, de modo que cada vez se entendía menos. La hechicera se limitaba a mirar con una sonrisa burlona. Todos los guerreros que entraban daban aullidos y señalaban con grandes aspavientos al cráneo sagrado y al prisionero que, atónito, lo mantenía entre sus manos. Cuando apareció el jefe la narración era completamente ininteligible.

—Serénate, no seas tan bocalán, deja ya de hacer

esparajismos y cuéntame lo que ha pasado tal como hablan las personas, no como graznan las picazas, que me gustaría enterarme de algo —le ordenó.

El guerrero se tranquilizó un poco y empezó a hablar:

—Yo estaba alerta, vigilando al prisionero, como era mi obligación, sin quitarle un ojo de encima, aunque realmente poco podía hacer él atado por detrás al poste, la verdad. Pero yo no me confiaba, soy demasiado zorro y pongo mucho celo como para bajar la guardia. Se veía bastante bien, aunque el fuego del hogar hubiera muerto, porque nuestra Madre la luna llena estaba desnuda y su luz se metía dentro de la cabaña. De pronto se hizo una completa oscuridad, como si la luna hubiera desaparecido del cielo, y sin que se barruntara chaparrada, ni sonara tronada, cayó un rayo sobre el poste. La cabaña entera tembló, y nosotros dentro de ella. Gracias a las llamas que salían del poste tótem, pudimos verlo todo. El cráneo del primer caudillo de la tribu, *nuestro venerado Fundador*, empezó a bailar en lo alto de la pila de cráneos. Sus ojos eran de verdad, y no de imitación, y nos miraban fijamente. Su pelo era auténtico, y no de fibras trenzadas, y el color volvió a sus mejillas de hueso. Tenía labios y lengua ahora, y podía hablar, aunque yo no fui capaz de entender lo que nos decía, ya que su voz no era humana sino de ultratumba. Después, pegó un grito terrible y se lanzó al suelo dirigiéndose decididamente hacia el prisionero, para lo cual tuvo que esquivar numerosos obstáculos. Cuando llegó hasta él todavía tenía carne, labios, nariz, orejas y pelo. Se volvió a convertir en calavera cuando entró todo el mundo, aunque es posible que la hechicera, que llegó la primera, aún alcanzara a verlo *vivo*.

—Así es, en efecto —confirmó rápidamente ella—. Y el significado de lo que aquí ha ocurrido esta noche es evidente. La luna llena nos ha enviado una señal a través de *nuestro venerado Fundador* —repitió la fórmula ritual con seriedad exagerada—. Él, que fue quien instituyó la ceremonia del vínculo, nos está confirmando que es necesario abandonarla hasta que nos vuelva a autorizar. Debemos liberar al prisionero en el acto y dejarlo ir, porque nadie osará atacar a quien *nuestro venerado Fundador* claramente ha querido proteger.

El cacique se apresuró a manifestar que esa era la decisión que él ya había tomado, y cortó las ligaduras que sujetaban los pies del prisionero a la estaca clavada en el suelo. La hechicera le habló entonces con cariño.

—Artista, ya ves que eres un hombre bendecido por los espíritus, lo dicen las estrellas de tus manos. Estaba decidido que tu vida no terminaría en este palo porque aún no has cumplido la misión que te ha traído al mundo. Ni siquiera el rayo más oportuno de tu vida te habría salvado si *nuestro venerado Fundador* —y ahora el tono empleado era travieso— no hubiera rodado cuarenta pasos por un suelo irregular y con las cenizas de una hoguera en medio para llegar hasta ti. Vete cuando quieras, te devolveremos tus armas y te daremos carne seca. De ciervo, tranquilo. Estrellas en las Manos, ha sido un placer charlar contigo. No me has decepcionado. Haces honor a tu fama.

Él le miró a los ojos esmeralda y le dijo:

—Espero que podamos hablar más despacio algún día, y que yo esté en una posición más cómoda que en esta ocasión.

Se frotó las muñecas, sangrantes por los cortes que le habían producido las tiras de cuero.

—Ahora tengo que partir hacia la Roca. Sé lo mucho que te debo, y aún te voy a pedir más ayuda. Cuando hice el camino hacia aquí, hace ya tantos soles, habría muerto de fatiga, de hambre y de sed si no me hubieran capturado tus amigos. Cántame ahora la Canción del sendero, para enderezar mis pasos y que el camino sea corto, y para que encuentre agua suficiente en mi viaje.

—La Canción del sendero —repitió ella mientras afirmaba con la cabeza—. ¿Sabes que se había perdido su memoria por completo? Fui yo, siendo aquella niña que te miró las palmas de las manos en el río, quien la rescató de labios de una mujer viejísima y loca, que la cantaba sin conocer su significado. Hablaba de los Hombres Águila que vivían en una gigantesca rana que se había bebido un enorme lago. Nadie le encontraba ningún sentido y todos pensaban que eran los delirios de una anciana. Pero yo me di cuenta de que era la Canción del sendero para atravesar el Desierto de los Demonios Danzantes. Y fue así como partió, por primera vez en muchísimo tiempo, una expedición al territorio de los Hombres Águila, para ver de conseguir carne humana con la que honrar como se merecía a un gran jefe que se nos había muerto.

»Y gracias a aquella expedición y a la Canción

que yo rescaté que la hizo posible, estás vivo y no blanqueando tus huesos al sol, ¿no? Y ahora te daré a conocer la Canción para que la poseas y puedas volver al lugar de donde viniste.

La hechicera le cantó la canción con una voz entonada, algo ronca y muy sugerente, y él la repitió con la suya, que era enérgica pero no uniforme, sino llena de matices. Se trataba de un largo canto que empezaba en el Tiempo de los Sueños, cuando en lugar del desierto había un lago muy grande, como un mar, que fue bebiéndose poco a poco una rana gigantesca. Seguía la Canción lamentándose de la imposibilidad de los seres humanos para cruzar el Desierto de los Demonios Danzantes y llegar al otro lado, si es que tenía algún final y no era ilimitado o se acababa allí el mundo.

El gran obstáculo era que no había pozos de agua donde saciar la sed del largo viaje, y además la monótona planicie no proporcionaba señas claras como cerrales, cotarros, alcores, cabezos, mogotes, motas, oteros, mesas, muelas, colmillos u otros hitos visibles desde lejos, con los que orientarse en la caminata. Todo en aquella desolación llevaba al extravío y a la lenta muerte por sed.

Los gigantes que existían en los primeros tiempos se consideraban superiores a los humanos y varios intentaron la travesía del desierto, pero fracasaron y murieron. Sus osamentas eran las escasas rocas peladas que se veían diseminadas, sin orden ni concierto, por el desierto, entre el polvo y la arena. Todos arrancaban muy decididos en una dirección cualquiera, marchando hacia el horizonte, pero, al ver que nunca se acercaban a la línea donde se juntan el cielo y la tierra, iban perdiendo la confianza y torcían su rumbo, para acabar dando vueltas a lo loco y finalmente sucumbir. Además, el desierto engañaba la vista de los gigantes. De pronto las dunas subían hasta el cielo y el paisaje se duplicaba en el aire. Con frecuencia en el horizonte aparecían, lejanas, grandes manchas de agua entre cerros de arena. Los sedientos caminantes se dirigían hacia ellas y las perseguían, sin poder acercarse nunca, hasta morir enloquecidos.

Algunos viajeros se perdían en las tormentas de arena, que eran muy recias y les cegaban los ojos al tiempo que les acribillaban el cuerpo desnudo con los granos. Otros, que arrumbaban correctamente, que no se dejaban engañar por los espejismos y que esperaban pacientemente sentados a que pasara la tormenta, se encontraban a mitad de camino con una hembra de sisón, también formidable, que criaba por allí. Como hacen las madres sisonas, fingía tener un ala rota y los gigantes, que a esas alturas del camino estaban ya muy hambrientos, la seguían para capturarla y comérsela. Pero la sisona los alejaba de sus huevos y los perdía en los médanos y luego arrancaba a volar y volvía tranquilamente al nido, que no estaba demasiado lejos en línea de aire, para pasmo de sus ingenuos perseguidores. Los pobres gigantes, totalmente perdidos, se echaban a llorar y se secaban todavía más. A mitad de camino hacia la Roca formaban corros los huesos petrificados de los gigantes engañados por la sisona, y también se podía ver el nido con grandes huevos dentro.

Por supuesto, muchos más humanos tuvieron el mismo desafortunado destino, pero a sus cuerpos se los tragó la arena y no quedaron ni los restos.

Pero hubo un gigante, superior en valor y constancia a los demás y bendecido por los espíritus porque su corazón era bueno, que consiguió llegar hasta la Roca, y en el río que pasa cerca de ella sació su inagotable sed. Tomó una dirección, siguiendo la canción de los gansos, aang, ang, ang, y la mantuvo hasta el final, sin desanimarse nunca, aunque las fuerzas le fueran faltando, y sin dejarse engañar por la sisona. Aquel coloso abrió la ruta para los humanos porque donde él puso las plantas de sus pies se hundió el terreno y brotaron veneros de agua clara.

El Gigante Benefactor daba grandes zancadas, y la primera huella de su pie se encontraba a mucha distancia, al frente y a la derecha de donde estaba el campamento de los caníbales. No había que confundirlas con las huellas de los pies de los gigantes muertos, que también eran someras depresiones, pero en ellas medraban los tarayes, y si había un charco el agua era salobre. La huella del Gigante Benefactor era una hoya de forma parecida, pero en ella había juncos y el agua era dulce.

Una vez localizada la huella inicial, que era del pie derecho, había que buscar la primera del pie izquierdo caminando en diagonal hacia la izquierda. Esa era la parte más difícil y se requería un poco, o un mucho, de suerte, pero una vez encontrado el aguazal, la distancia hasta la segunda huella del pie derecho era más o menos la misma de la zancada anterior y la dirección exactamente la otra.

Mas el gigante era muy grande y sus zancadas muy largas, y para pasar de una pisada a otra, aunque se conociera la ruta aproximada, era necesario saberse otras historias: La Madriguera de la Culebra Cornuda, Las Lágrimas de la Huérfana, Los Ojos de la Tierra, La Gran Cuchillada, La Sima de Estrellas, La Mancha de Sangre, Los Carbones de Piedra, Los Esqueletos de Madera...

Y así, haciendo zigzags y no confundiendo las pisadas del Gigante Benefactor con las de los fracasados colosos, era posible atravesar el yermo y llegar a la Roca, que era en realidad el cuerpo de la enorme Rana que se bebió el gran lago que ocupaba el lugar donde ahora estaba el desierto. La Rana había ido haciendo retroceder la orilla según se bebía el lago. La calva y ancha cumbre de la Roca era la espalda de la Rana, y en el costado del otro lado, así terminaba la canción, pasaban los tiempos fríos unos humanos que convivían con las águilas y llevaban sus plumas. Por dentro el gigantesco animal estaba lleno del agua que se había bebido, y que iba saliendo de su cuerpo formando un manadero.

Él comprendió que había tenido una suerte inmensa cuando lo cruzó en el sentido contrario, siendo solo un muchacho. En su deambular errático se había tropezado con los caníbales y sus cautivos, que volvían de la primera expedición en muchísimo tiempo contra los míticos seres que ellos llamaban los Hombres Águila. Posiblemente fuera la única persona viva que había cruzado el desierto sin conocer la Canción del camino. Todos los demás, o estaban en la panza de los comedores de hombres, o danzarían para siempre sin rumbo ni destino.

—¿Cuándo atacarán? —preguntó.

—Como siempre lo hacemos, cuando se vuelva a presentar nuestra Madre Luna —respondió ella.

Entonces tengo una luna de tiempo, pensó, para atravesar el desierto.

Una vez que memorizó la canción, se puso apresuradamente en marcha. No quería perder ni un instante de la noche. Le convenía estar muy lejos cuando el sol apretara. La hechicera se quedó de pie, mirándole marchar pensativa, con sus largos brazos a los lados del esbelto cuerpo y sin hacer un ademán de despedida. La brisa hacía ondear su largo cabello rizado. Muy delicadamente, la hechicera suspiró. Él se volvió cuando había dado unos cuantos pasos y sus ojos se encontraron por última vez. La noche empezaba a palidecer por el oriente.

Los osos montaña

Cuando llegó hasta el río que lamía la Roca, el sol desfallecía, aunque su luz se demoraba en el blanco cascajo de la glera y arrancaba aún centellas de la superficie del agua. Sediento, se detuvo un largo rato a beber, ansioso como los caballos cuando abrevan después de un largo camino. El ruido de la corriente, que en aquel tramo se precipitaba en una larga serie de escalonadas chorreras conocidas como Despeñaelagua, le ocultó cualquier otro sonido. El río, que salía de una profunda y sombría angostura, se derramaba por un graderío de rocas grises, formado por potentes bancadas con altos tajos en sus frentes. El sonido que procedía de la sucesión de chorrancas era bullicioso, casi como un griterío. Parecía que después de haber estado largo tiempo apresado, el río buscase alegremente la libertad y la luz. Unas veces el agua parecía temerosa de dar el salto entre dos peldaños y se escurría lamiendo la roca, pero otras caídas las salvaba de un brinco. En los rellanos la corriente se remansaba en profundas pozas como aquella en la que él estaba bebiendo. En cada trago que daba le parecía que el líquido pasaba directamente del cauce del río al de sus venas.

Luego, cuando se hubo saciado, se dirigió, lleno de zozobra, hacia las dehesas de Valhondo, donde tantas noches antes cruzara versos con Gata. Todo había ocurrido en el mayor de los calveros, rodeado por un círculo de árboles, al que muy apropiadamente llamaban el Corro. Los esqueletos de los mimbres de la ribera, los avellanos, los alisos, los chopos, los olmos, los fresnos y los robles, todos desnudos en aquella época, le resultaban familiares, como el río y las peñas. Ni siquiera el musgo que tapizaba en parte las rocas parecía haber avanzado o retrocedido una pulgada. Nada, absolutamente nada, había cambiado en la piel de aquella tierra, mientras que él se sentía una persona muy diferente del muchacho que había sido en otro tiempo, tan lejano, en ese mismo lugar.

Desde entonces no había vuelto a tener miedo, es decir, jamás había temido por su vida, o mejor, nunca le había importado mucho perderla, ni siquiera en las peores circunstancias, atado, por ejemplo, al poste de los comedores de hombres; ahora en cambio el corazón le latía muy deprisa de ansiedad por ver a Gata y de inquietud por su suerte. Se desesperaba pensando que los caníbales le pudieran haber hecho algo —no se atrevía siquiera a pronunciar, hacia adentro, la palabra muerte— y que después de tanta espera llegara hasta ella tarde por un día, o medio día o acaso solo unos momentos.

Empezó a correr, cada vez más deprisa, hacia el Corro. Llegó ya de noche. Una luna enorme, llena, siniestra, ascendía pesadamente por el cielo y bañaba el paisaje con una pálida luz cenicienta, del color de la piel de los muertos. Se tranquilizó al ver, lejanas, grandes hogueras en derredor de las cuales había congregada mucha gente sentada apaciblemente. Pero enseguida se alarmó. Solo distinguía mujeres, ancianos y niños alrededor de las fogatas. Sin duda los hombres más vigorosos habían salido de expedición de caza, y aun los muchachos que podían empuñar una lanza se habían unido a la partida, dejando desprotegidas a sus familias. Un descuido imperdonable en un terreno tan peligroso y expuesto a ataques como la Roca. Los grandes caciques nunca cometían errores tan graves. ¿Quién sería el irresponsable jefe? Si los caníbales se presentan ahora, pensó angustiado, no encontrarán ninguna oposición. Tengo que dar la alarma, tengo que apagar las fogatas, tengo que reunir a todos, tengo que salir cuanto antes de aquí con ellos sin hacer ruido, tengo que enviar algún mensajero a los cazadores para que vuelvan, deprisa, ¡deprisa!, ¡¡deprisa!!, ¡¡¡deprisa!!!

La noche estaba serena, pero de cuando en cuando unas débiles rachas de viento le traían jirones de conversaciones. El tono de la charla era relajado. Un mocoso se alejaba, distraído, del fuego, moviéndose hacia los árboles. Su madre, vuelta, lo contemplaba, dudando entre levantarse a por él o esperar a que regresara. Alguno de los que estaban arrimados al fuego habló y la mujer le dio la espalda al hijo.

Desde donde él observaba no distinguía a Gata, por más empeño que ponía, y empezó a angustiarse. Tal vez estuviera tapada, allí había muchas personas a la redonda del fuego, se decía, y además la luz era escasa y engañosa, porque las llamaradas desfiguraban los rostros. Pero lo tenía paralizado la inquietud y era incapaz de dar más pasos para acercarse al círculo y asegurarse de que estaba... o de que no estaba. Ahora le daba miedo cerciorarse. Solo tenía un sueño para alimentar la esperanza de que Gata viviera, un solo sueño contra el testimonio unánime de los que la habían visto tumbada boca abajo, sin movimiento, con la cabeza abierta y un charco de sangre a su lado. Un sueño era muy poca cosa si no conseguía reconocer a Gata entre la gente que se calentaba al fuego.

De pronto el niño lanzó un penetrante chillido y todos se pusieron de pie mirando en la misma dirección. Pero al momento se vieron obligados a girar las cabezas hacia los cuatro costados. Desde muchos puntos de la muralla de árboles que cercaba el calvero, aullando como lobos y blandiendo las lanzas, avanzaban a la carrera los antropófagos. Y un momento después la confusión se había adueñado del campo, porque los atacados no estaban dispuestos a entregarse y también gritaban y se defendían, los viejos con lanzas y las mujeres con leños cogidos del fuego que agitaban contra los agresores, por lo que pareció que las hogueras habían estallado en mil pedazos y sus ascuas se movían en todas direcciones. Del mismo modo que las yeguas resguardan a sus potros del ataque de los lobos formando círculos y abrigando a los pequeños en el interior del corro, así lo hicieron las mujeres y los ancianos de los Hombres Águila con sus niños.

Conforme se acercaba a la carrera al campo de batalla las brasas iban cayendo al suelo y apagándose, y cada vez quedaban menos luces en alto, y se oían menos insultos y más lamentos y gritos de victoria, de modo que cuando alcanzó el campamento todo estaba bastante oscuro.

Pero había aún una potente luz que describía círculos, o avanzaba y retrocedía. Era un largo tronco, seco y terminado en un haz de ramillas, que producía mucha llama por su extremo, tanta que permitía a su portador, que lo sujetaba con las dos manos, mantener a raya a cinco enemigos, sin que ninguno se atreviese a atravesar la barrera de fuego.

Se fijó enseguida en aquella escena porque era casi la única iluminada por entonces. Los asaltantes daban miedo con sus pinturas de guerra y sus caretas, pero el que blandía la antorcha se defendía con asombroso coraje y serenidad, con la sangre fría y el valor de un luchador bien entrenado que confía en sus fuerzas y no piensa ni en la victoria ni en la derrota, sino tan solo en hacer bien las cosas. En el suelo, un caníbal gritaba mientras se arrancaba una azagaya del hombro.

Estaba sorprendido, porque pensaba que no habían quedado guerreros en la aldea y ahora se encontraba ante un magnífico combatiente. Pero el corazón se le paró en seco cuando reconoció a aquel héroe: era Gata. Era Gata. ¡Era Gata! Si no hubiera sido por la urgencia de la situación, se habría parado, orgulloso y con una sonrisa en los labios, a ver cómo se defendía su amor. Estaba tal y como la recordaba, la misma combinación de genio, seguridad, elasticidad y belleza. Una mujer más bien baja y de piel canela, de manos pequeñas y pantorrillas torneadas, pelo corto, nariz recta, ni pequeña ni grande, y ojos rasgados, que giraba y giraba arrastrando los pies sin levantar las plantas, bien asentadas en todo momento, despidiendo más fuego con los carbunclos de sus ojos que con la antorcha.

Pero no era momento para disfrutar de la pelea, porque los movimientos de la mujer se hacían más lentos cada vez, y sus jadeos más profundos y angustiosos. Apenas le quedaban fuerzas en los brazos y de la energía de hacía unos momentos solo conservaba la lumbre de la mirada. Finalmente, se lanzaron todos los que la rodeaban a la vez contra ella, aunque con las lanzas terciadas para no herirla de muerte, y cuatro caníbales la arrastraron en su caída y la sepultaron con sus cuerpos. Al quinto lo abrasó la mujer con su antorcha y salió aullando de dolor.

Él llegaba en ese momento y fuera de sí se lanzó gritando contra los atacantes de Gata, pero lo habían visto venir y dos enemigos se plantaron en su camino, con las lanzas apuntándole. Pero estaba ciego y no le importaron las aguzadas puntas que lo amenazaban. Atravesó a uno con su lanza y derribó al otro de un puñetazo que le retorció la cabeza; el primero se enroscaba en el suelo alrededor de la lanza como una anguila ensartada por un arpón, mientras que el segundo permanecía inmóvil en una horrible postura, con la cabeza mirando hacia atrás. Llegaban más y más enemigos atraídos por los gritos y la agitación. Miró hacia Gata y vio que media docena de hombres sujetaban a alguien que se defendía rabiosamente pataleando y lanzando puñetazos desde el suelo. Con una extraña lucidez en medio de toda aquella confusión, comprendió que no podría hacer nada por ella si lo mataban en ese instante. Cogió del suelo la rama ardiendo que Gata había manejado, se la arrojó al guerrero más próximo y echó a correr hacia el muro de árboles que rodeaba el claro. La sorpresa y su juventud lo favorecieron y pronto puso mucha tierra de por medio. Los caníbales vieron que no podían alcanzarlo en un momento y se pararon para organizar la persecución.

Trepó ladera arriba, perforando como un jabalí las brozas hasta llegar a un claro en la ladera, bajo los acantilados. Cortaba el monte con la cabeza baja y el cuerpo inclinado, marchando a cuatro patas cuando la pendiente se hacía muy grande o la maraña impenetrable. Finalmente, se desembarazó de la maleza que le hería el rostro y le laceraba toda la piel y vio que ya podía moverse con libertad en terreno despejado.

Por un lado estaba lleno de alegría, porque el sueño que le había llevado hasta Gata había resultado cierto, y ella estaba viva, pero no menos lo apesadumbraba el no haber podido salvarla por poco tiempo de los comedores de hombres, aunque se consoló pensando que parecía que no querían matarla, o no inmediatamente, y mientras él estuviera libre siempre podría rescatarla, así que se concentró en cómo escapar y en lo que haría luego.

Desde allí arriba, a la luz de la luna podía ahora atalayar a los caníbales, a los que veía gesticular muy excitados. Sin duda no les había gustado la aparición de un intruso ni las dos bajas que les había causado, y querían venganza. Pensó también que, dado que los cazadores de la tribu atacada no se encontraban en el campamento, los agresores no deseaban que saliera alguien con vida y pudiera alcanzarlos y enterarlos de lo que había ocurrido.

Entonces se percató de que en su huida cuesta arriba se había metido en un callejón sin salida. Solo podía seguir subiendo y más arriba la ladera terminaba en farallones de caliza. Por otro lado, lo que de verdad le importaba no era huir, sino desembarazarse de los perseguidores para volver al rescate de Gata. Los caníbales empezaban a atravesar el monte cerrado y pronto llegarían a su altura. Eran demasiados y estaban prevenidos. No podría hacerles frente otra vez y vencerlos. Miró a su alrededor y vio una entrada de cueva bajo una ceja de roca y a la izquierda de un canchal. De pronto recordó haber oído de labios de Gata que esa era la gruta donde pasaban los osos montaña la invernada. Podía refugiarse en ella, pero ahora los osos estarían durmiendo dentro. Me despedazarán, se dijo. No si eres lo bastante rápido, se contestó.

Y se dirigió a la entrada sin vacilación. Se oían los gritos excitados de los perseguidores y el ruido que hacían al romper los espesares del monte. Recordaban a una manada de lobos desplegados en media luna para la caza de un venado.

Se detuvo en las inmediaciones de la boca, sin dejar de prestar atención a los sonidos, cada vez más próximos, de los comedores de hombres. Cogió una liana de madreselva y la retorció hasta trenzarla. Tomó luego un tronco seco y podrido, que sujetó contra el suelo pisándolo con un pie, y pasó la cuerda por debajo. Entonces hizo correr la cuerda tirando con una y otra mano, alternadamente, y pronto empezó a salir humo por debajo de la madera.

Las voces y los ruidos se acercaban, pero aún no se veía a los caníbales. Se inclinó hasta el suelo y sopló, y salió más humo, y luego débiles llamas. Arrancó entonces dos macollas de estepa y pegó una a la brasa. Las altas y secas espigas se inflamaron en un momento produciendo una cabellera de llamas. En ese instante los primeros perseguidores, seis hombres, salían al claro y se echaban encima.

Entró rápidamente en la cueva con la antorcha en la mano. Los seis asesinos le siguieron a pocos pasos. La abertura era pequeña y tuvo que inclinarse para pasar por ella. Cuando se irguió nuevamente vio una sala grande y despejada, con unas pocas estalactitas y estalagmitas. El suelo era irregular, con bultos redondos aquí y allá. La antorcha iluminaba bien la sala y de pronto vio la luz reflejada en un par de puntos que estaban clavados en el bulto más próximo. Le acercó el fuego con decisión hasta tocarlo y el bulto abrió una boca llena de blancos dientes y rugió. Pero él no se detuvo, como si ya se lo esperase, y siguió adelante, aunque estaba aterrorizado. Con el rabillo del ojo pudo ver que el bulto se levantaba. Era enorme puesto de pie, mucho más alto y más corpulento que una persona. Más pares de ascuas se encendían en los demás bultos.

La secuencia se repitió varias veces: les arrimaba la llama al pasar y los bultos abrían las fauces, emitían un ronco rugido y se ponían de pie cuando él ya los había dejado atrás y la oscuridad se volvía a cerrar. Pero los caníbales no tuvieron la misma suerte, porque se encontraron con los encolerizados osos cuando ya se habían metido bien dentro de la cueva en su ciega persecución. Como seguían con la vista la llama de la antorcha no los vieron hasta que ya estaban en medio de ellos, y en la sombra además.

Prendió la segunda macolla de espigas con las últimas llamas de la primera tea, que agonizaba. Sin detenerse se dirigió con paso firme al fondo de la gruta. Detrás, los rugidos de los osos se mezclaban con los gritos de los caníbales, que a tientas trataban de defenderse con sus lanzas; humanos y osos se herían en la más completa confusión.

Distinguió entonces una sólida columna de luz pálida y misteriosa y un agujero en el techo por donde entraba aquella claridad en la cueva. Se puso debajo y vio que era una estrecha sima, con la luna justamente encima. Oyó entonces un ruido y se volvió con la antorcha. Llegaba un oso a la carrera. Le lanzó el manojo de espigas, que ya casi le quemaba las manos, y se colgó con los brazos de una repisa. Se levantó a pulso y metió la cabeza y el tronco en la sima. Apoyó un pie en la pared, con la pierna flexionada, y cuando levantaba el otro notó que tiraban de él con una fuerza descomunal y cayó de espaldas al suelo. El oso se puso entonces de pie y rugió. Sabía que estaba perdido y miró al gigantesco animal, que parecía un espíritu, un sueño o un tótem de madera. Se había situado dentro del cilindro de luz de luna y se manifestaba, enhiesto, tan espléndido y tan irreal que más que miedo producía fascinación.

Y en ese momento la enorme fiera se volvió porque dos caníbales llegaban, huyendo, por detrás. La montaña de músculos rugió y toda la cueva retumbó. Él no se lo pensó dos veces y subió por la sima en un santiamén, mientras oso y humanos se acometían en lucha de sombras. Una vez fuera se olvidó de sí mismo y volvió a pensar en la suerte de Gata. ¿Le habrían hecho algo después de la violenta pelea o la habrían capturado viva?, se preguntó una vez más. Y si no habían acabado con ella, ¿dónde la tendrían prisionera?

Una nube ocultó la luna y la negrura de la noche se metió dentro de él. No lejos brilló un relámpago. El trueno no tardó en llegar.

Suelas de Viento

Bajó al río dando un gran rodeo. Cuando llegó al Corro algunos leños ardían todavía esparcidos por el suelo, y era lo único que quedaba con vida en el campo de la matanza. Lleno de temor, buscó a Gata entre los cadáveres, que adoptaban posturas retorcidas y antinaturales. Cada vez que examinaba una cara, y esta le devolvía la mirada con los ojos abiertos y fijos, se estremecía. Cada nuevo cuerpo al que se acercaba podía ser el de Gata, hasta que los revisó todos y vio que su amada no estaba entre los muertos. Y fue entonces cuando cayó en la cuenta de que no había ninguna mujer joven ni tampoco niña crecida entre las víctimas, que se habían llevado vivas a todas las que todavía podían engendrar hijos o a las que pronto estarían preparadas para la maternidad. En ese momento recordó lo que le había dicho la maga de los ojos verdes. Los caníbales necesitaban sangre nueva para evitar la extinción de su linaje, vientres sanos, no podridos y degenerados como los de sus compañeras. Las mujeres fértiles y las mocitas conseguirían atravesar el desierto en buen número y serían las madres de los futuros comedores de hombres.

Todos los demás, los viejos y las viejas, los niños pequeños que se habían quedado porque no tenían edad para ir con Viento del Norte y las niñas muy chicas que se cansaban pronto de andar, esos no partirían jamás.

Pero ¿dónde tendrían a los prisioneros? ¿Y cómo haría para liberar a Gata? Miró a su alrededor y vio hogueras en la boca de la Gran Caverna. Ahí están los caníbales, se dijo. Tienen a sus presas en la cueva. Esta es mi oportunidad para salvarla.

Recordaba, como si hubiera sucedido la mismísima víspera, el viaje por las tripas de la Gran Caverna que había hecho con Gata, la única persona que se había atrevido a internarse tan profundamente en las entrañas de la tierra, descubriendo un silencioso mundo de piedra que a los demás les era ajeno. Y le parecía que todo aquello había ocurrido el día anterior, porque los años que habían trascurrido entre medias se habían esfumado por completo de su mente. Por las profundidades de la cueva serpenteaba un riachuelo, y ese menguado manantial salía al caudaloso río que pasaba junto a la Roca, aguas abajo de las chorreras.

Esta es una cueva con dos bocas, le había dicho Gata: una para los hombres y otra para el agua.

Los caníbales que custodiaban el portalón de la cueva no podían ni imaginar que se pudiera llegar hasta allí desde las ciegas tinieblas del antro. Tomó el madero más largo y grueso que encontró con fuego en un extremo, y se puso en marcha hacia el manantial que brotaba de la cueva. Los relámpagos se acercaban deprisa, abriendo costurones cada vez más grandes en la negra piel del cielo, y los truenos retumbaban como si algo grande y sólido cayera desde lo alto y golpeara y rebotara en el suelo. Eran tan terribles sus bramidos que parecían llevar más muerte los estampidos que los rayos. Aunque se tuvo que meter en el agua hasta las rodillas, se alegró de entrar en la cueva y dejar atrás la tempestad. Fuera empezaba a llover con violencia, mientras el cielo azotaba sañudamente la tierra con cien látigos de fuego.

Con la luz de las antorchas empezó a remontar el río subterráneo. Su corazón batía aceleradamente. ¡Por fin! Pronto podría encontrarse con su preciosa Gata. Pero la marcha se le iba haciendo cada vez más dificultosa, sin que él, ensimismado en sus pensamientos, se diera cuenta. Hasta que descubrió que el agua le llegaba a la cintura.

Entonces empezó a angustiarse de verdad. ¡La tormenta hacía que subiera el nivel del agua! Si la lluvia seguía tan recia y él continuaba remontando la corriente, podría ahogarse, aunque eso no le importaba. Valía la pena correr el riesgo.

Pero aunque consiguiera llegar hasta Gata, no podría salir con ella por el mismo camino, porque pronto el conducto estaría completamente inundado. El agua le llegaba ya por el pecho. No había tiempo que perder. Estas cosas iba pensando mientras se movía desesperadamente contra la fuerza de la corriente agarrándose a los resaltes de la pared. A veces aprovechaba los saledizos para levantarse un poco sobre el río subterráneo. En alguna ocasión incluso pudo caminar sobre estrechos pasillos de roca, o saltar de una estalagmita a otra. Ni siquiera se le pasó por la cabeza dejarse llevar por el agua y ponerse a salvo en el exterior de la cueva. Llegaría hasta donde estaba Gata y si era preciso moriría con ella.

Y entonces se apagó completamente la antorcha, de la que solo quedaba ya la brasa, que apenas daba una luz rojiza muy tenue.

Sentía que el agua le llegaba hasta la boca y con la cabeza tocó el techo. Siguió avanzando a duras penas, enfrentándose a la violencia del río, ahora invisible, oponiendo toda la fuerza y la energía de su cuerpo. Con las manos se apoyaba en las paredes y el techo de aquel tubo de roca que se hacía cada vez más estrecho. Una vez más en su vida pensó que moriría, pero en esta ocasión, la definitiva, sintió con angustia que su final no tenía ningún sentido, y le dolió infinitamente más que las veces anteriores.

¡Acabar tan cerca de su Gata! A punto de reunirse después de tantos años de espera, y ella ni siquiera sospechaba nada de su vuelta. ¿Morirían los dos la misma noche? No sabía lo que pretendían hacer con ella, pero Gata se había portado como una fiera y les había dado tan dolorosas pruebas de su bravura que seguro que no contarían ya con someterla. Mala esposa iba a ser quien había luchado con tanto arrojo y tanta furia, con la determinación de quien prefiere morir antes que doblegarse. Además, había un herido y un quemado que clamarían venganza.

Quizás las otras cautivas conservasen la memoria de la valiente Gata si sobrevivían y les quedaban fuerzas para recordar, pero la suya se extinguiría para siempre con la de su madre, de la que únicamente quedaban imágenes desvaídas y rotas en su cabeza, y con la de Murciélago, que habitaba en otras mentes pero que era maldecido; peor que muerto, por lo tanto. Nunca podría hablarle a ningún ser querido del viejo que lo maltrató y luego le salvó la vida y tampoco nadie transmitiría su propia memoria a la siguiente generación.

Todos estos pensamientos cruzaron por su mente en un instante, como ráfagas de viento, y entonces las paredes se separaron, el techo se elevó, el suelo se inclinó y el agua empezó a bajar. El conducto se ensanchaba en una gran sala en cuesta, que recordó perfectamente, como si hubiera estado allí con Gata el día anterior, porque todo lo que hizo con ella se le había quedado tan grabado como los animales que pintaba se aferraban a las rocas hasta ser una sola cosa.

Recorrió por el interior de su mente los pasillos de la cueva recordada, mientras sus pies lo hacían por el suelo de la caverna real. Gata estuvo todo el tiempo a su lado, portando una antorcha, y lo guio hasta las proximidades de la entrada. Cuando se acercaba al estrechamiento que comunicaba la gran sala por la que él salía con el portalón de entrada, le llegó la claridad de un fuego. Dejó entonces de mirar hacia dentro de su cabeza y empezó a ver con los ojos de la cara. Y al abrirlos a la luz de la llama, Gata dejó de acompañarlo en su recorrido. Se arrastró por la angostura para averiguar lo que pasaba en el portalón. Vio una gran hoguera en el centro y muchos caníbales a su alrededor, gesticulando y vociferando eufóricos. Parecían una bandada de grajos. Entre los comedores de hombres y el lugar donde él acechaba pegado al suelo estaban las mujeres, tiradas y atadas. Ninguna se revolvía y tampoco hablaban, solo algunas se quejaban débilmente. Sentada en medio de las prisioneras, con la espalda apoyada en una estalagmita y las manos atadas por detrás, estaba ella.

No se detuvo mucho a contemplarla y se acercó a rastras entre los bultos hasta situarse por detrás de la columna. Podía ver las manos de Gata, que ya no eran unas manos de niña, tersas, tiernas y algo regordetas, sino unas manos de mujer, con los tendones y las venas marcadas por la presión de las ataduras sobre las muñecas. Unas manos finas, enérgicas y aún más bellas que cuando le acariciaron por última vez.

Tres caníbales se separaron de los otros y se pusieron a hacer la ronda entre las cautivas, acercándose lentamente hacia donde estaban Gata y él. Se pegó al suelo todo lo que pudo, mientras escuchaba los pasos de los guardianes cada vez más cerca. Pensaba en la sorda, ese pájaro con plumaje de hojas caídas que en situación de peligro se alastra y no se mueve hasta que le ponen el pie o la pata encima, y por eso muchos creen que no oye. Pero él lo oía todo y temía que lo delatara el tambor de su corazón. El trío no lo pisó ni lo vio, porque la luz de la hoguera apenas llegaba hasta allí, y siguió con su recorrido, parloteando descuidadamente. Cuando terminaron la ronda se sentaron para seguir con su charla en una roca cercana al estrechamiento que daba a la sala grande. ¡Qué mala suerte! Aquellos tres vigilantes les cortaban la huida hacia el interior de la caverna. Ya no podrían esconderse en la oscuridad hasta que el agua bajase o los enemigos se fuesen. Confiaba ciegamente en que Gata fuera capaz, incluso a oscuras, de llegar hasta las profundidades de la tierra.

Había imaginado muchas veces, a lo largo de los años, lo que le diría a Gata el día en que se encontrase con ella *al otro lado de la niebla*, pero se había representado la escena de otra manera: ambos avanzaban lentamente el uno hacia el otro, acariciándose con la mirada, y se hablaban frente a frente. La situación era ahora muy distinta y solo acertó a cogerle las manos por detrás, oculto tras la columna, acariciarlas, y decir:

—Gata, soy yo, el Caminante.

Gata sofocó un grito y agitó las manos intentando inútilmente desatarlas.

—¿Qué haces tú aquí? —dijo.

Una pregunta absurda en estas circunstancias, pensó Gata inmediatamente después de hacerla. Sospechaba que iba a morir pronto, y, desde que la apresaron, el extranjero al que amó había estado presente en sus cavilaciones. Pero no imaginaba que se le fuera a aparecer de verdad, precisamente en aquel instante, el hombre con el que había soñado tantas noches. Experimentó una sacudida de felicidad que hizo temblar todo su cuerpo. Nunca había renunciado a su amor, ni lo había querido matar en su corazón, aunque jamás hablaba de ello. Ni siquiera respondía cuando le aconsejaban que olvidase el pasado y comenzara una nueva vida.

Volvió la cabeza, ansiosa, pero no alcanzó a verlo, tapado como estaba por la gruesa estalagmita tras la que se escondía de los caníbales. Gata tiró entonces con más fuerza de las correas, hasta hacerse sangre, sin que le dolieran las muñecas.

Necesitaba verlo y tocarlo para que desapareciera la sensación de irrealidad que la embargaba. Su boca le decía que solo un beso es real, que es posible soñar con imágenes y con palabras, pero que no se puede sentir de verdad un beso, ni un abrazo, si no se juntan los cuerpos.

Él no contestó a la pregunta de Gata, pero lo reconfortó su voz. Aprovechando el momento en el que los antropófagos hacían más ruido, cogió dos piedras de caliza y percutió una de ellas con la otra, tapándose las manos con el cuerpo para apagar el sonido. Al partirse, de la piedra golpeada saltó una lasca con un ruido seco. Tomó la escama de caliza desprendida y con el filo empezó a cortar las tiras de cuero que sujetaban las muñecas de Gata. Esta permaneció en silencio y tiró desesperadamente para tensar las ligaduras y facilitar la tarea.

En poco tiempo el trabajo estaba hecho y Gata se giró para reunirse con su libertador en la penumbra, detrás de la columna. Lo encontró cambiado, distinto a como lo recordaba, y eso la desconcertó por un momento, pero lo reconoció en su mirada y se tranquilizó al instante. Le cogió la cara con las manos y lo besó en la boca. Fue un beso corto e intenso que dio paso a un abrazo dado con todo el cuerpo y con toda el alma, los dos puestos de rodillas. Él la halló mucho más hermosa de como la recordaba. Exactamente igual que le ocurría en los días lejanos que pasaron juntos: dejaba de verla un tiempo, aunque fuera muy breve, y cuando la volvía a encontrar se quedaba paralizado por su belleza, superior a la imaginada, como si creciera con el transcurrir del tiempo. Y había pasado tanto tiempo que le pareció que Gata resplandecía, más que nunca, de hermosura.

—Gata —susurró muy quedo, se había separado un poco para hablar—, he venido a salvarte, pero creo que moriremos juntos.

La recorrió entonces más despacio. Su pelo estaba igual, corto y negro, su piel tenía el mismo color trigueño y su tipo no había cambiado, firme y al mismo tiempo femenino. Un cuerpo recio, a pesar de los tobillos finos, y suavemente curvado en las caderas, en el pecho, en los hombros y en las rodillas. Los ojos seguían siendo dos almendras de azabache, a los que las tenues líneas que irradiaban de ellos, como finos surcos en la arena, daban más profundidad en la expresión. La mirada de Gata era muy dulce y serena, a pesar de la situación desesperada en la que estaban.

—¿Cómo has llegado sin que te vieran, mi vida?

—Por el río subterráneo, Gata. —Y la empujó suavemente hacia abajo para que se agachara como él—. Pero ahora no podemos volver por el mismo camino, la corriente ha hecho que se inunde por completo la galería, y no parece que en mucho tiempo vaya a bajar el caudal. —Fuera se oía retumbar la tormenta, que también contribuía a apagar sus voces—. Casi no llego hasta aquí. Además, nos cierran el paso por ahora tres caníbales.

Gata lo volvió a abrazar y a besar y así siguieron, protegidos de la luz por la columna, hablando muy deprisa y casi sin voz.

—Te he visto luchar como una leona, Gata, pero no he podido ayudarte porque eran muchos los enemigos.

—Siempre supe que estabas vivo y que volverías algún día. ¡Pero se me ha hecho tan larga la espera!

—¡Shhhh! ¡Más bajo! Vuelve a ponerte sentada contra la columna como si estuvieras atada, no vaya a ser que nos vean. Yo te hablaré desde detrás. Gata, me dijeron que habías muerto, que te habían destrozado la cabeza, y he llorado por ti cinco años.

—Deberías haber recordado que tengo la cabeza muy dura —contestó ella, y él no pudo por menos que sonreír, a pesar de las circunstancias.

—Sí que la tienes dura, amor mío.

Pero le torturaba una duda, un enigma que no era capaz de descifrar. Incluso en aquella angustiosa situación, su mente inquisitiva intentaba que las piezas encajasen: siempre quería comprender.

—Dime una cosa, Gata. ¿Quién es ahora el jefe de los cazadores de la tribu?

—Mi hermano.

—¿¿Quién?? ¿Viento del Norte?

—Ese mismo.

Bajó la cabeza y asintió varias veces para sí mismo. ¡Cuántos recuerdos! Hubo un tiempo en que Viento del Norte fue su único amigo, el hermano que nunca tuvo y que tanto había necesitado cuando sufría en solitario la frustración de Ira. Entonces el hermano de Gata era un oso fuerte y él era su inseparable abejaruco. Desordenadas le llegaban las imágenes de su corta pero intensa convivencia con Viento del Norte, en la que se habían anudado unos lazos que le parecieron imposibles de desatar entonces. Lo quiso de corazón porque fue su primer amigo, como su hermana Gata había sido su primer amor. Había amado mucho a ambos y a los dos los había perdido. Llegó a creer que su amistad era indestructible y luego Viento del Norte le había dejado enfrentarse solo a una muerte segura a manos de sus enemigos, con la única alternativa de huir a un desierto todavía más asesino, dejando atrás a una mujer que lo recordaría siempre como un cobarde. Sobre todo por intentar matar el recuerdo de su amor en Gata, acabó maldiciéndolo y culpándolo de su infortunio. Pero de lo que no dudaba era de que Viento del Norte fuera un líder competente, y por eso no entendía cómo había podido cometer la insensatez de irse de cacería dejando a las mujeres con los niños y los ancianos en el campamento. Se sacudió sus pensamientos y le preguntó:

—¿Y cómo es que Viento del Norte se fue de caza con todos los hombres y os ha dejado abandonados? ¿No pensó nadie en el peligro que corríais?

—Vimos la partida de caníbales hace cuatro días y salió tras ellos para exterminarlos. Por eso se llevó hasta a los muchachos.

¡Así que los caníbales habían dividido su grupo en dos! Mientras algunos se dejaban ver en las cercanías del campamento y arrastraban a los guerreros en su persecución, el grueso de la partida había sorprendido al poblado a la hora del lobo. ¡Hábil estratagema!

Los caníbales que hacían corro junto a la chasca empezaron entonces a hablar atropelladamente, muy alterados. Uno tras otro se fueron poniendo de pie y empezaron a mirar hacia la estalagmita donde estaba Gata, que había vuelto a su posición con rapidez. ¡Si no fuera por los tres que se habían quedado más adentro, podrían haber huido por ahí y haberse escondido en la oscuridad! Aunque, a decir verdad, avanzando a tientas tampoco habrían tenido muchas oportunidades de despistarlos.

Las intenciones de los que avanzaban hacia Gata eran evidentes por la diversión que anunciaba su rostro. Instintivamente ella miró hacia abajo, como si al esconder la mirada hiciera desaparecer también el cuerpo. Sin otra opción posible, él se encogió en el suelo como si fuera una prisionera más con las manos y los pies atados, y dio la espalda a la entrada de la cueva. El truco funcionó porque aquellos energúmenos estaban tan excitados que solo se fijaban en su objetivo. Al ver que se le echaban encima inevitablemente, Gata se levantó, sin molestarse ya en fingir que estaba amarrada a la estalagmita. Eso provocó todavía más a los comedores de hombres, que la rodearon dando aullidos. Ella intentaba romper el cerco pero siempre rebotaba contra alguien, y en cada choque dejaba un mechón de pelo o un jirón de ropa. Era indudable que se la tenían jurada por la guerra que había dado durante el ataque en el río y pensaban ensañarse. Seguramente no deseaban su vientre para engendrar hijos, pero sí contaban con su cuerpo para pasar un rato muy bueno. No se habían quitado sus máscaras de guerra y con los tatuajes cubriéndoles todo el cuerpo su estampa era horrible. Verdaderamente con su aspecto conseguían lo que se proponían: parecer criaturas inhumanas y aterrorizar a sus enemigos, venciéndolos antes de que empezara el combate.

Él, al sentir la desesperada situación en la que se encontraba Gata, no pudo esperar más y se levantó del suelo de un salto, arremetiendo contra uno de los enmascarados como un jabalí y derribándolo con la cabeza. Como en su caída este arrastró a otro caníbal se abrió un hueco en el círculo por el que pasó Gata como una exhalación, sin pensárselo dos veces. Juntos echaron a correr hacia la entrada de la cueva, que la lluvia había convertido en una cascada, y los caníbales, una vez se repusieron de la sorpresa, los siguieron dando gritos pavorosos.

Cuando los dos fugitivos ya casi estaban fuera y empezaban a creer que tenían una posibilidad de salvarse, oyeron un alarido aún más salvaje y pronunciado por más gargantas, y se encontraron frente a una fila de lanzas portadas por empapadas figuras humanas que atravesaban la cortina de agua. Entonces fue Gata la que gritó, pero de alegría, porque todos los guerreros que tenía delante llevaban plumas de águila. Eran Viento del Norte y los suyos que acudían al rescate.

Los Hombres Águila se abalanzaron llenos de odio sobre los comedores de hombres y los arrollaron. Estaban poseídos totalmente por la cólera porque habían visto los cuerpos de sus padres y de sus hijos pequeños en el río y solo querían venganza. Los caníbales no podían hacer nada contra ellos porque los Hombres Águila ya no sentían la punta de sus lanzas. Parecían indiferentes a las heridas que recibían y seguían combatiendo y chorreando sangre por todo su cuerpo como si fueran inmortales. Así se desarrolló la lucha, que duró poco tiempo: los caníbales retrocedían, se tropezaban y caían, y Viento del Norte y sus guerreros clavaban y clavaban. Los comedores de hombres ya no les producían espanto, sino repugnancia. Ya no los veían como espíritus diabólicos, sino como criaturas inmundas y despreciables que se arrastraban por el suelo. Los Inhumanos ya no daban gritos feroces que encogían el ánimo, sino chillidos de miedo y de desesperación.

Mientras se combatía en el portalón, él se unió a Gata en un abrazo y el mundo desapareció en aquel instante. No había nada más ni nadie más alrededor, hasta que Viento del Norte, tinto en sangre, se le acercó y lo miró con pesadumbre. Como su hermana, tampoco había cambiado mucho. Era, si acaso, más él mismo, más Viento del Norte, como Gata se había hecho más Gata con el paso de los años.

Pero había una pregunta que hacer después de tanto tiempo.

—Viento del Norte, ¿volvió a matar la Muerte Blanca?

El guerrero no necesitaba explicarse porque lo decía todo su mirada. Había intentado vanamente quitarle a su hermana la idea de recuperar a su amor, a quien daba por muerto en el Desierto de los Demonios Danzantes, un yermo que nadie de los suyos había cruzado y del que nadie había vuelto jamás. Pero en el hondón de su conciencia Viento del Norte cada vez estaba más arrepentido de cómo se había portado con su amigo, y se odiaba por ello. Y era entonces Gata quien, al verlo tan triste, le consolaba diciéndole que el Caminante regresaría pronto. Porque Gata sabía que una serpiente hecha de culpa estaba devorando las entrañas de su hermano.

—No, Caminante, no lo hizo cuando volvimos a la Meseta, en primavera.

—¿Y qué encontrasteis junto a la pared negra, Viento del Norte? —Su tono era serio pero no agresivo ni tenía rencor.

—A la Muerte Blanca, Caminante.

—¿Y cómo era, Viento del Norte?

—Era un león enorme, el doble del tamaño normal, y blanco como la nieve.

—¿Y cómo sabes que lo maté yo y que no se murió solo o de viejo?

—Porque la punta de una lanza rota le atravesaba el cuello, y de ella colgaban tres plumas, una blanca, otra negra y otra roja. Era la lanza que tú me habías cogido prestada. Le arranqué los colmillos y las garras a la fiera y los he guardado para dártelos el día que volvieras, como Gata siempre creyó que harías.

Y le enseñó los enormes trofeos que colgaban de su cuello.

—Viento del Norte, me alegro de que dierais con la Muerte Blanca, pero yo no quería honores, solo el permiso de la tribu para casarme con Gata. Y, ahora, no lo necesito.

No tenía ya nada que reprocharle a Viento del Norte; solo había espacio en su corazón y en su mente para la felicidad que le esperaba.

—Olvidemos lo pasado —le dijo—, no quedan cuentas que saldar entre tú y yo. Después de todo, me acabas de salvar la vida que me quitaste. Habéis llegado en el momento más oportuno.

—Gracias, Caminante. Pero esta vez también cometí un error imperdonable. Vimos rondar un grupo de caníbales y salimos en su persecución con todos los hombres disponibles y, como ahora somos pocos, también nos llevamos a los muchachos. Desgraciadamente, tardé demasiado tiempo en comprender lo que pasaba, hasta que caí en la cuenta de que el enemigo hacía la maña de la rabona, que da un salto muy largo antes de echarse a dormir para quitarle los vientos al zorro y que no le siga el rastro hasta la cama. Dicen por eso que las liebres vuelan, pero ni lo hacen ellas, ni tampoco los hombres. Los caníbales que perseguíamos se hacían muy visibles durante el día, y al llegar la hora del lobo desaparecían sus huellas y no podíamos encontrar su campamento porque no encendían fuegos. Y a mayores, parecían tener mucho empeño en alejarnos de la Roca. Cansado de correr tras esa liebre, escamoneado, decidí dejar a unos pocos hombres siguiéndolos por si acaso, y dar la vuelta con el grueso de la expedición. Entonces nos hemos dirigido a toda velocidad hacia aquí en mitad de la noche y bajo el andaluvio.

Los guerreros de la tribu se fueron serenando mientras amanecía. Tenían que hacer los preparativos para los funerales de todos los muertos que habían tenido. Después del horror de la carnicería en el río, de la angustia de la prisión en la cueva y del ardor de la pelea, empezaban a aflorar las emociones. Los lamentos se mezclaban con los abrazos y los besos, porque además de las mujeres, madres o mozas, que habían sido liberadas, empezaban a aparecer niños y ancianos que habían huido al bosque durante la refriega y se habían salvado, escondiéndose entre la maleza. Volvían arañados y aterrorizados, pero volvían. Los caníbales no tenían ningún interés en ellos, no pensaban comérselos, esta vez solo buscaban vientres para engendrar niños lozanos, y por eso no habían perdido el tiempo persiguiendo a los fugitivos.

Se habían perdido muchas vidas, de todos modos, y solo los consolaba el pensamiento cierto de que la catástrofe habría podido ser total, con la completa extinción de la estirpe de los Hombres Águila.

—¿Te quedas con nosotros, Caminante, por lo menos a pasar el tiempo de las sombras largas en la Roca? —preguntó Viento del Norte.

—No, gracias —contestó mirando hacia saliente—. Creo que mudaremos cielo ahora. —Gata asentía; ansiaba quedarse a solas con él—. Remontaremos el río hacia los nevados donde nace el sol. Queremos conocer esa región.

Los guerreros se habían ido reuniendo a su alrededor. Estaban terribles y a la vez magníficos, pintados sus cuerpos con carbón, ceniza, ocre y almagre, materiales que disueltos en el agua de la lluvia formaban una amalgama de colores negro, blanco, rojo y amarillo, que se mezclaban con el barro y los cuajarones de sangre, la propia y la del enemigo. Sobre sus cabezas, enhiestas, lucían las plumas de águila.

Primero Viento del Norte, despacio, mirándole a los ojos, y luego todos los demás hombres empezaron a golpear sus lanzas contra el suelo, rompiendo rítmicamente el silencio. Las mujeres, ya liberadas, seguían el compás chocando las palmas, mientras hacían tremular un canto agudo vibrando la lengua, y las paredes respondían con su voz cavernosa a las manos, las maderas y las bocas.

Viento del Norte levantó los brazos y el ruido cesó. Solemnemente tomó la palabra.

—Caminante, tengo algo importante que decirte delante de toda la tribu. Sabemos que no tienes nombre de Hombre Verdadero porque nunca has pertenecido a ninguna comunidad. Ahora te pido que nos hagas el honor de aceptar un Nombre Verdadero por el que te podamos llamar y por el que tú puedas llamarte a ti mismo. Un Nombre Verdadero que perpetúe tu memoria y en el que habite tu espíritu.

¡Un Nombre Verdadero! Toda su vida pasó en aquel momento por su cabeza.

—¿Qué dices, Caminante? —insistió Viento del Norte—. ¿Aceptas?

—Sí, acepto, amigo mío, hermano mío.

—Entonces ya no volveré a llamarte jamás Caminante, ni extranjero, porque nunca serás un extraño entre nosotros y siempre te recordaremos en los fuegos de campamento como a uno de los más destacados miembros de nuestra tribu. He pensado bien el nombre porque lo repetirán muchas bocas durante muchas generaciones. Eres un espíritu errante, que nunca puede estar mucho tiempo en el mismo sitio. Tienes pies para moverte, no raíces para fijarte. Por eso tu Nombre Verdadero será este: Suelas de Viento.

Viento del Norte se quitó entonces sus dos plumas de águila y se las prendió en el pelo.

Se rasgaba el negro manto de las nubes y asomaba el azul puro del cielo. El aire era fresco y transparente en la limpia mañana recién llovida. Suelas de Viento respiró hondo y tuvo la sensación de que aquel día Gata y él estrenaban el mundo.

Los Soñadores

El río los guio a las remotas montañas de levante, de cimas siempre nevadas. Desde la Roca se veían tan pequeñas y tan lejanas, aplastadas por las nubes en el invierno o vibrando en la calina del verano, que fue un alivio comprobar que no eran arte de encantamiento, ni espejismo, y que existían de verdad. Esa comarca constituía un mundo distinto y aislado de los que había conocido hasta ese día Suelas de Viento, y por eso le agradó. Quería empezar una vida nueva y había algo de acogedor, incluso para la nieve y el hielo, en aquellas montañas que albergaban glaciares en los hoyos que quedaban al socaire de sus cumbres. El principal nacía en un circo de recortadas cresterías y luego el hielo bajaba lamiendo un valle interminable.

Por debajo del blanco manto de las nieves perpetuas y de la orla verde de las praderías, las laderas estaban cubiertas de bosques de pinos albares y de abetos. Las robledas, los hayedos y otras masas de árboles de hojas planas tampoco faltaban en los bajos de los valles, donde siempre olía a mantillo húmedo, mientras que las mimbreras, choperas y olmedas festoneaban los arroyos. Con sus alas redondeadas, como mariposas blancas y negras, las avefrías volaban en grandes bandos. Era un territorio lleno de vida, incluso en el invierno, y Suelas de Viento y Gata se preguntaban qué pueblo lo habitaría. Al principio procuraban estar siempre alerta para que no los sorprendieran, no fuera a ser que se tratara de gentes violentas. Con unos caníbales ya habían tenido suficiente. Hacían fuegos pequeños, con los palos apoyados por la punta para que el humo no los delatara, y se turnaban para vigilar por la noche. Cuando se acercaban a la boca de una cueva esperaban un buen rato escondidos cerca hasta asegurarse de que no había nadie. Luego entraban y miraban. Vieron así que aquel territorio estaba poblado por seres humanos, porque encontraron carbones, utensilios desechados y restos de comida en algunas cavernas, aunque los tranquilizó comprobar que hacía tiempo, varias lunas quizás, que nadie las usaba.

Suelas de Viento era un fino observador de la naturaleza y no se le pasaba por alto ninguna señal. No necesitó verlos para conocer en poco tiempo a todos los habitantes de aquellos parajes —grandes y pequeños, de pelo y de pluma, del río y del bosque— por los nidos, encames, cados, huras y otros refugios y madrigueras, las marcas en los frutos, los restos de presas, tanto de carnívoros como de rapaces, los descortezamientos, rascaduras, roeduras y arañazos en los troncos, las ramas y tallos tronchados, los excrementos, las frezas, las escarbaduras, los revolcaderos, las bañas y, por supuesto, las huellas, además de por los olores y sonidos que lo envolvían en aquel bosque tan lleno de vida.

Recorrió las trochas abiertas por las bestias en los espesares del monte, y más de una vez se detuvo alarmado, con la lanza bien aferrada, porque sentía la presencia cercana de algo o de alguien grande. Pero eran cochinos, venados, corzos, cabras y una vez una leona con dos crías. Los bisontes, caballos y uros que pastaban en los claros no le sobresaltaban porque los veía antes de oírlos.

Pero al no tropezarse con rastros frescos de seres humanos empezaron a tranquilizarse y a bajar la guardia, y sus miedos se fueron desvaneciendo. Una mañana descendían por la ladera de un valle. Había llovido por la noche y los árboles estaban mojados. El sol empezó a brillar con fuerza haciendo humear las cortezas de los troncos y entibiando el ambiente. Se empezaba a estar bien. Se sentaron a descansar recostados contra unas rocas y Suelas de Viento cerró los ojos de puro placer.

Se imaginaba cómo serían aquellos bosques en la otoñada, cuando la luz se transformara en colores. Caminaba mentalmente bajo los altos pinos entre helechos oxidados y se paraba a mirar, en su ensoñación, las doradas hojas de los álamos temblones saludando a la brisa en los vallejos. Aquí y allá se abrían a ras de tierra unas flores que eran como estrellas azules y las hojas secas crujían al pisarlas. Los ciervos berreaban y se acometían, y en la espesura los grandes machos de jabalí, atacados de calentura, buscaban afanosamente las piaras de hembras; casi podía oír el estrépito de las peleas a navajazos entre los verracos. La estación pródiga derramaba sus frutos a manos llenas y los animales, recién emplumados y pelechados, se afanaban en acumular grasas para el invierno. Él cazaba colores: los ocres de las hojas de los robles, el blanco rasgado de la corteza del abedul, el rojo de los escaramujos y de las hojas de los serbales y los cerezos, el bermellón de los mimbres, el salmón del tronco de los pinos y el verde satinado de los acebos punteado por sus bolas encarnadas.

Cuando abrió los ojos se vio rodeado por una docena de hombres bajos, muy anchos y muy fuertes, de piel clara, ojos verdes o azules y pelo liso castaño o rubio, cubiertos de arriba abajo con pieles de reno, que le sacaban la lengua. Ni siquiera se le ocurrió ponerse en pie, porque aquellos cazadores que habían surgido de la nada no mostraban signo alguno de agresividad. Su expresión era relajada y su mirada dulce. Parecían más curiosos que otra cosa. El que estaba más cerca le ofreció sonriendo una tira de carne seca que llevaba en el zurrón y él la aceptó. Entonces los silenciosos hombres reno enhebraron hacia los sombríos del bosque, y Gata y Suelas de Viento los siguieron con toda naturalidad. Ya tenían amigos con quienes pasar el invierno.

Aquellas gentes se refugiaban en una cueva de la solana del Cantal, un monte cubierto de pinos, y se acomodaron allí. A lo largo del invierno fueron aprendiendo su lengua y pronto la chapurreaban lo suficiente como para entenderse con ellos. Eran tratados como invitados y no les pedían nada a cambio, pero Suelas de Viento los acompañaba en sus expediciones de caza y Gata recogía frutos o leña y estezaba pieles con las otras mujeres.

Esta última era una tarea que les ocupaba mucho tiempo, durante el cual las mujeres hablaban de todo. Después de desollado el animal, se raía bien la parte de la carnaza, con mucho cuidado, hasta que no quedaba nada que se pudiera pudrir y que oliera mal. Para la ropa exterior de los meses sombríos preferían usar la piel de reno, que era la más aislante, aunque también aprovechaban la de oso, muy cálida pero pesada, y la de zorro, lince, castor, marta, visón, armiño o cualquier otro animal de buen pelaje en invierno. Estas pieles no se pelaban, como tampoco la del chivo, sacada enteriza y dada la vuelta, con la que hacían los zaques en los que transportaban el agua. Las otras pieles se raspaban con un instrumento de piedra hasta que quedaban bien limpias por la parte de la flor. Tanto unas como otras se sobaban y doblaban muchas veces con las manos y se retorcían con palos hasta que quedaban dúctiles. Las mujeres lo hacían mecánicamente, por completo olvidadas de la labor, mientras daban de mamar, vigilaban a sus críos pequeños o echaban la parlada.

Después de adobadas las pieles venía el trabajo de la costura de bolsas y vestidos. Las mujeres eran increíblemente diestras con el punzón y preparaban unos sobretodos, unas parkas, unos calzones y unas botas muy bien cerradas para que no se colase el viento frío y la humedad, cosiendo de correal, con delgadas tiras de cuero, unas pieles a otras. Y la ropa interior, como la camisa de los hombres y el vestido de las mujeres, que se mostraba cuando estaban en la cueva junto al fuego o en el calor de la agostada, era suave al tacto. Se notaba que venían de un territorio congelado, donde la supervivencia dependía del aislamiento del cuerpo humano del ambiente y de la soltura de movimientos. «Una buena costurera hace un buen cazador», solían decir, y la verdad es que todos llevaban vestidos muy cómodos y calientes, mucho mejor elaborados que los de la tribu de Gata.

Durante el trabajo en común del estezado se hablaba mucho y se contaban toda clase de chismes, anécdotas, relatos familiares y leyendas de tiempos ancestrales, que escuchaban también los pequeños y de este modo se iban instruyendo en las tradiciones de la tribu. Las mujeres explicaron a Gata que, del mismo modo en que se domaban las pieles, con paciencia, constancia, firmeza y cuidado, acariciando unas veces y doblando otras, quitando las asperezas, cortando y cosiendo cuando era necesario, así había que formar a los niños para que llegaran a ser de mayores duros y resistentes, y al mismo tiempo suaves y flexibles, impermeables por fuera y cálidos por dentro. Por eso la palabra que usaban para confeccionar un vestido significaba también educar a un niño, y era verdad que los ratos que pasaban junto a sus madres adobando pieles los preparaban para el resto de sus días.

Como solo trabajaban la piel en seco, Gata les enseñó a curtirla con casca, la corteza de la carrasca. Primero se machacaba esta muy bien y se ponía al sol. Luego se echaba en el agua que se hubiera conservado en el cuenco de una roca, o si no había ninguno lleno, se transportaba agua del río en los zaques. También se hacían hoyos en el suelo y se cubrían con la piel curtida de un animal grande, como el uro o el bisonte. Era conveniente que el recuenco estuviera en la solana. Lo siguiente era meter la piel en el agua con la casca y dejarla allí bastante tiempo, removiendo de vez en cuando, hasta que se sacaba y se retorcía para que escurriera y se ponía a secar. Entonces volvía al agua y se repetía el proceso todas las veces que hiciera falta, añadiendo más casca al agua cuando esta se aclaraba. Se consideraba que la piel quedaba curtida cuando, puesta contra el sol, la luz no la traspasaba en ningún lugar. Ya solo faltaba escurrirla, secarla, darle sebo por la parte de la flor, tenderla al sol, lavarla y sobarla hasta que estuviera gustosa para ponérsela.

En el descanso de una de estas operaciones, una mujer descubrió el bisonte tatuado en el muslo de Gata cuando se le remangó el vestido mientras estaba sentada y acariciaba el pelo de una niña, que tenía la cabeza apoyada en su regazo. La mujer que vio el tatuaje abrió sus ojos pero no habló hasta la noche, cuando le preguntó respetuosamente, en el fuego, que quién se lo había hecho. Ella miró sin decir nada al autor y todos se volvieron hacia él. Suelas de Viento se dio cuenta en aquel momento de que aquellos hombres y mujeres no llevaban adornos ni tatuajes, ni tampoco bolsas de medicina. Dirigiéndose a ellos les pidió a su vez, también con mucha delicadeza, que le explicaran cuáles eran sus creencias. El más viejo, un hombre mayor que conservaba su largo cabello de color jaro, por el que le llamaban Cuón, como el pariente del lobo, le contestó:

—No creas que porque no llevamos signos no somos humanos. Pero sucede que venimos de un lugar muy lejano y somos completamente nuevos en esta tierra. En nuestro antiguo mundo no había montañas, ni cuevas, ni árboles, como aquí, y el paisaje era de nieve y siempre era el mismo y siempre era distinto. No sabemos si es que la tierra no está terminada allí o si es que siempre va a ser así. Por eso ignoramos quiénes son los autores de lo que hay, excepto el sol y la luna, que crearon el mundo y sostienen la vida en él pero que no le dieron la forma. En el lugar de donde venimos, las distancias son enormes y las comunidades suelen estar muy separadas porque los renos y mamuts, rinocerontes, antílopes, caballos, bisontes y focas que cazamos nunca se quedan quietos y nos obligan a estar siempre en camino, pero a pesar de ello nos comunicamos gracias a que hay entre nosotros algunas personas, hombres y mujeres, a las que llamamos...

—Soñadores —interrumpió Suelas de Viento—, porque tienen visiones en las que presienten lo que ha de llegar y se ven unos a otros y se cuentan cosas importantes.

—¿Cómo lo sabes, Suelas de Viento?

—Porque la hechicera de los ojos verdes me habló de vosotros.

—¿La hechicera de los ojos verdes? —preguntó Gata sobresaltada.

—Sí, la que hizo primero que me capturaran y luego me salvó de los caníbales.

—Recuerdo a esa hechicera de ojos imposibles, y me comuniqué hace pocas noches con ella en un sueño que tuve —dijo el de pelo jaro.

—¿Cómo está? —quiso saber Suelas de Viento, pero había un punto de ironía en su sonrisa.

—Ella bien, pero dice que al igual que el pedrisco malhada los nidos de las perdices, desnucando los pollos y hasta a las madres que los protegen bajo sus alas, así se ha marrotado su pueblo con una peste que acaba con toda la gente, grande y menuda, por lo que pronto desaparecerán y no quedará ni la acordanza de los comedores de hombres que vivieron al otro lado del Desierto de los Demonios Danzantes.

—¿Ah, sí? ¿Y cómo te informó? —No había desaparecido aún el leve tono irónico.

—No te burles de nuestra sabiduría, Suelas de Viento —le contestó Cuón con más comprensión que pena—. En la mayoría de los hombres el espíritu está tan unido al cuerpo como un águila posada en el suelo lo está a su sombra. —Y al decir esto dirigió su mirada a las dos plumas que llevaba bien pinas en el pelo—. Pero los Soñadores son seres únicos que saben remontar el vuelo y pueden ver muy lejos, y cuanto más se elevan más se alejan de su cuerpo, aunque los demás hombres solo vean la sombra del Soñador y no alcen la cabeza para descubrir al espíritu que vuela alto. No te burles, Suelas de Viento, porque tú también eres un Soñador.

—¿Yo?

—Sí, tú. Al principio de mi sueño había una primavera llena de trinos y de soles y luego se fue acercando el nublo y restallaron los relámpagos y se rajaron las nubes desgajando piedra a esgalla, y vi a continuación las hierbas tumbadas y los pájaros muertos, y más tarde la hechicera caminaba sola por el campo dejando atrás un poblado del que no salía humo, así que su mensaje estaba claro. Además, me habló de ti, ¿quieres saber cómo? En el sueño caía la noche y la de los ojos verdes cogía estrellas con las manos, y yo las he visto en las palmas de las tuyas. Un hombre que tiene el firmamento en las manos ha nacido, según nuestra tradición, para hacer algo importante, que permanecerá mientras haya lumbres en el cielo de la noche. ¿Qué harás, Suelas de Viento?

—No sé nada de eso —contestó, ahora serio, el aludido—. Lo único importante que me cumple hacer, y lo único que me importa, es vivir feliz los años que me queden con Gata, y ver nacer y crecer a los nuevos gatitos. —Y miró a su mujer.

Cuón calló y nadie más insistió en el tema, pero había un extraño brillo en sus miradas. Si se hubieran atrevido, le habrían pedido a coro algo a Suelas de Viento, pero un gesto de Cuón les dio a entender que él ya buscaría el momento oportuno.

Suelas de Viento estaba de pie en la entrada de la cueva, con los ojos dirigidos hacia arriba. Las bandadas de grullas trompeteras bogaban decididas hacia el norte y ninguna nube negra se interponía en su navegación por el azul del cielo. Una pajera de milanos gritaba en lo alto y hacía chocar sus garras con asombrosos vuelos invertidos. Desde el hondón de la espesura llegaba el tableteo del pico picapinos. Aquellos días el sol había empezado a calentar en la ladera de la cueva, que ya no tenía nieve, aunque los hielos todavía no se fundían en la umbría del laderón de enfrente. Se abrían las primeras flores, de colores violeta, carmín y amarillo, del azafrán serrano, la peonía y el narciso. Pronto llovería azufre en el pinar. Cuón se acercó por detrás, en silencio.

—¿Tenéis que iros ya? —le dijo cortésmente.

Suelas de Viento no contestó, pero siguió con la vista puesta en los triángulos de grullas que estiraban su vuelo hacia el horizonte cortando las espumas de los cirros. El picapinos seguía golpeando frenéticamente su tronco. Ya habían llegado los cucos, y se oía el reclamo bisílabo de un macho. El aire era fresco, estimulante.

—¿Habéis estado bien con nosotros? —preguntó Cuón.

—Hemos sido muy felices. Han sido los mejores días de mi vida —fue la respuesta de Suelas de Viento.

—Entonces me atreveré a pedirte un favor enorme para la tribu.

—Haré lo que me pidáis si está en mi mano.

—Justamente está en tu mano lo que queremos de ti.

—Habla, Cuón, con toda confianza y por derecho.

—Suelas de Viento, sabes nuestra historia y de dónde venimos. Ahora queremos echar raíces en estos pagos porque nos dan sustento todo el año y la tribu podrá medrar aquí. Nosotros somos de otro cielo, pero los niños que nos han nacido y los que vendrán no conocerán más cielo que este y no nos entenderán cuando les hablemos de las heladas llanuras de donde procedemos.

—Cuón, ¿y qué tiene eso que ver conmigo? Yo tampoco pertenezco a ninguna parte.

—Para unirse de verdad al terruño el hombre necesita tener lugares sagrados; eso es lo que hemos aprendido de los pueblos que hemos ido conociendo desde que, siguiendo el vuelo de las grullas en el otoño, decidimos emigrar a estos parajes del mediodía. Esta tierra no nos habla, o más bien nosotros no oímos sus voces. Un santuario, Suelas de Viento, eso es lo que necesitamos para que nuestros hijos se sientan también hijos de la tierra que pisan. Esta cueva ha sido nuestro principal refugio y tiene una sala en la que podrías, si quisieras hacernos ese inmenso servicio, pintar figuras de animales para que podamos invocar sus espíritus.

—Cuón, no habéis tenido mucha suerte conmigo, siento decírtelo, porque no soy capaz de imponer cualquier animal a la roca, sino que solo hago aquello que la propia piedra me pide. Y casi nunca me habla. Soy una desgracia como artista.

—No, Suelas de Viento, al revés, estamos de suerte contigo porque nosotros no somos del país y no tenemos historias ligadas a estos parajes. Precisamente lo que queremos de ti es que representes lo que la propia cueva te mande. Esta gruta será sagrada porque tú escucharás su voz. Como te dije, a tu manera, la del artista, tú también eres un Soñador.

Poco a poco se habían ido acercando todos, y formaron un corro alrededor de la pareja. Suelas de Viento miró a Gata pidiendo consejo y ella asintió.

—Llevadme a esa sala.

Cuón se adelantó con una antorcha que le pasaron y penetró en la oscuridad. Suelas de Viento y Gata lo siguieron. Detrás iban los demás. Enseguida entraron en un anchurón de techo bajo. Suelas de Viento tomó la antorcha de la mano de Cuón y se fue al centro de la sala. Recorrió con la vista las paredes, despacio, y su cara no se inmutó. Todas las miradas se dirigían a él, expectantes, acechando una palabra o por lo menos un gesto de aprobación. Pero Suelas de Viento no tenía nada que decir. Se lo temía. Ya había pasado antes por esa frustrante experiencia. Pero esta vez era peor. ¡Sentía tanto decepcionar a sus amigos! Pero ¡qué podía hacer! ¿Pintar de cualquier manera, sin ton ni son? Inaccesible e indiferente, el mundo de las figuras a las que él invocaba desesperadamente también parecía estar, como el de los sueños, el de los espíritus y el de los muertos, *al otro lado de la niebla*.

Entonces, mecánicamente, levantó la vista para completar la inspección y marcharse, derrotado como siempre. La antorcha proyectaba luces y sombras en los relieves del techo. De pronto Suelas de Viento se quedó esculpido, con los músculos del cuello en tensión y el semblante mudado: envueltos en gasas de niebla, al galope, poderosos, venían hacia él. Graves ellos, serenas y tiernas ellas.

Todos notaron el cambio y se interrogaron unos a otros con la mirada en la penumbra de la caverna.

Suelas de Viento se paseaba ahora por la sala y exploraba los bultos del techo con la luz de la antorcha. Luego extendió su mano izquierda para acariciarlos. Se cambió la antorcha de mano y dibujó largos trazos imaginarios con la derecha. Había una, dos, tres, cuatro, cinco, seis..., muchas formas en aquel techo.

Se encontraba como fuera de sí, pintando en el aire. De pronto se detuvo y volvió a la realidad, sonriente y en paz. La obra ya estaba terminada en su cabeza. Se giró hacia Gata, que lo miraba con los ojos llenos de lágrimas y de orgullo.

Nadie decía nada, hasta que Cuón se decidió finalmente a romper el silencio:

—¿Ves algo, Suelas de Viento?

Él asintió sin despegar los labios, moviendo arriba y abajo la cabeza varias veces.

—¿Qué espíritus habitan la cueva, Suelas de Viento?

Con los ojos húmedos y la voz quebrada, Suelas de Viento respondió:

—Veo bisontes.